문화중독자 봉호 씨,
다시 음악을 읽다

이봉호 지음

문화중독자 봉호 씨,
다시 음악을 읽다

초판 1쇄 인쇄 2021년 10월 20일
초판 1쇄 발행 2021년 11월 1일

지은이 이봉호
발행인 박효상 **편집장** 김현
기획·편집 김설아 하나래 김정연   **디자인** 이연진
마케팅 이태호 이전희 **관리** 김태옥

종이 월드페이퍼 **인쇄·제본** 예림인쇄·바인딩
출판등록 제10-1835호 **발행처** 사람in
주소 04034 서울시 마포구 양화로11길 14-10(서교동) 3F
전화 02) 338-3555(代) 팩스 02) 338-3545
E-mail saramin@netsgo.com Website www.saramin.com

ISBN 978-89-6049-920-1 (03810)

문화중독자
봉호 씨,

다시 음악을 읽다

이런 음반
들어본 적
있어요?

레트로
아날로그
LP

이봉호 지음

왼쪽주머니

차 례

들어가는 글

1장 다시, 한국 음악을 읽다

16 · **내 마음에 비관을 깔고** ··· 산울림

24 · **만들어진 한국인의 얼굴** ··· 김민기

33 · **다른 세상에서 산다는 것** ··· 조동진

40 · **오후만 있던 토요일** ··· 어떤날

48 · **갈 수 있는 나라** ··· 언니네이발관

56 · **이것은 차라리 영적인 경험** ··· 김두수

65 · **신중현과 사이키델릭 여제** ··· 김정미

2장 다시, 록을 읽다

76 · **보스턴에서 마주친 기타 영웅** ··· 제프 벡

84 · **그들의 연주가 역사가 된다면** ··· 블라인드 페이스

93 · **죽음으로부터의 혁명** ··· 그레이트풀 데드

102 · **미국과 맞짱 뜬 라틴록의 황제** ··· 카를로스 산타나

110 · **록이거나, 블루스거나, 팝이거나** ··· 플리트우드 맥

118 · **머리에 꽃을** ··· 퀵실버 메신저 서비스

126 · **대중음악의 이종교배자들** ··· 스틸리 댄

3장 **다시, 아트록을 읽다**

136 · **아침형 인간의 애청곡** ··· 스트로브스

144 · **돼지가 하늘에 걸린 날** ··· 핑크 플로이드

152 · **현실과 이상의 느슨한 경계에서** ··· 킹 크림슨

160 · **지하철 6호선 대흥역 2번 출구** ··· 르네상스

168 · **제노바의 깊고 푸른 꿈** ··· 뉴 트롤스

176 · **영화 〈엑소시스트〉의 배경음악** ··· 마이크 올드필드

183 · **콜드플레이의 정신적 지주** ··· 브라이언 이노

4장 **다시, 포크를 읽다**

194 · **영국의 새벽에 이루어진 작은 기적** ··· 헤론

202 · **털북숭이 천사들의 합창** ··· 크로스비, 스틸스, 내시 앤드 영

211 · **프랑스 니스에서 본 미술작품** ··· 이브 뒤테유

219 · **적어도 브리티시 포크의 역사** ··· 페어포트 컨벤션

227 · **스페인의 독재자와 음유시인** ··· 파코 이바녜스

235 · **이탈리아 칸타우토레의 마법사** ··· 루초 바티스티

243 · **아름다운 것들** ··· 안젤로 브란두아르디

5장 다시, 블루스를 읽다

252 · **나를 배반한 충고** ··· 비 비 킹

260 · **기타로 쓴 35세의 비망록** ··· 스티비 레이 본

268 · **화이트블루스의 대부** ··· 존 메이올

276 · **하나의 영토, 분리된 인간** ··· 슈기 오티스

285 · **슬픔의 새로운 모습들** ··· 로이 뷰캐넌

294 · **아일랜드의 작은 거인** ··· 밴 모리슨

303 · **시대를 위로하는 음악** ··· 앨 쿠퍼

6장 다시, 재즈를 읽다

314 · **블루노트의 간판스타** ··· 존 콜트레인

323 · **세상에서 가장 아름다운 악기** ··· 케니 버렐

331 · **이토록 펑키한 다섯 손가락** ··· 허비 행콕

340 · **가을을 남기고 사라진 연주자** ··· 소니 롤린스

349 · **일타삽피의 문화경제학** ⋯ 조지 벤슨

358 · **공부하는 트럼페터의 탄생** ⋯ 도널드 버드

365 · **딜리셔스 샌드위치** ⋯ 밥 제임스

 다시, 클래식을 읽다

374 · **에스토니아의 작은 거인** ⋯ 아르보 패르트

381 · **현대음악의 마에스트로** ⋯ 피에르 불레즈

388 · **침묵으로 완성한 연주곡** ⋯ 클로드 아실 드뷔시

396 · **정명훈을 인정한 작곡가** ⋯ 올리비에 메시앙

403 · **다름과 차이의 볼레로** ⋯ 모리스 라벨

410 · **인생열차의 마지막 종착역** ⋯ 구스타프 말러

417 · **수채화를 그리는 지휘자** ⋯ 클라우디오 아바도

추천하는 글

음악적 삶과 사랑, 낭만과 사유의 기록 _이장호

참고문헌

들어가는 글

음악이 차고 넘치는 시대다. 유튜브로 고가의 희귀 음
반을 통째로 들을 수 있다. 스피커를 향해 휴대전화를
누르면 어떤 곡인지 친절하게 알려준다. 음악의 길잡
이는 인간이나 음반이 아니라 전자기기로 변했다. 그
만큼 편리해졌고, 그만큼 무관심해졌다. 무관심이란 코
로나19보다 1,000배는 지독한 전염병이다. 처음에는
별 자극이 없지만 시간이 흐를수록 피를 말리고 살점
이 떨어지는 고통이 밀려든다.

이제 음악은 희소가치가 예전 같지 않다. 음악은 LP나
CD가 아니라도 실시간으로 접근 가능한 소모품이다.
음악은 지우개처럼 슥슥 형체를 지워가는 중이다. 아
쉬움과 간절함이 없으니 어떤 음악도 지긋하게 감상하
기가 쉽지 않다. 음반이 아닌 음원의 한계다. 수천 장의
음반을 모았다고 해봐야 없는 음반이 태반이다. 오로

지 소장 음반으로 진검승부를 펼치던 아날로그의 시대는 지났다.

그렇게 록rock 이나 재즈jazz 명반의 수집 역사는 인터넷이 없던 시절의 유물로 남는다. 이제는 쏟아지는 음악을 감상이 아닌 검색의 대상으로 취급한다. 미디어 기업의 사업전략에 부응하는 무가치한 정보처럼 음악의 선택지도 인간을 배제한다. '풍요 속의 빈곤'이란 이럴 때 우려먹는 표현이다. 과거를 반추하는 행위가 낡은 습성임을 잘 알고 있다. 하지만 말은 반듯하게 하고 싶다.

변화의 주기가 빛의 속도보다 빨라지면서 과거형 인간은 주적이 되었다. 인공지능과 4차 산업혁명 정도라면 모를까, 아날로그의 추억은 미세먼지 같은 존재로 취급받기 십상이다. 레트로 열풍 역시 언론이 만들어낸 기삿거리에 불과하니까. 그렇지만 아날로그 문화가 귀찮거나 두렵다고 신념마저 땅에 묻을 수는 없다. 지킬 것은 하늘이 세 쪽이 나도 지켜야 한다. 그 가치의 영역에 음악을 품고 살아왔다.

글을 준비하면서 가급적이면 독자가 함께 수긍할 만한 음악을 골랐다. 음반과 추천곡 선정에 심혈을 기울였다. 세간에 알려진 음악가와 지명도가 낮은 음악가를 고루 배치했다. 오래도록 곁에 둔 음반과 음악을 선정했다. 책에 등장하는 일곱 장르의 음악은 절대적인 구분 방식은 아니다. 하나의 장르만을 취하지 않는 음악이 태반이기 때문이다. 따라서 장르가 겹치는 음악이 있음을 미리 전한다.

20대에 접한 음악을 창피해하는 음악광도 있고, 소중히 여기는 음악광도 있다. 고백하자면 나는 후자에 가깝다. 그렇다 보니 21세기 이후에 등장한 음악가는 대부분 배제했다. 어쩌겠는가. 선호도에서 차이가 있으니 말이다. 뿌리 깊은 나무나 샘이 깊은 물처럼 오래된 음악에서는 자연의 냄새가 난다. 그 향은 넓고 깊어서 들이마시면 쉽사리 폐에서 사그라들지 않는다.

음악 에세이를 준비하면서 고민이 많았다. 아끼는 음악이 많았기에 선정 과정에서 고민을 많이 했다. 소개하는 음악과 음악가와 음반을 알게 된 사연에 무게를 두었다. 음악 정보는 언제든지 폭풍 검색이 가능하며, 감상 역시 비슷한 속도로 가능하니까. 소개하는 마흔아홉 명의 음악인을 속속들이 몰라도 읽는 재미를 가미했다.

쓰는 과정이 즐겁지 않으면 읽는 과정 역시 즐거울 수 없다. 고로 주제와 목차를 정할 때까지는 고민의 연속이었지만, 쓰는 내내 즐거웠다. 독자에게 글과 이야기와 음악 모두를 선물하고 싶었다. 수집가에게는 음반마다 내밀한 스토리텔링이 묻어 있다. 그렇기에 음반은 공룡과는 사뭇 다른 역사를 남길 것이다.

이 책은 그 시절의 음악 연대기이자 삶의 기록이다. 살아온 날이 살아가야 할 날을 추월해버린 지금, 나는 변함없이 음악을 듣고 있다. 어쩌면 나는 사라진 젊은 날과, 분신과도 같은 음반과, 영혼을 뒤흔든 선율을 그리워하는지도 모르겠다. 이 모든 그리움과 아쉬움을 한 권의 책에 담아보았다. 그 열정이 독자의 심장에도 살포시 자리 잡았으면 하는 마음이다.

책을 준비하는 데 아낌없는 도움을 준 출판사 관계자분들, 각양각색의 음반들, 놀라운 재능을 보여준 음악가들, 과거형이 되어버린 서울의 레코드점들, 잠자리를 지켜준 라디오방송, 함께 음악을 공유한 친구들, 이 모든 것을 가능하게 해준 세상의 모든 음악에 깊은 감사를 전한다.

피아니스트 백건우는 2020년 가을 인터뷰에서 말했다.

음악이란 인간에게 잠재된 아름다움과 힘을 끄집어내는 존재다.

그의 말처럼 인간은 음악을 통해 살아 있음을 확인한다. 나는 지금 조지 해리슨George Harrison의 〈All Those Years Ago〉를 듣고 있다. 조지 해리슨의 노랫말처럼, 존 레넌John Lennon이 그리운 계절이다.

2021년
비틀스가 사라진 세상에서

일러두기

이 책에 사용된 이미지 가운데 저작권자가 불분명한 경우,
저작권자가 확인되는 대로 별도의 허락을 받겠습니다.

1장

다시,
한국 음악을
읽다

내 마음에 비관을 깔고

··· 산울림

늘 멈추지 않고 성장하는 어른이 되세요.

어른이 된 당신, 온전히 완성됐다고 믿지 마세요.

– 김창완

독서 세상에는 고전이라 불리는 책이 있다. 이는 독자로부터 꾸준히 읽히는 책이거나 시대를 초월해 단단한 평가를 받는 작품이라는 해석이 가능하다. 그렇기에 예술가의 목표는 자신의 결과물이 고전으로 남는 것일 테다. 그들은 오매불망 고전을 원하지만 대부분이 고전을 만들지는 못한다. 고전에 대한 수요는 많지만 공

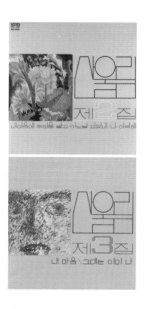

● 산울림 제2집(1978)
♬ 안개 속에 핀 꽃

● 산울림 제3집(1978)
♬ 그대는 이미 나

급이 따라가지 못하는 형편이다.

한국 음악에도 고전이 존재한다. 유행을 따르지 않고 유행을 선도하는 음악. 기듭 들어도 질리지 않는 음악. 가사에서 풍기는 촌철살인이 제법인 음악. 리듬이나 멜로디의 중독성이 센 음악. 들을 적마다 절절한 감흥이 차오르는 음악. 그런 음악에 몰입하는 '빠'들이 기하급수적으로 늘어나는 음악. 그리고 트리뷰트 tribute 라는 이름으로 누군가가 다시 불러주는 음악이 고전의 부분집합이다.

1978년. 집에는 누군가가 구입한 카세트테이프가 있었다.

❶ 아니 벌써   ❺ 그 얼굴 그 모습

❷ 아마 늦은 여름이었을 거야   ❻ 불꽃놀이

❸ 골목길   ❼ 문 좀 열어줘

❹ 안타까운 마음   ❽ 소녀

직사각형의 음악 단지에 실려 있던 목록. 가장 충격적인 노래는 〈아마 늦은 여름이었을 거야〉였다. 장마철의

습기를 머금은 우울함과 나른함이 공존하는 곡이었다. 곡의 주인공은 김씨 3형제가 만든 그룹 산울림이다. 맏형 김창완, 둘째 김창훈, 막내 김창익은 한국 대중음악사에 충격적인 대물을 내놓는다. 여기에 사촌동생 김난숙의 키보드가 합세하여 일명 '산울림 사운드'를 완성한다. 1977년에 나온 〈산울림 제1집〉은 뽕짝이 주류였던 음악계를 사정없이 강타한다. 산울림발 '익숙한 것과의 결별'이었다.

1집 가사에는 '사랑'이란 단어가 없다. 그렇다고 2집에서 '사랑'이 나오지도 않는다. 8집에서야 '사랑'이라는 단어가 모습을 드러낸다. 산울림의 음악이 유행과 거리두기에 능했다는 대목이다. 그들은 노래한다. 세상에는 사랑 말고도 사색할 대상이 많다고. 무관심과 관심 사이의 회색지대를 걷는 음악이 산울림 사운드라고.

〈산울림 제2집〉은 6분이 넘는 곡이 간판으로 등장한다. 록 그룹 아이언 버터플라이Iron Butterfly가 자연스레 떠오르는 곡이다. 산울림을 먼저 알았고, 중학교에 진학해서야 아이언 버터플라이를 처음 들었으니, 순서가 바뀐 셈이다. 미국발 반문화counterculture의 산물이던 사이키델릭psychedelic의 정체를 몰랐던 1978년이었다. 〈산울림 제3집〉에서는 무려 19분에 달하는 곡 〈그대는 이미 나〉가 튀어나온다.

생각해보라. 3분짜리 방송용 가요가 대세이던 시절에 전주만 3분 29초에 달하는 곡을 창작한 3형제를. 곡명은 〈내 마음에 주단을 깔고〉였다. 소위 감정에 매달리는 분위기는 없다. 기름기를 제거한 영양통닭의 담백함이 풍기는 한국형 사이키델릭의 포문을 연 곡이다. 신선함과 파격으로 중무장한 괴짜 집단의 진격은 계속된다.

대중음악 평론가 박준흠의 책《이 땅에서 음악을 한다는 것은》에 의하면 김창완은 대학교 시절에 그룹 CCRCreedence Clearwater Revival이나 닐 영Neil Young의 음악을 즐겨 듣는다. 여기서 일상이나 감정에 대한 '다시 보기'나 '다르게 보기'에 능한 김창완의 재능이 뒤섞인다. 산울림의 사운드는 하나로 정의할 수 없는 형이상학의 결정체다.

월간지 〈페이퍼〉 인터뷰에서 김창완은 좋아하는 인간형을 "예민한 사람"이라고 말한다. 그들의 교만과 인간

적인 좌절이 좋아서라고 부언한다. 그가 가치부정적
인 사고를 지녔다는 증거다. 인생은 답을 얻으려고 있
는 기회가 아니고 질문을 던져보는 기회라는 김창완.
그는 인간의 사고 자체를 의심하기에 가치에 의존하지
않는 인물이다.

산울림의 음반은 1977년부터 1996년까지 전부 250만
장 정도가 팔렸다. 여기에서 다시 20년을 더해보면 대
략 300만 장이라는 음반 판매량이 추산된다. 2011년
에 출간한 《그들의 생각을 훔치다》에서 김창완은 "세
상에 길들여지는 순간 예술가는 끝"이라고 못박는다.

김창완은 어떤 자작곡을 좋아할까. 산울림 최고의 음
반이라고 알려진 1, 2, 3집 수록곡이 아니었다. 답은
〈백일홍〉이라는 곡이다.

잊혀질 것 같지 않던 기쁜 일들도

가슴속에 맺혀 있던 슬픈 일들도

모두 다 강물에 떠내려간 잎사귀처럼 가고

백일홍 핀 꽃밭에서 들리는 건

어린아이 피아노 소리

산울림의 마지막 공식 음반은 1997년에 나온다. 13집
에는 초기 산울림의 분위기가 풍기는 〈기타로 오토바
이를 타자〉가 실린다. 이후 산울림은 14집을 준비하던
와중에 막내 김창익이 캐나다에서 사고사를 당한다.
2008년 1월에 벌어진 비극이었다. 김창완은 자신의 밴
드를 만들어 활동을 이어가고, 김창훈은 세 번째 솔로
음반을 발표한다.

김창완은 "그룹 저니Journey, 포리너Foreigner, 에어 서플
라이Air Supply가 등장하면서 록의 시대는 사라졌다"고
선을 긋는다. 산울림 사운드의 핵심은 록이지만 여기
에 사이키델릭, 개라지garage, 포크folk 등을 가미한 혼성
음악의 형태를 띤다. 영미권 록의 카피밴드가 판치던
한국 땅에 불쑥 등장한 대중음악의 쾌거이자 이단이었
다. 산울림의 도발은 여기서 그치지 않는다.

신중현과 산울림의 음악을 추종하던 일본인 하세가와
요헤이長谷川陽平는 한국에서 '곱창전골'이라는 카피밴
드를 만든다. 그는 오매불망하던 김창완밴드에 합류
한다. 가수 아이유는 2014년에 산울림 10집 수록곡인
〈너의 의미〉를 리메이크한다. 위키피디아는 'Sanulrim'

을 고유명사로 인정한다. 산울림은 신중현에 이어 트
리뷰트 음반의 주역으로 선정된다.

1970년대부터 2020년을 관통하는 산울림의 울림은
독창적인 사운드의 전형이다. 산울림은 비관, 우울, 독
백, 공허, 죽음, 좌절이라는 묵직한 화두를 반복적인 가
사로 풀어낸다. 그들은 인간은 뫼비우스의 띠를 오가
는 먼지 같은 존재라는 화두를 알고 있다. 누구도 산울
림을 흉내 낼 수 없고, 누구도 산울림의 굴레에서 자유
로울 수 없다.

영원한 청년 산울림은 활동을 멈췄지만 40년 전에 발
표한 음악은 고전으로 자리 잡았다. 무겁고 냉랭하지
만, 시시하거나 고답적이지 않은 음악의 실체가 산울
림이다. 그들에게 세상이란 비관을 수용하는 레테의
강이다. 그 강물을 채우는 비법을 깨우친 비관 공동체
가 산울림이다. 그들은 끊임없이 비관하기에 늙거나
부패하지 않는다.

만들어진 한국인의 얼굴

… 김민기

"노래〈아침이슬〉을 뺀 김민기란 인물은 어떤 사람으로

기억되고 싶습니까?"

"그저 함께 살아가는 늙은이죠."

- JTBC 〈뉴스룸〉 인터뷰

태어나면서부터 죽을 때까지 들어야 하는 말이 있다. 바로 '한국인'이라는 단어다. 단어란 어감의 차이로 해석의 차이를 잉태하는 존재다. 내가 느끼는 한국인이란 혼성모방의 결정체다. 아침에 스타벅스 커피를 마시고, 오후에 빅맥세트를 먹고, 저녁에 LP바에 들러 커

◉ 김민기(1971)
♫ 친구

◉ 김민기 4(1993)
♫ 봉우리

티스 메이필드Curtis Mayfield의 〈Move On Up〉을 듣는다. 강박적으로 유튜브나 페이스북을 뒤져본다. 모두 '마데 인 우사made in U.S.A.'다.

개인적으로 커피 체인점을 선호하지 않는다. 보존보다 파괴를 즐기는 미국 문화에 대한 거부감은 말할 것도 없다. 그럼에도 여전히 영어권 앨범을 듣고 또 듣는다. 적어도 음악만은 예외라는 설명이 가능할까. 내 음반장에는 영어권 음악가의 앨범이 절반에 이른다. 음악에서도 영어 제일주의가 판치는 형국이다.

학교에는 늘 연예인급의 인기를 누리는 친구가 있다. 여기에는 키, 외모, 운동, 공부, 성격, 재능이라는 종속변수가 따른다. 나열한 변수가 많을수록 주변에 추종자가 꼬인다. A는 그런 친구였다. 초등학교 6학년을 시작하는 3월이었다. 학급 맨 뒷자리가 한 달 넘게 비어 있더라. 투표로 반장, 부반장을 뽑는데 다리를 다쳐 병원에 있던 A가 3등에 올랐다. 나를 뺀 동급생은 이미 A의 존재감을 알고 있었다.

전학생인 나는 운 좋게 부반장이 된다. A가 등교했다면 어림없는 일이었다. 등장하는 김민기는 A가 알려준 인물이다. A는 고3 시절에 김민기가 부른 〈친구〉라는 곡을 흥얼거렸다. 테이프의 음질은 탁했지만 이를 압도하고도 남을 만한 결기가 번뜩였다. 어렵게 구한 테이프라고 소개하던 A가 뼛속까지 부러웠다. 그는 음악에서도 나를 시원하게 앞질렀다.

1971년에 불쑥 나타난 김민기의 음반은 시대의 초상이었다. 문제의 음반은 대중문화 탄압을 독재정치의 모범답안이라고 오판한 정부로부터 판매금지를 당한다. 음반을 막는다고 국민의 목청까지 틀어막지는 못했다. 음반 수록곡 〈아침이슬〉은 대학가의 저항가요로 떠오른다. 사랑 타령과 새마을 예찬으로 점철된 가요 시장에 나온 지극히 정상적인 노래의 탄생이었다.

그렇다고 1970년대 초반의 한국 가요계가 김민기의 영향권 내에 들어 있지는 않았다. 일그러진 현대사에서 살아남은 노래의 슬픔이란 이런 것일까. 김민기는 어떤 연유로 얼굴 없는 가수이자 한국 음악의 신화로 남은 것일까. 인민군에 피살된 부친의 부재가, 학생운동의 경력을 가진 모친의 존재가 그의 음악관에 영향을 준 것일까. 여기에 유년 시절의 외로움과 고립감이 더해져 복잡한 세계관을 형성한 것일까.

드라마 〈SKY 캐슬〉의 관점으로 보자면 김민기는 썩 괜찮은 학력자본의 소유자다. 경기중, 경기고를 거쳐 서울대에 입학했으니 말이다. 여기에 전북 익산에서 10남매의 막내로 태어났다는 점을 추가하고, 언급한 유복자의 삶을 추가하고, 상경대가 아닌 미대 전공자임을 추가하고, 1972년 신입생환영회에서 노래를 했다는 이유로 동대문경찰서에 연행된 사실을 추가하면 내용이 달라진다.

그는 폰트라PONTRA: Poem On Trash라는 문화계 모임에서 저항시인 김지하와 조우한다. 이 시점부터 개인에서 민족으로 관점의 전환이 이루어졌다는 느낌이 짙다. 소시민적 자유주의자에서 시대를 가로지르는 예술가로 성장한 김민기. 그는 악보를 통해 시대의 그늘을 토해낸다. 1970년대 한국 대중음악의 출발점에 속하는 그의 음반은 이렇게 모습을 드러낸다.

대학생 김민기는 예술친화적인 지식인, 몰역사적인 방관자, 노래하는 비노동계급이라는 한계로부터 자유롭지 못했다. 그의 갈등과 번뇌는 서울의 빈민촌 야학교

사로, 인천도시산업선교회 활동가로, 국악 대중화 운동가, 마당극 운동가로 삶의 궤적을 확장한다. 1975년 최전방 군대 생활을 마친 그는 부평 인근의 공장에 취업한다. 이곳에서 〈야근〉 〈교대〉라는 노래를 완성한다.

자신의 이름으로 음악을 발표할 수 없던 김민기는 양희은의 목소리를 빌려 음반을 준비한다. 군 복무 시절에 작곡한 〈늙은 군인의 노래〉 〈식구생각〉 등이 실린 음반은 1978년에 다시 판매금지된다. 타인 명의로도 음악 활동이 불가능한 질식사회였다. 연행과 석방을 반복하던 김민기는 익산으로 낙향하여 머슴살이를 시작한다. 그의 동태를 감시하는 집주인은 정기적으로 경찰에 보고를 해야 했다.

1980년대 초반에는 탄광촌과 양식장 노동자로 일한다. 1983년 김제와 전곡에서 농사일을 하던 김민기는 화재로 큰 피해를 입는다. 다시 서울로 향했다. 새롭게 아동극 뮤지컬과 음반을 준비하려는 김민기는 여전히 기피인물이었다. 공연윤리위원회는 김민기라는 이름 자체를 거부한다. 독재라는 이름의 괴물은 김민기 인생의 절반을 짓밟는다. 1987년에 이르러서야 김민기의 음반을 재발매한다.

1990년에 세 번째로 재발매한 음반에는 1987년 음반에 빠진 〈꽃 피우는 아이〉와 경음악 〈눈길〉이 실려 있다. 1987년을 휩쓴 민주화운동의 작은 결실이었다. 30대 후반에서야 대한민국은 김민기에게 손을 내민다. 누구도 그에게 사죄하지 않았고, 누구도 그에게 도움의 손길을 내밀지 않았다. 정치권력의 희생자는 1990년 기획음반 〈겨레의 노래 1〉 총감독을 맡는다.

세인은 김민기의 행보를 주목한다. 2년간의 준비 과정을 거쳐 1993년에는 서울음반에서 네 장의 음반을 시리즈로 내놓는다. 뮤지컬 비용을 만들기 위한 선택이었다. 1994년에는 독일 뮤지컬 〈지하철 1호선〉을 대학로에서 선보인다.

정치적 억압과 자본주의의 퇴폐성에 눌려 있다 빛을 보게 된 작품에 시대의 변화를 느낀다.

김민기의 발언은 그의 험난했던 삶과 평행선을 이룬다. 2018년 김민기는 JTBC 〈뉴스룸〉에 모습을 드러낸다.

방송에서 손석희는 질문을 던졌다.

〈아침이슬〉을 뺀 김민기는 어떤 사람으로 기억되고 싶습니까?

이에 김민기는 먹먹한 답변을 남긴다.

저는 그저 함께 살아가는 늙은이입니다.

1990년대 말로 기억한다. 김민기가 일하는 대학으로 학
전 사무실에 업무차 들른 적이 있다. 유령처럼 사무실
을 거닐던 그의 뒷모습이 눈에 선하다. 얼마나 고대했
던 위인의 모습인가.

그는 어떤 한국인이었을까. 중국, 일본, 미국이라는 패
권주의 국가의 그늘에서 적어도 한국인이라면 어떤 모
습과 태도로 살아야 하는가를 질문한 한국인. 지식 너
머의 세상으로 뛰어든 한국인. 변화와 변혁의 가치를
시의 언어로 승화시킨 한국인. 적어도 그는 올곧은 의
지로 격동의 시대를 헤쳐나간 예외적인 한국인이었다.
나는 그를 '만들어진 한국인'이라 부르고 싶다.

내게 음악인 김민기를 소개해준 A를 2019년 페이스북
에서 다시 만났다. 그는 변함없이 음악업계에서 일하
고 있었다. 어쩌면 우리는 비슷한 시선으로 한국인 김
민기와 그의 음악을 품었는지도 모르겠다. 차이라면,
나는 아직도 만들어진 한국인으로 남기에는 갈 길이
멀다는 점이다. 만들어진 한국인은 당당하고 아름답
다. 시간이 필요하겠지만, 김민기가 보여준 청아한 자
의식 너머의 한국인으로 남고 싶다.

다른 세상에서 산다는 것

… 조동진

나의 본질적인 것들은 조용한 것이라고 생각하지만,

내가 추구하는 음악의 밑바탕에는 록이 깔려 있는 것 같습니다.

– 조동진

유난히 추운 달이었다. 대학 입시에 시원하게 낙방하고 소속감이 사라진 그해 1월. 고3을 마칠 때까지 모두가 순항선에 탑승한 동반자로 생각했다. 착각은 자유지만 책임은 필수였다. 우린 대학교라는 문턱 앞에서 흙먼지처럼 헤어졌다. 대입학력고사를 위해 자율학습을 함께하던 사계절이 마지막일 줄 몰랐다.

◉ 조동진 4집(1990)
♫ 음악은 흐르고

◉ 조동진 5집(1996)
♫ 새벽안개

노량진 대성학원에 등록하고 다시 시험 준비를 했다. 여전히 음악을 좋아했지만 학원 공부를 마친 후에야 음악을 접했다. 집에 도착하면 밤 10시 위에 누운 시곗바늘이 나를 반겼다. 방에는 카세트테이프와 금성 플레이어가 있었다. 잠들기 전까지 책상 위에서 누리는 호사는 바로 음악 듣기였다.

당시 자주 들었던 음악이 〈조동진 3집〉이다. 1985년에 나온 3집은 〈슬픔이 너의 가슴에〉로 문을 두드린다. 〈제비꽃〉은 음유시인의 건재를 알린 곡이다. 〈나무를 보라〉는 자연주의적 인생관을 추구한 음악가의 독백을 들려준다. 조동진은 오쇼 라즈니시 Osho Rajneesh 와 지두 크리슈나무르티 Jiddu Krishnamurti 의 철학에 관심이 많았다. 1947년생인 조동진은 윤형주와 대광중학교에서 수학한다. 이후 최헌과 이주원이 다닌 대광고등학교로 진학한다. 그는 미션스쿨인 고등학교에서 록 밴드를 결성한다. 당시 조동진은 어쿠스틱기타보다 일렉트릭기타를 주로 연주한다. 그는 명동의 뉴월드와 청자다방에서 틀어주던 록에 심취한 청년이었다.

조동진은 동두천을 포함한 미8군과 명동의 뮤직살롱

에서 활동을 한다. 1970년대 초반 그가 활동한 그룹명은 '쉐그린'이다. 조동진은 비지스The Bee Gees의 노래를 즐겨 듣는다. 디스코disco로 선회하기 전인 1970년대 초반의 비지스를 의미한다. 미술작가를 원하던 그는 돈벌이가 상대적으로 수월한 음악가로 궤도를 수정한다.

조동진에게 그룹이란 부담스러운 존재였다. 업소와 멤버의 입장을 모두 고려해야 하는 번거로움이 이유였다. 그는 그룹 활동을 접고 신촌 비잔티움 등의 음악카페에서 솔로 활동을 펼친다. 이번에는 록이 아닌 사이먼 앤드 가펑클Simon & Garfunkel과 비틀스The Beatles의 음악을 들려주는 통기타 가수였다. 그는 솔로 활동으로 음악적 정체성을 찾아간다.

당시 조동진과 교류하던 음악인은 김도향, 양희은, 이장희, 송창식, 강근식, 이정선이었다. 그는 자작곡 〈작은 배〉라는 노래를 세싱에 알린다. 이 곡은 양희은의 3집과 편집음반 〈Golden Folk Album〉에 조동진의 음성으로 담겨 있다. 조동진은 오리엔트스튜디오의 전신인 뚝섬스튜디오에서 매달 세 곡을 제작하는 싱어송라이터

singer-song writer 로 일한다.

그룹 '동방의 빛' 세컨드 기타리스트이던 조동진은 연주자보다 싱어송라이터를 원했다. 프로그레시브 progressive 음악에 심취했던 조동진은 핑크 플로이드Pink Floyd 멤버인 데이비드 길모어David Gilmour의 기타와 로저 워터스Roger Waters의 작곡에 촉을 기울인다. 이런 성향은 4집에서 본격적으로 드러난다. 그는 로저 워터스의 음악세계에 매료된다.

1975년 말은 수난의 시간이었다. 한국 문화계를 뒤흔든 일명 '대마초 파동'은 조동진에게 휴지기를 강요한다. 그는 군대 생활을 마치고 1979년에 1집 〈조동진 1〉을 발표한다. 부침 많던 1970년대의 끝과 시작을 알리는 가객의 출사표였다. 생계를 유지하는 일 자체가 어려운 시절에 탄생한 걸작 음반이다.

1집 히트곡 〈행복한 사람〉은 원래 김세환에게 준 곡이었다. 하지만 대마초 파동으로 김세환의 음반 발표가 미뤄진다. 결국 〈행복한 사람〉은 원 작곡가인 조동진의 음반에 실린다. 이듬해 발표하는 2집은 과거에 만든 곡 위주로 꾸며진다. 2집에는 허영자 시, 조동진 작곡의

〈어떤 날〉이라는 곡이 실려 있다.

얼굴 없는 가수 조동진은 1981년 서울 숭의음악당에서 최고의 공연을 펼친다. 1980년대 중반 광화문에는 박지영레코드가 있었다. 이 음반점을 운영하던 김영이라는 인물이 동아기획이라는 레코드사를 발족한다. 지인의 소개로 조동진은 동아기획으로 소속사를 옮긴다. 이후 해바라기, 김현식, 들국화, 시인과 촌장이 동아기획에 터를 잡는다.

음반 판매량 집계가 중구난방이던 시대에 조동진도 예외일 수 없었다. 그는 1985년에 자신의 1집과 2집을 다시 녹음한다. 그제야 음악 판권의 소유자가 조동진으로 이전한다. 같은 해 발표한 3집은 1집, 2집에 비해 음악시장의 반응이 주춤한다. 다시 하나음악으로 이전한 그는 1990년 4집을 발표한다.

추천작인 4집은 포크 음악가로 알려진 조동진의 새로운 개성이 드러나는 작품이다. 진보음악에 대한 관심을 반영하듯 몽환적인 연주가 음반을 단풍처럼 물들인다. 동생 조동익과 준비한 4집 기념공연에서 보여준 공연의 감동은 지금도 뇌리에 생생하다. 인생 공연으로 꼽을 만한 환상적인 무대였다.

신나라레코드에서 1996년 발표한 5집은 조동진의 음악적 고집을 확인할 수 있다. 시장논리에 휘둘리지 않는 무균질 음악에 대한 철학이 드러나는 작품이다. 그는 이렇게 말한다.

노래를 만들 때는 고되고 힘들지만, 완성한 노래가 대중에게는 단순하게 다가갔으면 좋겠다.

단순함 속에서 삼라만상의 이치를 집어내려는 예술가의 발언이다.

그는 2015년 〈강의 노래〉와 6집 〈나무가 되어〉를 연이어 발표한다. 아직도 갈 길이 먼 음유시인에게 병마가 접근한다. 2017년 소속사 푸른곰팡이는 방광암으로 투병 중이던 조동진의 별세를 알린다. 영원히 다른 세상의 음악을 들려줄 것만 같던 귀인의 승천이었다.

오후만 있던 토요일

··· 어떤날

〈어떤날〉음반을 준비하면서 이병우와 늘 같이 있었죠.

너무 행복했던 시간이었습니다.

우리의 이런 경험들이 〈어떤날〉의 음악을 만들어냈습니다.

－ 조동익

음악과 아름다움에 대해 생각해본다. 모든 음악이 아름다워야 한다는 생각은 일종의 착각이다. 이러한 선입견은 음악을 포함한 문학, 미술 등의 분야에서도 경계해야 할 관념이다. 인간에게 대입해봐도 마찬가지다. 인간이나 예술은 아름다움을 장착할 수도, 그렇지

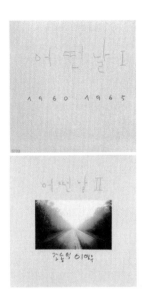

- 어떤날 Ⅰ (1986)
- ♬ 오래된 친구

- 어떤날 Ⅱ (1989)
- ♬ 취중독백

않을 수도 있다. 아름다움이란 인간의 강박이 만들어
낸 착시현상이다. 고로 음악에서 아름다움이란 선택
사항에 지나지 않는다.

B는 바둑 친구였다. 녀석의 방에는 인켈 전축과 바둑
판과 소주가 있었다. 우린 음악을 들으며 술을 마시고
바둑을 두는 일타삼피의 시간을 보내곤 했다. 당시 대
학생이던 친구는 인천에서 자취 생활을 하고, 주말이
면 서울 집에 들렀다. 우린 주로 토요일 오후에 만났다.
겨울로 기억한다. 방에 들어서자 B는 새로 구한 음반
을 내게 소개했다. 음반 표지에는 몽환적인 사진이 우
두커니 실려 있었다.

친구는 종교의식을 치르듯이 LP를 턴테이블에 올려놓
는다. 진로 소주의 거친 향이 퍼져갈 무렵에 음악이 흘
러나온다. 우린 말없이 바둑판에 돌을 올려놓는다. 나
는 소목정석을 좋아했다. 화점바둑의 유행을 역으로
거스르고 싶었다. 음악에 빠져들면서 바둑의 착점이
점점 느려진다. 우리는 어떤 날 펼쳐진 음악 동굴 속으
로 빨려 들어갔다. 안개의 끝에는 조동익과 이병우가
소나무처럼 서 있었다.

어떤날은 두 장의 음반을 내놓고 하늬바람처럼 사라진
다. 짧은 활동에도 불구하고 어떤날은 한국 대중음악
사의 이정표로 남아 있다. 도대체 무엇이 이들의 단출
한 음악 행로를 시대의 초상으로 거듭나게 했을까. 소
리 마법사의 작은 신화는 어떤 의미로 해석해야 할까.

우선 조동익을 떠올려보자. 그는 1998년 박준흠과의
인터뷰에서 핑크 플로이드, 킹 크림슨King Crimson, 팻
메스니Pat Metheny의 음악을 좋아한다고 밝힌다. 블루스
blues나 재즈보다 포크송folk song에 관심이 많았다는 발
언도 이어진다. 그의 1994년 솔로 음반 〈동경〉을 들어
보면 기타리스트 팻 메스니가 떠오른다. 조동익표 사
운드는 재즈와 포크라는 장르에 머물지 않는다.

조동익은 형 조동진과 음악이라는 비탈길을 걷는다.
막내 조상희도 그들의 뒤를 따른다. 조동익은 조동진
과 동시대에 활동했던 들국화나 따로또같이와 영향을
주고받는다. 음악 활동을 시작한 계기도 조동진과 들
국화 최성원의 권유가 결정적이었다. 조동익은 촛불을
켜놓고 밤새도록 노래를 만들던 조동진의 모습을 기억
한다.

그의 영역은 영화 〈용쟁호투Enter The Dragon〉의 배경음악을 맡은 랄로 시프린Lalo Schifrin처럼 광범위하다. 작곡가이자 작사가인 동시에 영화음악가와 편곡자의 영역을 넘나든다. 영화 〈장미빛 인생〉과 〈넘버 3〉의 배경음악을 담당한 조동익은 이를 〈Movie〉라는 음반에 싣는다. 만화방을 중심으로 펼쳐지는 인간 군상을 묘사한 〈장미빛 인생〉은 조동익의 쓸쓸한 음악이 인상적인 작품이다.

조동익은 안치환, 김광석, 장필순 음반의 편곡자로 이름을 올린다. 특히 〈안치환 4〉〈김광석 네번째〉〈김광석 다시부르기 Ⅱ〉에 이르는 과정에서 조동익은 록을 가미한다. 그의 존재감은 2018년 장필순의 음반 〈소길화〉에서 다시 드러난다. 정갈한 감성의 결정체에 가까운 〈소길화〉에는 어떤날의 흔적이 묻어난다. 조동익은 2020년 5월에 음반 〈푸른 베개〉를 발표한다.

이번에는 어떤날의 나머지 절반인 이병우의 차례다. 그는 1990년에 발표한 2집 〈혼자 갖는 차 시간을 위하여〉에 이런 글을 싣는다.

언제부터인지 잔디에 있는 것을 좋아하게 되었다. 그곳에 누워 하늘을 보며 가족들, 친구들, 음악들, 다시는 과식을 하지 않겠다는 등등. 해가 더 짧아지기 전에 돗자리를 하나 사야겠다. 혹시 모르니까 약간 큼지막한 것으로.

이병우의 기타는 조동익의 음성처럼 잔잔한 울림으로 다가온다. 내성적인 연주에서 나오는 아련한 존재감은 이병우의 표식으로 자리 잡는다. 그는 기타 연주집에 이어 영화음악으로 발걸음을 옮긴다. 영화 〈장화홍련〉 〈스캔들〉 〈왕의 남자〉 〈마더〉 〈마리 이야기〉 〈연애의 목적〉 〈국제시장〉의 배경음악을 담당한다. 특히 영화 〈왕의 남자〉에 등장하는 현악 연주는 그의 음악 기반이 클래식classic 임을 보여주는 대목이다.

피보디음악원과 빈국립음악대학교에서 클래식기타를 전공한 이병우는 존경하는 기타리스트로 데이비드 러셀David Russell 을 꼽는다. 나는 2010년 호암아트홀에서 열린 데이비드 러셀의 기타 연주회를 보았다. 안드레스 세고비아Andrés Segovia 는 러셀의 연주를 감상한 뒤 "당신의 빼어난 음악성을 축복한다"고 극찬했다.

영화음악가로 변신한 이병우는 제5회 대한민국영화대상 음악상2006, 제27회 청룡영화상 음악상2006, 제18회 부일영화상 음악상2009, 제33회 한국영화평론가협회상 음악상2013을 차례로 거머쥔다. 2013년과 2018년에는 평창동계스페셜올림픽과 평창동계올림픽의 개·폐막식 음악감독으로 활동한다. 클래식, 뉴에이지new age, 재즈, 포크송에 관한 관심이 이뤄낸 결과다.

음악카페에 가면 신청하는 어떤날의 곡. 〈취중독백〉과 〈그런 날에는〉이다. 모두 〈어떤날 Ⅱ〉에 실린 곡이다. 그들이 음반을 발표한 해는 1986년과 1989년이다. 놀라운 점은 지금 들어봐도 30년이라는 세월의 이끼가 보이지 않는다는 것이다. 인디indie 음악계에서 활동하는 이들은 영향을 받은 음악으로 어떤날을 자주 거론한다.

〈어떤날 Ⅰ〉은 2집에서 보여준 공작새 같은 음악과는 차이가 있다. 나른한 침묵의 세계가 1집의 정체성이다. 조동익과 이병우는 서두르거나 재촉하지 않는 소리를 추구한다. 세상은 천천히 걸어도 살 만한 가치가 있다고 수화한다. 주장보다는 설득, 설득보다는 독백에 가

까운 음악이다. 음반에 새긴 '1960'과 '1965'는 조동익
과 이병우가 태어난 해다.

다시 음악과 아름다움에 대해 말해본다. 어떤날은 스
산한 아름다움에 가깝다. 화려하고 찬란한 일회성 아
름다움과는 격을 달리하는 음악이다. 어떤날의 세계를
떠날 시간이 도래하면 아쉬움이라는 원죄를 내려놓을
수 없다. 마치 인생의 거대한 숙제를 풀지 못한 자의
서러움이 뭉치는 듯한 세상이다. 어떤날은 봄이 아닌,
가을과 겨울의 어딘가에 위치한다.

한국 음악에서 가장 고대하는 차기작을 꼽으라면 '어
떤날 3집'이 먼저 떠오른다. 어떤날은 실체보다 여백의
가치를 지향한다. 동양화의 매력이 여백의 미에 있다
면, 이를 어떤날의 정체성이라 해도 무방할 테다. 어떤
날은 채우기보다 비우기에 익숙한 음악이기 때문이다.
〈오후만 있던 일요일〉은 〈어떤날 Ⅰ〉에 담겨 있다. 그
룹 들국화는 이 곡을 다시 세상에 선보인다. 어떤날은
B와 나에게 무채색의 토요일 오후를 선사하고 표표히
사라진다.

갈 수 있는 나라

··· 언니네이발관

주로 내가 살아온 얘기들을 노랫말로 쓰는 편이니까,

변화가 있으면 있는 대로 없으면 없는 대로,

내가 아무리 변화하려고 발버둥 쳐도

뿌리칠 수 없는 일관성은 있지 않을까.

— 이석원

부정어는 늘 반전의 가능성이 도사린다. '거리두기'가
대표적인 예다. 인간관계에서 거리두기란 이해나 화해
라는 긍정어와 길을 달리한다. 코로나19가 기승을 부
리자 이를 견제하는 유행어가 나온다. '거리두기'라는

- ◉ 비둘기는 하늘의 쥐(1996)
- ♬ 보여줄 순 없겠지

- ◉ 홀로 있는 사람들(2017)
- ♬ 마음이란

용어다. 코로나19가 판치는 2021년 지구촌에서 거리두기는 긍정어로 쓰인다. 부정어로 구박받던 언어의 씁쓸한 복귀다. 비록 유효기간은 알 수 없지만 '거리두기'는 시한부 반전에 성공한다.

언니네이발관의 음악이 그랬다. 소노 아야코浦知壽子의 책《약간의 거리를 둔다》의 과거형이랄까. 1집 수록곡 〈보여줄 순 없겠지〉를 들어보라. 초반부에 붕붕 흘러나오는 기타 소리가 그랬다. 이석원의 탄식에 가까운 목소리가 그랬다. '없을까'도 아니고 '없겠니'도 아닌, '없겠지'라는 중의적인 가사가 그랬다. 일본 성인영화의 제목에서 따온 밴드의 이름이 그랬다.

1990년대는 해방이나 민주라는 거대담론이 수면 아래로 잠수한다. 싸워야 할 대상이 어물쩍 사라진다. 여기에 구소련 붕괴라는 이데올로기의 빙하기가 찾아온다. 길고 지루한 냉전시대가 자취를 감춘다. 변화는 늘 예고 없이 찾아온다. 미처 예상하지 못한 변화는 역사에 생채기를 남긴다. 시대의 숙제가 지워지자 개인의 가치가 자리를 대신한다. '우리'가 아닌 '나'의 시대가 잰걸음으로 도래한다.

1집 〈비둘기는 하늘의 쥐〉가 등장한 1996년에는 무슨 일이 있었는가. 멀리는 영국에서 광우병 파동이 터지고, 최초의 복제 포유류라는 돌리가 태어나고, 재즈싱어 엘라 피츠제럴드Ella Fitzgerald가 세상을 떠난다. 가까이는 제1회 부산국제영화제가 열리고, 가수 김광석이 귀천한다. 이석원은 1993년 PC통신에서 가상의 밴드인 '언니네이발관'을 소개한다.

1994년 라디오 음악방송에서 이석원은 또 사고를 친다. 다룰 줄 아는 악기가 하나도 없던 기타리스트 이석원과, 키보드를 칠 줄 모르던 키보디스트 류한길이 합류한다. 동호회의 시삽 류기덕이 베이스로, 드러머는 단지 팔다리가 길다는 이유만으로 유철상을 낙점한다. 말 그대로 되는 것도 없고, 안 되는 것도 없는 1세대 인디 밴드의 탄생이었다.

1995년에 다시 라디오 음악방송에 출현한 이석원은 밤새 준비한 자작곡을 소개한다. 가상의 밴드로 출발한 언니네이발관은 서서히 모습을 빚어낸다. 기타리스트 정대욱은 당시 중학생이었다. 그럼에도 홍대 드럭에서 열린 공연은 최다 관중이 몰려든다. 카피밴드가 주류이던 음악계에서 언니네이발관의 등장은 산뜻한 도발이었다. 〈비둘기는 하늘의 쥐〉는 〈한겨레〉 신문에서 '평론가가 뽑은 1996년 10대 음반'으로 선정된다.

시대는 항시 개인과 척을 두지는 않는다. 뒤집어 해석하면 개인의 삶이란 시대의 또 다른 모습이다. 언니네이발관은 거리두기를 즐기는 개인의 일상을 노래한다. 간절함이라는 직선적인 음악보다 관조라는 중의적인 음악을 이석원은 원한다. 세상은 뒤집어졌지만 여전히 인간의 온기에 집착하던 1990년대였다.

1998년 2집 〈후일담〉에서는 노이즈가든 출신의 이상문이 베이스를, 캐나다 유학 생활을 마친 김태윤이 드럼을 맡는다. 1집과 연장선상에 위치한 2집은 시간이 흐른 뒤에야 음악계의 부름을 받는다. 휴지기를 마친 언니네이발관은 2002년 〈꿈의 팝송〉을 선보인다. 록과 팝pop을 수용한 이발관 친구들은 그해 교보문고에서 세 차례의 쇼케이스를 가진다.

언니네이발관은 베이스 정무진, 드럼 전대정, 기타 이능룡을 영입한다. 신대철이 이끄는 시나위처럼, 언니네이발관은 이석원을 축으로 발표하는 음반마다 가르마를 달리한다. 수록곡 〈나를 잊었나요?〉처럼 기억과 망각을 오가는 이석원의 우울은 여전하다. 2003년에는 2집에 참여했던 이상문이 지병으로 작고한다.

2004년에 발표한 4집 〈순간을 믿어요〉는 거리두기의 미학이 높은 단계로 올라선 작품이다. 마지막 곡 〈천국의 나날들〉은 관조만으로 버틸 수 없는 관계에 대한 성찰이 드러난다. 이석원은 읊조린다. 1993년 12월부터 2003년 8월 18일까지 이상문과 함께한 시간들이 바로 천국의 나날들이었다고. 자신을 스쳐 가는 그중에 단 한 사람, 자신을 믿는 친구 이상문이 이젠 멀리 가려 한다고.

전업 음악가라는 난제는 언니네이발관에게도 칼을 꺼내 든다. 음반 판매와 공연만으로 생활이 팍팍했던 이들은 각자의 일터로 발길을 돌린다. 2007년 다시 뭉친 이들은 다른 차원의 음악을 시도한다. 언니네이발관은 제작사에게 어떤 일이 있어도 원하는 음악이 나올 때까지 기다리라는 조건을 내건다. 곡 쓰기의 어려움까지 더해 5집은 무려 다섯 차례의 연기 끝에 빛을 본다.

음반 〈가장 보통의 존재〉는 평론가와 팬 모두에게 찬

사를 받는다. 마치 비틀스의 〈Sgt. Pepper's Lonely Hearts Club Band〉처럼 모든 수록곡이 연결되는 콘셉트 음반의 형태를 취한다. 5집은 발매 전부터 인터넷 음반 예약 1위에 오르고, 2009년 제6회 한국대중음악상 3관왕을 차지한다. 장난으로 시작한 밴드가 이뤄낸 콰이강의 기적이었다.

훗날 언젠가 세월이 정말 오래 흘러서 내가 더 이상 이 일이 고통으로 여겨지지도 않고 사람들에게 또 나 자신에게 죄를 짓는 기분으로 임하지 않아도 되는 날이 온다면 그때 다시 찾아뵐게요.

2017년 언니네이발관 해체 글의 일부다. 2010년에 작업에 들어가 2017년에야 발표한 6집 〈홀로 있는 사람들〉은 마지막 음반이 되었다. 대한민국 인디 음악 개척자의 아쉬운 이별 선언이었다. 이석원은 책 《보통의 존재》 《실내인간》 《언제 들어도 좋은 말》 《우리가 보낸 가장 긴 밤》 등의 저자로도 활동한다. 나이 탐험가인 그는 지금도 자신의 블로그에 글을 올린다.

좋아하는 언니네이발관의 곡은 다음과 같다. 4집의 〈천국의 나날들〉, 5집의 〈가장 보통의 존재〉, 6집의 〈마음이란〉. 특히 〈마음이란〉은 이석원이 추구했던 거리두기에 관한 마지막 물음이다. 자신이 어디로 가는지 미치도록 알고 싶다던 이석원의 외침 〈창밖엔 태양이 빛나고〉는 메아리로 남는다. 그는 거리두기를 통해 음악을 하고, 거리두기를 주도할 수 없는 세상으로 떠난다.

〈마음이란〉의 가사처럼 자신을 물들이고, 길들이고, 흔들게 만드는 누군가를 만나기란 그리 쉽지 않다. 거리두기의 긍정성이 대두한 지금에도 많은 이들이 결별과 단절을 반복한다. 모두 거리두기에 실패한 연유에서다. 극적인 만남도 갈등과 원망으로부터 자유롭지 못하다. 이석원은 관계라는 인생의 난제를 내치지 않는다. 그렇게 언니네이발관은 가깝지만 먼 관계를 노래한다. 영원보다 순간을 믿었던 한국 음악의 그림자가 여기에 있다.

이것은 차라리 영적인 경험

고단한 삶에 조금의 위로라도 되고 싶다는 것은

모든 음악인들의 소망이겠지요.

– 김두수

나이가 들수록 자연을 닮아간다는 글을 읽은 적이 있다. 역으로 해석하면 나이가 들기 전에는 자연과는 무관한 삶을 유지한다는 것이다. 만물의 영장 앞에서 자연은 말없이 희생자를 자처한다. 파헤쳐지고 버려지는 악순환 속에서 자연은 서서히 병들어 간다. 환경오염의 주적은 인간인데 가시면류관을 써야 할 존재는 자

◉ 보헤미안(1991)
♫ 보헤미안

◉ 자유혼(2002)
♫ 새벽비

연이다.

방송에서는 자연인의 삶을 추구하는 인물이 등장한다. 시청자가 자연인에 집착하는 이유는 이들의 삶이 부럽거나 특별해 보이기 때문이리라. 사회에서는 혼자를 원하고, 혼자이면 다시 사회로 회귀하려는 들풀 같은 생명체가 인간이다. 자연의 지루함을 피하려고 도시로 향하는, 도시의 삭막함에 지쳐 자연으로 향하는 생명체 역시 인간이다. 그렇다면 음악은 자연과 어떤 상관관계를 가질까.

김두수의 음반을 만난 해는 1987년이다. 세상은 여전히 혼탁했고, 정치현실에 척을 두던 나는 독서와 음악으로 시간을 제거했다. 스스로가 비굴한 존재라는 사실마저 은폐하고 지낸 하수구 같은 세월이었다. '시오리길'과 '귀촉도'라 쓴 음반 표지에는 담배를 쥔 남성의 사진이 보이더라. 산뜻한 디자인의 외국 음반에 익숙해서일까. 좀처럼 손이 가질 않는 1집의 주인공이 김두수였다.

LP를 인켈 턴테이블에 올려놓았다. 순간 회전하는 LP를 빼고 모든 사물이 숨을 멈춘 듯한 기운이 몰려왔다. 음반의 소리는 이승에 머무는 이의 곡성이 아니더라. 두렵고 무서웠다. 애써 외면하던 반쪽짜리 삶이 내장을 쏟아내는 순간이었다. 거무튀튀한 내장의 모습은 유명무실한 청춘의 민얼굴이었다. 그 후로도 오랫동안 나는 김두수의 음반을 멀리했다.

시간이 흘러 재조명을 받는 예술작품이 있다. 마네 Édouard Manet 의 유화가 그렇고, 슈베르트 Franz Peter Schubert 의 가곡이 그렇고, 이상의 소설이 그렇다. 시대를 앞서갔다는 표현만으로는 설명이 부족하다. 대중의 눈높이는 변덕스럽고 유행에 민감한 이유에서다. 확실한 사실은 재조명을 받을 만한 예술 성분이 1퍼센트라도 작품에 내재한다는 거다.

김두수의 음악을 세상에 알린 인물은 킹박이다. 박성배가 본명인 그는 1960년대부터 청계천 빽판 사업가로 일한다. 킹박은 유니버설레코드와 서라벌레코드를 거쳐 킹레코드를 설립한다. 조용필, 펄시스터즈, 신중현, 양희은, 송창식, 이문세, 하사와 병장 등의 음반 제작에 참여한 그는 단박에 김두수의 음악성을 알아본다. 문제는 시기였다. 금지곡이 여전히 횡행하던 1986년이 김두수의 발목을 잡는다.

〈철탑〉이라는 곡은 심의에서 탈락하여 〈작은 새의 꿈〉
이라는 제목으로 바뀐다. 윤해남 화백의 추상화를 실
으려던 앨범 표지에도 칼질이 들어간다. 어쩔 수 없이
김두수의 사진으로 표지를 바꾼다. 미당 서정주의 시
〈귀촉도〉가 실린 김두수의 데뷔 음반은 킹박의 예감과
달리 세간의 주목을 받지 못한다. 비탄조로 흐르는 김
두수의 방백은 칙칙하던 음악 시장의 골동품으로 남
는다.

제작 과정에서의 불협화음, 건강 문제, 음반 판매 부진
으로 침체기에 들어간 김두수. 그는 어렵사리 2집을 내
놓는다. 1집 〈시오리길〉에 이어 1988년에 출시한 2집
〈약속의 땅〉은 진일보한 김두수의 정신세계를 보여준
다. 2집에서 김두수는 포크 음악가 숀 필립스Shawn Phillips
의 재림을 암시하는 분위기를 연출한다. 2집에는 역작
〈신비주의자의 꿈〉이 실린다. 그는 마치 구도자의 암송
같은 가사를 읊조린다.

1991년 발표한 3집 〈보헤미안〉은 김두수의 문제작이
다. 건강 문제로 서울, 양평, 강릉을 떠돌던 김두수의

삶은 은둔과 고통의 연속이었다. 때문일까. 1집과 2집에서 보여준 정적감은 3집에서도 변함없이 이어진다. 깊은 산에 쌓인 나뭇잎 위로 떨어지는 빗방울처럼, 김두수는 수록곡 〈보헤미안〉으로 인간사의 덧없음을 되새김한다.

다음은 〈보헤미안〉의 가사다.

사라져간 내 인생의 슬픈 발자국

언젠간 바람으로 흩어져 영원한 삶을 살으리

어디로 가나 내 이대로 지친 육신으로

2집 〈약속의 땅〉을 발표한 김두수는 경추결핵에 걸린다. 결핵균이 목뼈로 퍼져 목 아래 전신이 마비되는 절체절명의 상황. 당시 의사는 김두수에게 절망의 변을 건넨다. 죽을 확률이 절반이고, 살아도 척추장애가 생길 확률이 절반이라는 진단이었다. 걸음걸이마저 힘들어진 그는 지팡이에 의존한 상태로 3집을 준비한다. 다행히 그는 죽거나 척추장애가 되지 않았다. 음악이 그의 명을 연장해준 걸까.

김두수의 최고작으로 불리는 〈보헤미안〉에서는 죽음의 기운이 팽창한다. 그가 삭이는 죽음이란 결코 퇴행적이지 않다. 생의 막다른 골목이 아닌, 생의 연장선상에 놓인 변형된 인간의 모습으로 죽음을 바라본다. 삶의 절반을 죽음과 함께 지낸 자만이 만들어낼 수 있는 신비스러운 죽음이다. 나는 박상륭의 소설 《죽음의 한 연구》와 김두수의 음반 〈보헤미안〉을 통해 죽음을 간접체험한다.

21세기는 김두수에게 가능성의 시간으로 다가온다. 그가 발표한 세 장의 음반이 고가의 희귀 음반으로 거래되면서 그의 다음 작품을 고대하는 목소리가 쌓여간다. 2002년 김두수는 4집 〈자유혼〉을 내놓는다. 자신의 대관령 자택에서 방음장치 없이 녹음한 〈들꽃〉을 포함하여 새롭게 부른 〈보헤미안〉까지 전부 열다섯 곡이 들어찬 앨범이다.

〈자유혼〉은 2007년 음악평론가가 선정한 '한국 대중음악 100선'에 선정된다. 이후 5집 〈열흘나비〉2007, 6집 〈곱사무〉2015를 발표한다. 김두수의 음악은 해외에서도 인정을 받는다. 일본, 프랑스, 영국, 벨기에, 스위스

공연을 마친 그는 6집 〈곰사무〉를 보헤미안의 나라 체코에서 석 달 만에 완성한다. 2016년에는 베스트 음반 〈고요를 위하여〉를 출시한다.
김두수는 말한다.

꾸민 음악은 당장은 듣기 좋아도 오래 들으면 질리고 피곤해지나 자연스러운 음악은 질리지 않고 오래가는 법이다.

그는 또 말한다.

내 음반을 관통하는 주제는 일상과 삶, 자연과 우주와의 교섭이고, 이는 평생 음악을 하면서 추구해야 할 주제다.

세상에서 가장 아름다운 음악은 자연의 소리임을 김두수는 깨닫고 있었다.
고맙게도 김두수는 삶을 연장한다. 그의 곁에서 맴돌던 사자는 자신의 일부가 되었고, 음악의 밑거름이 되었다. 만약 김두수가 아니었다면 내게 죽음이란 회피해야 하는 거추장스러운 존재였을 테다. 김두수의 음악은 영적인 맥락 윗부분에 위치한다. 그것은 차라리 영적인 경험이라는 표현조차 부족한 저세상의 음악이다. 나는 오늘도 김두수의 영험한 세계를 상면한다.

신중현과 사이키델릭 여제

··· 김정미

내가 추구하는 록의 저항성과 공격성의 뿌리는

어린 시절에 겪어야만 했던 극심한 가난일지도 모르겠다.

- 신중현

음악광들이 주고받는 은어가 있다. 일명 '뽕끼'라는 말인데, 주로 록이나 포크에서 쓰는 용어다. '뽕끼'란 몽환적인 사운드를 가미한 음악을 말한다. '뽕끼'의 영어식 표현은 '사이키델릭'이다. '사이키'라고도 표현하는 이 단어는 환각제 복용 후 발생하는 일시적이고 강렬한 환각적 상태나 체험을 의미한다. 그렇게 사이키델

◉ 장현 and The Men(1972)
♬ 아름다운 강산

◉ 김정미 NOW(1973)
♬ 봄

릭의 상태나 경험을 재현한 그림, 극채색 포스터, 패션, 음악 등이 속속 등장한다.

언제부터 음악에 사이키델릭을 가미했을까. 1960년대 중반 이후 불어닥친 히피 문화와 환각제 열풍이 영향을 주고받는다. 여기에 프랑스발 68혁명 전후에 발발한 반문화가 기폭제로 작용한다. 사회의 지배적인 문화에 정면으로 도전하는 반문화는 음악에도 영향을 미친다. 비틀스, 버즈The Byrds, 밥 딜런Bob Dylan 등이 사이키델릭을 선도적으로 수용한다.

처음에는 간과했다가 세월이 흐르면 다시 찾는 음악이 있다. 김정미 사운드가 그렇다. 20대 초반에 접한 김정미는 신파조의 1970년대 가요라는 느낌 정도였다. 재즈에 심취한 시기라는 개인적인 변수도 있었다. 신중현과 엽전들 정도라면 모를까, 김정미나 김추자는 신중현이 만든 곡을 불러주는 가수라는 프레임에 머물렀다.

입사 동기인 C와 나는 이미 1차에서 거나하게 취한 상태였다. 2차 술집을 찾아 헤매다 들어간 곳이 LP바였다. 벽면을 빼곡히 채운 LP판, 목조 인테리어, 지미 헨드릭스Jimi Hendrix의 사진, 병맥주, 어두운 조명에 카페를 지배하는 록이 합쳐진 공간. 그곳에서 흘러나온 유일한 한국 음악. 영화 〈매트릭스The Matrix〉의 한 장면처럼 세상이 멈춰버린 기시감이 밀려온다. 소리의 주인공은 김정미의 〈봄〉이었다.

신중현 작사, 신중현 작곡, 그룹 더맨The Men, 음반명 〈김정미 Now〉, 여기에 가수 그레이스 슬릭Grace Slick을 능가하는 김정미의 섬뜩한 해석이 어우러진 곡. 김정미의 〈봄〉은 신중현이 추구한 사이키델릭 음악의 진수다. 파괴력이 강한 김추자에 비해 나른한 저음이 필살기인 김정미는 사이키델릭과 잘 어울리는 가수다.

1973년에 발매한 〈김정미 Now〉 초반 LP는 음반 상태에 따라 200만 원을 호가한다. 미개봉 음반은 무려 1,000만 원이 넘는 가격에 나온 적도 있다. 음반 가격이 음악성을 담보하지는 않는다. 하지만 김정미의 음악은 해외 수집가에게도 정평이 나 있다. 미국에서는 아예 자체적으로 김정미의 음반을 재발매한다. 나는 네 장의 LP 미니어처 CD로 구성한 〈김정미 Anthology〉를 소장 중이다.

한편 신중현은 1955년부터 용산 미8군에서 음악 생활

을 시작한다. 로큰롤rock and roll이 유행하던 1958년에
〈히키신〉이라는 음반을 발표한다. 1963년에는 4인조
그룹 애드4ADD4를 결성한다. 노래 〈빗속의 여인〉은 신
중현과 애드4를 알린 신호탄이다. 트로트가 주름잡던
시대에 나온 한국형 록의 탄생이었다. 〈미인〉 〈월남에
서 돌아온 김상사〉 〈님은 먼 곳에〉 등을 장착한 신중현
사단은 곧 유명세에 휩싸인다.

1960년대 말 미국은 제퍼슨 에어플레인Jefferson Airplane,
도어스The Doors, 모비 그레이프Moby Grape 등의 사이키
델릭 그룹이 전성기를 누린다. 6·25전쟁은 미국 문화
의 유입을 촉발한다. 한국은 중국에서 일본으로, 일본
에서 다시 미국의 대중문화를 수용한다. 여기에 미국
발 사이키델릭록psychedelic rock이 퍼져 나간다. 신중현은
김정미와 조우하기 이전부터 사이키델릭의 몽유도원
도를 습작한다.

신중현은 인터뷰에서 소회한다.

1971년은 더맨의 활동과 함께 나의 음악이 어느 정도 성숙한 시기
였다.

특히 1972년 장현과 함께 완성한 음반에는 가장 인상적인 버전의 〈아름다운 강산〉이 실려 있다.

신중현이 기억하는 김정미는 노력하는 가수였다. 처음에는 자신의 음악을 전달해줄 가수로 영입했던 김정미가 시간이 흐르면서 사이키델릭 친화적인 가수로 진화를 거듭한다.

고등학생 신분으로 음악계에 뛰어든 김정미는 밤무대에서 이름이 알려지기 시작한다. 이후 김정미는 데뷔 음반을 발표하는데, 언론에서는 김추자를 능가하는 대형 가수의 탄생이라고 추켜세운다. 1973년에 발표한 김정미의 음반에 수록한 〈바람〉이란 곡은 윤도현밴드가 리메이크한다. 김정미의 진가는 서두에서 언급한 〈김정미 Now〉 음반에서 절정에 달한다.

〈김정미 Now〉 음반 표지를 살펴보자. 파란 하늘을 배경으로 하단에 등장하는 코스모스는 신중현의 사진 촬영 작품이다. 이는 당시 만개했던 신중현과 김정미의 사이키델릭 사운드를 상징한다. 여러 가수에게 같은 곡을 부르게 하던 신중현의 의도대로 이 음반에는 〈봄〉과 함께 〈아름다운 강산〉이 실린다.

김정미의 전성시대는 생각보다 길지 않았다. '가요정화운동'이라 불리던 대통령 긴급조치 9호가 원인이었다. 정권은 '창법 저속, 퇴폐'라는 해괴한 명목으로 김정미의 히트곡에 금지곡이라는 족쇄를 채운다. 독재정치 연장을 위한 수단으로 애꿎은 대중음악에 철퇴를 내린 촌극이었다. 대중의 관심사를 차단하고, 무시하고, 통제하여 독재자의 권위를 강화한다는 어이없는 발상이었다.

재기를 갈망하던 김정미는 1977년 음반 〈나는 바본가봐〉를 발표한다. 이번에는 신중현이 아닌 김영광, 김용선과의 합작을 시도한다. 가요정화운동의 영향으로 사이키델릭의 내성을 뿌리째 포기한 김정미 사운드는 대중의 관심을 얻지 못한다. 대마초 구속 사건에 연루된 신중현과 함께 김정미는 미로에 갇힌다. 음악적 자웅동체이던 그들은 1987년에 시행한 해금조치까지 12년이라는 인고의 시간에 갇히고 만다.

역사에서 '만약'이라는 가정은 수많은 변수를 거느린다. 대한민국 음악사에 '만약'이라는 가정을 해보자. 만약 6·25전쟁이 없었다면, 만약 군부독재가 없었다면,

만약 가요정화운동이 없었다면, 만약 신중현과 김정미의 사이키델릭 실험이 이어졌다면, 그렇다면 트로트 일색의 대중가요계의 지형이 달라지고도 남았을 테다. 1975년 이후 10년이 넘도록 한국 대중음악은 빙하기에 파묻힌다.

김정미의 〈봄〉과 함께 떠오르는 신중현의 곡은 〈J Blues 72〉이다. 15분에 달하는 연주시간이 아쉬울 정도로 극강의 몰입감을 과시하는 작품이다. 이 곡은 함중아, 함정필 형제를 축으로 이루어진 캄보combo 밴드 골든그레이프스Golden Grapes가 연주를 함께한다. 다음으로 장현과 더맨이 협연한 〈아름다운 강산〉을 필청곡으로 추천한다. 신중현의 장남 신대철은 시나위, 차남 신윤철은 원더버드와 한국전자음악단의 리더로, 막내 신석철은 드러머로 활약한다.

한국에는 어떤 대중음악가가 있느냐는 일본 친구의 질문을 받은 적이 있다. 나는 신중현, 김정미, 산울림, 사랑과 평화의 음악을 먼저 들어보라고 했다. 10년 전의 답변은 지금도 변함이 없다. 그들은 자랑스러운 한국 대중음악의 버팀목이다. 가수 한영애는 〈A Tribute to

신중현〉 음반에서 레게풍의 〈봄〉을 선보인다. 대한민국 사이키델릭 여제 김정미는 사이키델릭 음악사의 한 페이지로 남는다.

2장

다시, 록을 읽다

보스턴에서 마주친 기타 영웅

… 제프 벡

나는 여섯 살 무렵, 라디오에서 나오는 레스 폴의 기타 연주를 들었다.

처음으로 접한 일렉트릭기타의 소리였다.

이후 비 비 킹과 스티브 크로퍼의 연주를 들었다.

– 제프 벡(Jeff Beck)

프랭크 시나트라Frank Sinatra는 스탠더드팝standard pop계의 대표적인 인물이다. 마피아와 결탁설이 끊이지 않던 그는 가수이자 배우로서 수십 년간 정력적인 활동을 펼친다. 어느 날, 부와 명예를 움켜쥔 프랭크 시나트라가 자가용에서 분노를 터트린다. 이유는 신세대 음

- Rough And Ready(1971)
- ♫ Got The Feeling

- Wired(1976)
- ♫ Come Dancing

악이었다. 자신의 취향과 거리가 먼 음악이 승용차 라디오에서 흘러나온 것이다. 중년에 접어든 유명 가수에게 롤링 스톤스The Rolling Stones의 노래는 불편한 소음에 불과했다.

20세기 팝을 주름잡았던 그에게 록은 어색한 음악이었다. 1915년생인 프랭키프랭크 시나트라의 별명는 1960년대 말에 본격적으로 태동한 록을 받아들이기엔 무리였다. 이러한 음악의 세대차이는 지금도 여전하다. 적어도 1970년대부터 1980년대는 록의 전성시대였다. 랩rap과 힙합hip hop을 즐기는 밀레니엄 세대처럼 록이란 젊음을 상징하는 표식이었다.

미국 보스턴에서 6개월을 체류했다. 벌써 20년 전의 이야기다. 회사 어학연수 과정에 합격한 덕에 원하는 장소를 택할 수 있었다. 런던, 시애틀, 보스턴을 대상지로 정하고 장고에 빠진다. 고민 끝에 대학 도시인 보스턴을 고른다. 미국치고는 치안이 나쁘지 않다는 이유도 있었지만, 결정적인 동기는 미국인 친구 D의 권유였다. 음악광이자 시인인 그는 내게 보스턴을 추천했다.

재즈의 도시 뉴올리언스 태생인 D는 내게 보스턴에

가면 음반점과 작은 공연장을 가보라고 하더라. 내 숙소는 보스턴대학교 기숙사였다. 일자로 쭉 뻗은 대학교 내에 전차가 다니고, 찰스강이 보이는 전경이 매력적인 동네였다. D의 말처럼 대학가에 음반점이 있었다. 중고 레코드를 파는 곳이었는데, 주로 록과 재즈 음반이 많았다.

음반점에서 공연 포스터를 발견한다. 기타리스트 제프 벡Jeff Beck의 공연이 보스턴 시내에서 열린다는 내용이더라. 제프 벡이 누구인가. 세계 3대 기타리스트의 한 명이 아니던가. 제프 벡, 에릭 클랩튼Eric Clapton, 지미 페이지Jimmy Page로 알려진 3대 기타리스트는 일본에서 흘러나온 말이라는 설이 있다. 난 그들 중에서 제프 벡의 음악을 가장 선호한다. 이유는 세월을 거스르는 실험정신에 있다.

사실 제프 벡의 음악을 록으로 단정하기엔 한계가 있다. 재즈와 블루스부터 테크노techno에 이르기까지 반세기가 넘도록 실험과 파격을 거듭했기 때문이다. 제프 벡의 공연을 오매불망 기다리던 차에 사고가 터진다. 대학생들과 2대 2 농구를 하다 발목을 겹질린 것이다. 수업 외에는 다른 활동을 하기가 버거웠다. 하지만 일주일 뒤에 열리는 제프 벡의 공연은 놓칠 수 없었다. 영국 웰링턴 출신인 제프 벡은 10대 시절부터 기타 조립이 취미였다. 그는 웰링턴예술학교에 입학하면서 지미 페이지와 조우한다. 지미 페이지는 훗날 그룹 레드 제플린Led Zeppelin의 기타리스트로 활동한다. 제프 벡은 기타리스트 레스 폴Les Paul, 비 비 킹B. B. King, 스티브 크로퍼Steve Cropper의 연주를 들으며 프로의 길을 모색한다. 제프 벡은 1965년 야드버즈The Yardbirds의 기타리스트로 발탁된다. 에릭 클랩튼의 공백을 채우기 위한 자리였다.

지하철을 타고 도착한 공연장은 1944년생인 제프 벡의 나이와 비슷한 곳이었다. 옆자리엔 미국인 부자가 대화 삼매경에 빠져 있었다. 제프 벡이 무대에 나오자 그들은 기타 연주에 관한 담화를 멈춘다. 공연은 크게 두 가지로 나뉜다. 등장인물이 틈틈이 대화를 하는 공연이 첫 번째다. 기타리스트 이병우의 공연이 그렇다. 다음으로 제프 벡처럼 말없이 연주에만 몰입하는 경우다.

나는 두 가지 공연을 모두 좋아한다. 오로지 기타 연주에만 집중하는 제프 벡의 오라는 상상했던 모습과 거의 흡사했다. 과묵하고 신경증적인 기타리스트로서 제프 벡을 상상했으니까. 20여 개월 만에 야드버즈를 탈퇴한 제프 벡은 자신의 솔로 앨범 〈Beck's Bolero〉를 발표한다. 이후 제프 벡은 로드 스튜어트Rod Stewart, 보컬, 로니 우드Ronnie Wood 등과 함께 제프 벡 그룹The Jeff Beck Group을 만든다.

그들의 1968년 작 〈Truth〉는 레드 제플린을 포함한 수많은 하드록hard rock, 헤비메탈heavy metal 밴드에 영향을 미친다. 1969년 제프 벡은 로니 우드를 해고하고 미국 공연을 취소한다. 이후 1971년에는 〈Rough And Ready〉를 발표한다. 이 음반은 제프 벡의 록스피릿rock spirit이 불을 뿜는 〈Got The Feeling〉을 수록하고 있다. 1973년에는 팀 보거트Tim Bogert, 베이스, 카마인 어피스 Carmine Appice, 드럼와 〈Beck, Bogert & Appice〉 음반을 내놓는다.

제프 벡의 치명적인 매력은 변화를 거듭하는 과정에서 찾을 수 있다. 제프 벡 그룹이라는 표식은 일회성에 가까운 의미를 지닌다. 매번 새롭게 멤버를 구축하려는 제프 벡의 열정이 끊이지 않는다는 이유에서다. 퓨전 fusion 과 크로스오버crossover라는 이름으로 합종연횡이 행해지던 1970년대에 제프 벡은 다시 변신을 꾀한다. 1975년 발표한 그의 대표작 〈Blow By Blow〉가 변신의 결과물이다.

최고작으로 평가받는 〈Blow By Blow〉는 비틀스의 제작자 조지 마틴George Martin과 함께 완성한 음반이다. 재즈와 록의 경계를 무너뜨리려는 도발이 곳곳에서 드러나는 〈Blow By Blow〉에는 비틀스의 곡 〈She's A Woman〉이 담겨 있다. 1976년 작 〈Wired〉는 디스코를 가미한 〈Come Dancing〉을 통해 그가 집요하게 음악적 지평을 넓혀가는 인물임을 증명해준다.

1985년에 발표한 〈Flash〉는 팝이라는 접점에 다가선 음반이다. 파격에는 찬사와 함께 비난과 냉소가 따라붙는다. 록, 재즈, 블루스라는 제프 벡의 음악에 익숙한 이들에게 〈Flash〉는 너무나 멀리 나간 음반이었다. 이 앨범에는 뮤직비디오로 만들어진 〈People Get Ready〉가 실려 있다. 임프레션스The Impressions의 원곡을 리메이크한 〈People Get Ready〉는 로드 스튜어트가 보컬을 맡는다.

2014년 4월 27일. 서울 올림픽홀에는 노란 리본을 단 기타리스트가 모습을 보인다. 그는 세월호 실종자들이 무사히 돌아오기를 기원하며 관객에게 〈People Get Ready〉를 들려준다. "인내와 기다림과 희망의 의미를 전하고 싶었다"는 기타리스트. 그는 바로 제프 벡이었다. 그는 21세기에도 변함없이 음반을 발표하고 공연을 멈추지 않는다.

보스턴의 공연장에 박수 물결이 퍼져 나간다. 마지막 곡을 마친 제프 벡은 여성 연주자에게 무릎을 굽혀 고마움을 표시한다. 제프 벡이 보여준 유일한 퍼포먼스였다. 적어도 음악가라면, 평생을 연주에 바친 이라면, 장르의 구분을 넘나드는 실험가라면, 보여줄 수 있는 모든 것을 쏟아낸 날이었다. 제프 벡은 2010년 발표한 음반 〈Emotion & Commotion〉에서 주디 갈런드Judy Garland가 부른 〈Somewhere Over The Rainbow〉를 연주한다. 그는 2009년 로큰롤 명예의 전당에 이름을 올린다.

그들의 연주가 역사가 된다면

··· 블라인드 페이스

자신이 어디에 있든 간에 변화를 위해 노력해야 해요.

그래야만 의미 있는 음악 작업을 할 수 있으니까요.

– 스티브 윈우드(Steve Winwood)

금지의 역사는 차이의 역사다. 차이는 금지라는 종착
역에서 생을 목도한다. 차이는 금지와 함께 일상 곳곳
에 똬리를 틀고 있다. 차이를 용납하는 사회에서는 금
지라는 차단벽이 세워지지 않는다. 금지가 획책한 자
기검열로부터 자유로웠을 테니 말이다. 외부가 아닌
내부로부터의 금지도 존재한다. 스스로 만들어낸 규칙

● Blind Faith(1969)(처음의 표지)
♬ Do What You Like

● Blind Faith(1969)(교체한 표지)
♬ Presence Of The Lord

이야말로 금지의 악순환을 부추긴다.

음악에서 금지란 희소가치를 높여주는 촉매제다. 손바닥으로 하늘을 가려보겠다는 의도로 통제하는 금지곡은 제한적인 자유를 얻는다. 그렇다고 모든 음악이 자유라는 추상어와 병치할 수는 없다. 악플이나 명예훼손 등의 부자유는 오히려 강화된 상태다. 게다가 상업적 흥행이라는 그물망을 헤쳐 나와야 하는 부자유가 버티고 있다.

〈Blind Faith〉 역시 외설이라는 이유로 금지된 음반이었다. 라이선스로 출시한 음반 표지에는 초록 언덕이 휑하니 펼쳐져 있다. 허전하고 황량한 모양새다. 언덕 위에 기타를 둘러멘 에릭 클랩튼, 마이크를 잡은 스티브 윈우드Steve Winwood, 드럼스틱을 움켜쥔 진저 베이커Ginger Baker, 베이스를 팅기는 릭 그리치Rick Greech 정도는 나와줘야 했다.

알고 보니 본래 음반 표지에는 비행기를 잡은 반라의 소녀가 나오더라. 음반 구입 당시에는 표지에 작업을 해버린 만행을 알지 못했다. 돌이켜보면 같은 가격으로 음반의 절반만을 소유한 꼴이었다. 〈Blind Faith〉는 가위질로 인해 '얼굴 없는 음반'으로 전락한 처지였다. 그럼에도 블라인드 페이스Blind Faith의 유일작이자 동명의 음반은 주목할 만한 작품이다.

내가 살던 용산에는 AFKNAmerican Forces Korea Network이라는 주한미군방송이 나왔다. 흑백텔레비전으로 더스틴 호프먼Dustin Hoffman이 주연한 영화 〈졸업The Graduate〉과 음악방송 〈솔 트레인Soul Train〉을 보았다. 모두 AFKN을 통해서였다. 까까머리 중학생은 틈만 나면 AFKN 방송을 틀어댔다. 내 마음의 마술상자는 AFKN이었다.

주말로 기억한다. 기다리던 '나 홀로 집에' 상황이 벌어진다. 조신한 자세로 책상 앞에서 대기하던 중학생은 가족이 외출하기 무섭게 텔레비전을 튼다. 반갑게도 AFKN에서는 록 밴드의 라이브 공연이 펼쳐지더라. 'Hyde Park'라는 자막이 흘러나오는데, 당시에는 무대가 영국이 아닌 미국으로 알았다. 장발의 로커 집단은 공원을 에워싼 청중 앞에서 연주 삼매경에 빠져 있었다.

글을 쓰면서 유튜브로 당시 공연 영상을 찾아보았다.

흥미롭게도 에릭 클랩튼보다 진저 베이커나 스티브 윈우드가 영상에 더 자주 나온다. 공연에서는 음반에 없는 롤링 스톤스의 〈Under My Thumb〉과 블루스곡 〈Sleeping In The Ground〉가 등장한다. 공연장에 운집한 청년군은 마치 1969년발 미국 우드스톡 페스티벌 Woodstock Festival의 재현과 흡사했다. 모두 1969년 여름에 벌어진 일이다.

기타리스트 에릭 클랩튼의 시대는 브리티시 록British rock의 역사와 겹친다. 그는 록 그룹 야드버즈, 크림Cream, 블라인드 페이스에서 차례로 활동한다. 목차를 준비하며 에릭 클랩튼을 제외한 이유는 그가 블라인드 페이스, 존 메이올John Mayall 모두와 활동했기 때문이다. 평생을 록과 블루스에 심취했던 에릭 클랩튼은 2020년 〈에릭 클랩튼: 기타의 신Eric Clapton: Life in 12 Bars〉이라는 다큐멘터리의 주인공으로 나온다.

스티브 윈우드는 스펜서 데이비스 그룹The Spencer Davis Group과 트래픽Traffic을 거쳐 블라인드 페이스에 합류한다. 그는 1970년 〈Mad Shadows〉라는 솔로 앨범을 준비하지만 우여곡절 끝에 트래픽의 〈John Barleycorn

Must Die〉로 방향을 선회한다. 진저 베이커는 크림에서 에릭 클랩튼과 함께 활동했던 드러머다. 그는 폴 매카트니Paul McCartney의 〈Band On The Run〉 음반 세션에 참여한다. 자신이 완전무결한 드러머라고 호언하던 진저 베이커는 2019년 사망한다.

에릭 클랩튼은 크림에서 활동하면서부터 스티브 윈우드의 잠재력을 주목한다. 크림과 트래픽이 해체된 이후 음악 동료로 지내던 에릭 클랩튼과 스티브 윈우드는 진저 베이커에 이어 마지막 멤버인 릭 그리치를 영입한다. 잼세션jam session으로 시작한 이들의 활동은 음악잡지에서 '슈퍼그룹의 탄생'이라는 칭호를 얻기에 이른다. 그때까지 에릭 클랩튼과 진저 베이커는 약물 문제 등으로 불편한 관계였다.

영국산 슈퍼그룹은 동명 음반 〈Blind Faith〉에서 자신들의 역량을 쏟아낸다. 에릭 클랩튼이 만든 〈Presence Of The Lord〉를 비롯하여, 진저 베이커의 드럼 연주가 불을 뿜는 〈Do What You Like〉, 상실과 고독의 노래인 〈Can't Find My Way Home〉, 스티브 윈우드의 절규가 귓가를 맴도는 〈Sea Of Joy〉까지 록의 르네상스를 자축하는 곡으로 메워진다.

1969년 이들은 런던 하이드파크에서 무료공연을 펼친다. 이후 미국에서 8주간 순회공연을 가진 블라인드 페이스는 내셔널 재즈 앤드 블루스 페스티벌National Jazz & Blues Festival에 참여한다. 이후 스칸디나비아 공연을 마친 그룹은 대망의 음반을 제작한다. 같은 해에 발표한 문제작 〈Blind Faith〉는 초판 판매량이 10만 장을 돌파한다.

음반 표지는 에릭 클랩튼이 샌프란시스코에서 만난 밥 세이더먼Bob Seidemann이 제작한다. 밥 세이더먼은 상반신을 노출한 빨강 머리 소녀가 은색 비행기를 든 장면을 구상한다. 40파운드에 촬영에 임한 마리오라Mariora 라는 이름의 소녀는 당시 열한 살이었다. 비행기는 에릭 클랩튼의 지인이자 보석상인 믹 밀리건Mick Milligan 이 디자인하고, 런던의 예술대학교 학생이 만든 모형이다.

위 이미지는 영국과 미국에서 커다란 반발에 부딪힌다. 어린 소녀의 모습이 외설적이라는 의견부터 비행기가 남자의 성기를 상징한다는 비난이 빗발친다. 인간이 달에 도착한 해인 1969년을 상징하는 의미로 우주선을 닮은 비행기와 소녀를 등장시키고, 우주선은 지식 나무의 열매이며, 소녀는 생명 나무의 열매라는 밥 세이더먼의 설명이 이어진다. 문제의 음반은 멤버 사진이 나오는 표지로 재출시한다.

블라인드 페이스의 해체에 결정적인 역할을 한 인물은 에릭 클랩튼이다. 그는 델라니 앤드 보니Delaney & Bonnie와 공연을 하고, 존 레넌의 요청으로 캐나다 토론토에서 플라스틱 오노 밴드Plastic Ono Band의 게스트로 출연한다. 그 후 데릭 앤드 더 도미노스Derek and the Dominos를 만든다. 1970년에는 〈Eric Clapton〉이라는 솔로 음반을 발표한다. 이 음반에서는 컨트리country, 가스펠gospel, 리듬앤드블루스R&B; rhythm and blues 등 미국 남부 음악의 색채가 드러난다.

1953년 라디오방송으로 시작한 AFKN은 1957년부터 텔레비전 방송으로 영역을 확장한다. 주한미군의 사기 증진을 위한 채널로 활용하던 AFKN은 1996년에서야 막을 내린다. 미국 문화 전초기지의 소리 없는 퇴장이었다. 블라인드 페이스는 1970년 1월에 해산한다. 내게 블라인드 페이스는 AFKN의 기억과 맥을 같이한다. 그들의 연주는 역사로 남았고, 흑백텔레비전에서 나오던 영어 문화는 분단국가의 쓸쓸한 초상이었다.

죽음으로부터의 혁명

… 그레이트풀 데드

많은 관객은 필요 없어요.

관객이 너무 많으면 그레이트풀 데드의 음악을

제대로 실현하기가 불가능하니까요.

– 제리 가르시아(Jerry Garcia)

소설 창작에 매진하던 시절이 있었다. 나이 서른하고
도 중반 무렵이었다. 문학과지성사에서 책을 낸 중견
소설가의 첫 강의가 발단이었다. 실제 소설을 써보니
의지만으로 해결되지 않는 부분이 적지 않았다. 자본
이라는 변수도 마찬가지였다. 시간과 지식과 재능도

● Live Dead(1969)
♬ Dark Star

● American Beauty(1970)
♬ Ripple

광의의 자본이라는 사실을 깨달았다. 어쨌든 칼을 뽑았으니 허공을 가르는 흔적 정도는 남기고 싶었다.

음악에 늘 빠져 있다 보니 이를 소재로 소설을 써보기로 했다. 어떤 음악인을 고를까. 인지도를 따진다면야 비틀스나 밥 딜런 정도가 무난하지만 쓰는 즐거움은 별로였다. 장고 끝에 그레이트풀 데드Grateful Dead의 리더인 제리 가르시아Jerry Garcia를 소재로 한 소설에 도전한다. 돌이켜보면 전업 소설가를 꿈꾸던 서릿발 같은 세월이었다. 다음은 내 소설의 일부분이다.

그날도 어김없이 회사 일을 마친 후 신촌으로 향했다. 음반점 뮤직뱅크. 매달 가게 주인이 희귀한 음반을 일본에서 직접 공수해 오는 레코드점이었다. 가벼운 주머니 사정 탓에 나는 주인이 반기는 대박손님 목록에는 빠져 있었다. 하지만 매주 뮤직뱅크에 들르는 성실함에 감복한 주인은 새 음반을 입하하면 잊지 않고 나를 호출했다. 말하자면 돈보다는 음악을 사랑하는 손님에 대한 애정이랄까, 뭐 그런 낭만이 살아 숨 쉬던 가게였다.

"이번에는 추천 음반을 사볼까 해요. 좋은 거 있으면 권해주세요."

주인은 내 질문에 '오호라' 하는 의미심장한 미소를 지으며 말없이 판을 건넸다. 음반 속에 들어 있던 LP판은 주인의 손을 거쳐 턴테이블 위로 옮겨졌다.

"뭐냐, 이건."

검붉은 장미 한 송이가 울긋불긋한 나무판 위에 투박스럽게 그려진, 〈American Beauty〉란 타이틀이 적힌 레코드였다. 잠시 후 컨트리도 아닌, 록도 아닌, 그렇다고 포크도 아닌 애매모호한 선율이 알텍 스피커에서 비 맞은 지렁이처럼 기어 나왔다. 당시만 해도 난 모름지기 음악이라면 재즈면 재즈, 록이면 록, 포크면 포크다워야 한다는 신념의 소유자였다. 하지만 이번은 달랐다. 청양고추에 된장을 찍어 먹는 느낌이랄까? 씹을수록 매운 향이 입안에서 가시질 않는 텁텁한 음악이었다. 반신반의하는 마음으로 음반을 집어 들고 가게를 나섰다. '하필이면 그룹명이 Grateful Dead라니, 죽고 싶어 안달을 한 밴드인가'라는 의구심이 가시질 않았다.

헌책방에서 구입한 음악월간지를 뒤져보니, 밴드의 리더가 제리 가르시아란 인물이더라. 만약에 말이다. 그룹 그레이트풀 데드의 리더였던 제리 가르시아에게 '아저씬 1999년도 하면 뭐가 떠오르지요'라는 질문을 던진다면 어떤 반응을 보였을까? 그는 덥수룩한 턱수염을 쓰다듬으며 이렇게 말했을지도 모른다. '뭐, 나야 조신하게 관 속에서 쉬고 있었으니 1999년이라도 별일이 있었겠냐'라든가

'흠, 오랜만에 유령들 앞에서 제대로 된 공연을 했지, 근데 천국엔 마리화나가 없어서 여기만큼 재밌지는 않았어'라고 말이다. 이제부터 등장할 내용은 1999년에 나와 내 주변에서 생겼던, 아니 생겼을지도 모를 사건들에 대한 이야기다.

소설의 앞부분이다. 그레이트풀 데드는 탄생 자체가 음악 산업과는 거리가 좀 멀었다. 그들은 마약 판매로 생계를 유지하면서 떠돌이 생활을 하는 일종의 문화 집단이었다. 그룹의 정신적 지주인 제리 가르시아는 이를 '환각여행'이라고 표현한다. 그의 말처럼 잃을 게 없었기에 물질에 대한 욕망으로부터 자유롭고, 이러한 정신을 표현하는 소통 수단으로 음악을 택한 자유주의자였다.

위 소설에서 제리 가르시아는 주인공의 변형된 자아로 등장한다. 과거의 상처에서 자유롭지 못한 주인공은 제리 가르시아와의 만남을 통해 조금씩 자아를 되찾는다. 주인공은 '들여다보기'에서 '바라보기'로 삶의 추를 갈아 끼운다. 소설에 등장하는 죽음은 변화의 물결에서 사라져가는 인간을 상징한다. 결국 주인공은 죽음과 자아의 안티테제antithese인 제리 가르시아에게 화해의 손을 내민다.

제리 가르시아는 1965년 미국 캘리포니아에서 필 레시Phil Lesh, 베이스·보컬, 밥 위어Bob Weir, 기타·보컬, 론 매커넌Ron McKernan, 키보드·하모니카·퍼커션·보컬, 빌 크로이츠먼Bill Kreutzmann, 드럼과 함께 월록스The Warlocks라는 밴드를 만든다. 이후 그룹명을 '그레이트풀 데드'로 바꾼 제리 가르시아는 1966년 히피 문화의 중심지인 해이트-애시버리로 이동한다.

장발, 청바지, 환각제, 집단생활, 예술이라는 공통분모로 이루어진 히피는 반문화의 시대를 알리는 좌표다. 이들은 자본주의와 대척하는 마력적인 공동체 삶이 가능하다는 사실을 보여준 모험집단이다. 걸림돌도 적지 않았다. 해이트-애시버리에 히피가 몰리자 식량부족, 폭력사태가 빈발한다. 여기에 관광객과 미디어까지 합세하여 이들의 문화가 상품화되는 형국이 된다.

유토피아 공동체에 가까운 히피 문화는 사회개혁으로 영역을 확장하지는 못한다. 이들은 자연 공동체생활이 가능한 미국 각지로 흩어진다. 히피의 행태를 못마땅

해하던 미국 정부는 경찰 공권력을 동원하여 교통정리를 단행한다. 백인 마약 상용자가 주축이던 히피 문화는 점차 사그라들지만 이들의 자유정신은 세계 예술가에게 영향을 미친다. 그레이트풀 데드는 이러한 반문화의 심장부에 위치한다.

1967년 동명의 데뷔 음반을 발표한 그레이트풀 데드는 그들이 경원시하던 미국 음악 산업과 연결된다. 제리 가르시아는 1970년 인터뷰에서 이렇게 비난한다.

돈을 벌기 위해 만든 음악은 쓰레기다.

음반 판매라는 상업행위 자체를 터부시하던 그의 주관이 드러나는 대목이다. 공연만이 진정한 음악이라고 믿었던 그들 역시 스튜디오 음반을 출시한다.

그레이트풀 데드는 함께 어울리던 50여 명과 공동체 생활을 유지한다. 음악 수입만으로 이들의 식비를 해결할 정도였다. 몇 시간씩 이어지는 그들의 공연 자체가 집단문화의 일부로 흡수된다. 그레이트풀 데드는 수천 명 이상이 운집하는 대규모 공연에는 거부감을 나타낸다. 대중과의 소통 자체가 원활하지 않다는 이유에서였다.

그레이트풀 데드는 수십 장의 라이브 음반을 발표한다. 그레이트풀 데드의 정수를 탐하려면 라이브를 접해야 한다. 속도와 경쟁에 찌든 현대사회에 경종을 울리는 그들의 음악은 느림의 철학과 상통한다. 음악으로 신선한 영혼을 우려내는 해탈의 음악이다. 미래가 아닌 현재에 충실한 선율을 쏟아냈던 영혼의 공동체다.

이들의 라이브 음반에서 가장 중독성 넘치는 트랙은 1969년 샌프란시스코 공연 앨범 〈Live Dead〉에 실린 〈Dark Star〉다. 23분이 넘는 연주시간 동안 펼쳐지는 사이키델리아psychedelia는 그레이트풀 데드를 날 것 그대로 보여준다. 다음으로 1970년 스튜디오 음반 〈American Beauty〉에 실린 히피 송가 〈Ripple〉을 추천한다.

그레이트풀 데드는 1995년 마약 재활치료를 위해 입원한 제리 가르시아가 사망하면서 해체 수순을 밟는다. 제리 가르시아가 사라진 데드는 식물인간과 다름없었다. 그레이트풀 데드는 2007년에 열린 제49회 그래미상Grammy Awards에서 '평생공로상'을 수상한다. 제리 가르시아가 세상을 떠난 지 13년 만에 이루어진 음악계의 작은 축제였다. 드러머 미키 하트Mickey Hart는 뉴욕에서 음악신경기능연구소의 소장으로 활동하면서 음악치유에 몰두한다.

미국과 맞짱 뜬 라틴록의 황제

··· 카를로스 산타나

음악은 세상과 인간을 치유할 수 있는 위대한 존재입니다.

음악은 우리 자신이 처한 상황에서의 초월을 의미합니다.

음악은 이런 의미에서 샤머니즘적인 측면이 있습니다.

– 카를로스 산타나(Carlos Santana)

전쟁이란 지옥도의 재현이다. 유럽을 콩가루로 만든 제1차·제2차세계대전은 신흥 패권국가의 출현을 부추긴다. 경량급 복서들의 집단 난투극이 끝나자 중량급 복서 간의 일대일 대결이 펼쳐진 꼴이다. 소련과 미국이라는 차력사끼리의 힘겨루기는 1980년대 후반 미

🔘 Zebop!(1981)
🎵 I Love You Much Too Much

🔘 Blues For Salvador(1987)
🎵 Blues For Salvador

하일 고르바초프Mikhail Sergeevich Gorbachyov가 주도하는
페레스트로이카perestroika, 개혁에 의해 무게중심이 흔들
린다. 이후 세상은 미국이라는 천하장사의 독주 체제
로 넘어간다.

세계화라는 용어는 미국의 재탄생과 맥을 같이한다.
대중문화는 미국의, 미국에 의한, 미국을 위한 세계화
의 잠금장치로 쓰인다. 미국산 문화 코드는 유럽을 포
함한 세계 곳곳으로 원전 오염수처럼 흘러 들어간다.
세계인이 영화 〈저스티스 리그Justice League〉를 감상하면
서 코카콜라를 마시고 팝콘으로 허기를 채운다. 아이
들은 미키마우스라는 디즈니 상품에 빠져든다.

세계화의 대열에 감초처럼 따라붙는 또 다른 존재는
바로 영어다. 미국에서 생산하는 문화상품에는 영어라
는 포장지가 따라붙는다. 영어를 읽거나, 말하거나, 듣
지 못하는 자는 세계화의 급행열차에 탑승할 수 없다.
음악이라고 예외일 수 없다. 미국 진출을 원하는 비영
어권 국가의 음악인이 울며 겨자 먹기로 영어 음반을
발표한다.

카를로스 산타나Carlos Santana의 음악에 본격적으로 빠

진 시기는 고등학교 2학년 때였다. 입시 지옥이나 마찬가지인 지금에 비하면 꽤나 무탈한 시간이었다. 자율학습을 핑계로 학교에서 10여 분 거리에 위치한 동급생 E의 집이 내겐 음악감상실이었다. 친구네 집에는 형이 수집한 LP가 벽면을 메우고 있었다. 형이 지방 출장을 가거나 늦게 퇴근하는 날이면 어김없이 E의 집으로 향했다.

만화 〈송곳〉에 이런 대사가 나온다.

당신들은 안 그럴 거라고 장담하지 마. … 서는 데가 바뀌면 풍경도 달라지는 거야.

여기서 풍경이란 자본과 계급이다. 음악은 어떨까. 듣는 장소가 바뀌면 감흥도 달라진다. 친구네서 접한 음악은 〈Moonflower〉라는 두 장짜리 LP였다. 서울 후암동 골목길에 위치한 연립주택에서 산타나의 기타 연주가 청자 담배 연기처럼 흘러나온다.

〈Moonflower〉는 베스트와 솔로 음반을 제외한 산타나 밴드의 아홉 번째 정규 음반이다. 1977년에 발표한

〈Moonflower〉는 1970년 발표한 2집 〈Abraxas〉에 이은 산타나의 대표작이다. 특히 스페인어가 등장하는 〈Carnaval〉과 〈Let The Children Play〉는 언어장벽이 굳건한 미국 시장에서 가능성을 보여준 사례다. 이 음반에는 기타 연주곡 〈Europa Earth's Cry Heaven's Smile〉가 라이브로 실려 있다.

다섯 살에 바이올린을, 여덟 살에 기타를 배운 카를로스 산타나는 1947년 멕시코에서 태어난다. 이후 미국 접경지역인 티후아나로 이주해 클럽 등지에서 일하며 블루스에 심취한다. 다시 샌프란시스코로 이전한 그는 1966년에 산타나 블루스 밴드 Santana Blues Band를 만든다. 이듬해 산타나는 음악 인생의 전환기를 맞는다.

지미 헨드릭스, 더 후 The Who, 리치 헤이븐스 Richie Havens, 존 바에즈 Joan Baez, 재니스 조플린 Janis Joplin, 제퍼슨 에어플레인, 텐 이어스 애프터 Ten Years After, 조 코커 Joe Cocker, 폴 버터필드 블루스 밴드 The Paul Butterfield Blues Band, 알로 거스리 Arlo Guthrie, 캔드 히트 Canned Heat, 마운틴 Mountain, 그레이트풀 데드.

위에 등장하는 이들은 1960년대 록의 전성기를 수놓

았던 음악가다. 이들이 한 자리에 모인다. 록의 전설로 남은 1969년 우드스톡 페스티벌. 전대미문의 공연을 성사시킨 인물은 바로 마이클 랭Michael Lang이다. 느슨하고 자유로운 공연을 꿈꾸던 그는 행사명을 '우드스톡 음악과 예술 박람회The Woodstock Music and Art Fair'라고 정한다. 음악 공연을 중심으로 미술, 춤, 연극을 아우르는 평화의 축제였다.

행사에서 가장 비싼 개런티5만 달러를 요구한 인물은 지미 헨드릭스였다. 반대로 데뷔 음반 자체가 없던 산타나는 마이클 랭에게 생소한 인물이었다. 결국 테이프로 음악을 확인한 그는 마지막 영입 대상으로 산타나를 낙점한다. 산타나는 최저 개런티1,500달러를 받는 조건으로 토요일 공연에 참여한다.

여기에서 록 음악사에 길이 남을 사건이 터진다. 산타나의 연주곡 〈Soul Sacrifice〉가 공연을 절정으로 이끈 것이다. 당시의 감흥을 산타나는 이렇게 전한다.

무대에 올라 눈앞에 펼쳐진 바다(인파)를 보았습니다. … 모든 이의 영혼과 하나하나 연결된 듯한 기분이었죠. 우리는 해냈습니다.

소리가 사람들로 뒤덮인 들판 위를 튀어 오르던 기분을 잊지 못할 겁니다.

우드스톡 페스티벌의 기린아로 떠오른 산타나는 20세기를 가로질러 21세기로 질주한다. 무려 반세기 동안 정상급의 로커로 활약한 그에게 수많은 음악인이 경의를 표한다. 1999년 발표한 〈Supernatural〉은 산타나의 건재를 보여준 작품이다. 매치박스 트웬티Matchbox Twenty의 보컬 롭 토머스Rob Thomas와의 곡 〈Smooth〉와 싱글 〈Maria Maria〉는 그래미상 시상식에서 '올해의 레코드상' '올해의 앨범상'을 포함한 여덟 개 부문을 석권한다.

1996년 11월 잠실주경기장에서 열리는 산타나의 공연을 위해 회사에 휴가를 냈다. 그는 음악가인 동시에 평화주의자였다. 무대의 열기가 달아오를 무렵 일부 관중이 무대로 향한다. 순간 무대 앞에 포진한 진행요원들이 그들을 밀어낸다. 산타나는 자신이 직접 마이크를 잡고 관중을 제재하지 말아달라고 정중하게 부탁한다. 잠실 벌에 울려 퍼지던 〈Europa〉의 감동은 지금도 기억에 생생하다.

레게의 전설 밥 말리Bob Marley와 함께 산타나는 미국에서 라틴록Latin rock의 황제로 자리 잡는다. 1960년대에서 2000년대까지 대중의 눈과 귀를 사로잡은 음악가는 극소수다. 스캔들, 매너리즘, 약물중독, 유행에 이르기까지 록스타의 앞길을 가로막는 변수는 무수히 많다. 이런 악재를 견뎌내고 신음악을 창조하는 자만이 거장의 반열에 오른다. 산타나 그룹에는 80명이 넘는 연주자가 발을 담근다.

멕시코산 기타 영웅은 재즈, 솔뮤직soul music, 펑크funk, 얼터너티브alternative 음악가들과도 협연을 시도한다. 존 매클로플린John McLaughlin, 허비 행콕Herbie Hancock, 웨인 쇼터Wayne Shorter, 론 카터Ron Carter, 버디 마일스Buddy Miles, 제프 벡, 스티븐 타일러Steven Tyler 등이 산타나와 인터플레이interplay를 시도한다.

그는 2010년 〈Guitar Heaven〉이라는 음반에서 레드 제플린, 도어스, 딥 퍼플Deep Purple 등의 곡을 리메이크한다. 2011년 3월에 산타나는 다시 잠실주경기장을 찾는다. 영원히 늙지 않는 우드스톡 키즈의 귀환이었다.

록이거나, 블루스거나, 팝이거나

··· 플리트우드 맥

내가 그룹 레드 제플린에서 해왔던 것은

그때까지 가지고 있던 록의 개념을 하나씩 깨트리면서

새로운 것을 창출해내는 것이었다.

– 지미 페이지(Jimmy Page)

일본 배낭여행의 목적은 하나였다. 레코드점 순례. 여
행 동료는 음악모임 후배 E였다. 그는 전투경찰 만기제
대를 갓 마친 젊은이였다. 비행기 값이 저렴한 1996년
6월로 일정을 잡는다. 휴대전화도 구글맵도 없던 시절
이라 E가 어렵사리 구한 도쿄 레코드점 안내책자가 우

● English Rose(1969)
♫ Albatross

● Future Games(1971)
♫ Future Games

리에겐 보물섬 지도나 다름없었다. 마침 일본 연구소에 취업한 친구로부터 음반점 안내를 돕겠다는 편지를 받은 상태였다.

나리타공항에 내려 이케부쿠로 민박집에 짐을 놓자마자 길을 나선다. 일분일초를 아껴 한 장의 음반이라도 더 봐야 했다. 6월 중순의 도쿄 날씨는 서울에 비해 별로였다. 30도를 넘나드는 후텁지근한 공기가 도쿄 시내를 흔들고 있었다. 가수 이남이가 떠나봐야 소중함을 안다고 했던가. 서울이라는 도시가 소중하게 느껴지더라. 우린 신주쿠와 시부야에 포진한 레코드점을 먼저 방문한다.

3일간 40여 곳이 넘는 음반점을 뒤지다 보니 음악에 체한다는 말이 훅 떠올랐다. 게다가 체력 고갈로 오후 3시를 넘기면 건물 계단에 퍼질러지는 시간이 늘어만 갔다. E의 체력은 그야말로 아쿠아맨을 능가했다. 종일토록 음반수집 삼매경인 녀석의 강철 체력이 부러웠다. 시부야에 위치한 음반점이었나 보다. 탈수현상으로 혼자 건물 계단에서 쉬던 차에 E가 상기된 얼굴로 나타났다.

"봉호 형, 이런 음반 본 적 있어?"

E는 커다란 눈망울을 희번덕거리며 방금 구입한 LP를 보여준다. 동화의 한 장면 같은 음반이 자태를 드러냈다. 말로만 듣던 플리트우드 맥Fleetwood Mac의 1970년 작 〈Kiln House〉였다. 저질 체력으로 득템의 기쁨을 축하해주던 나의 질투 수치가 상한가를 친다. 게다가 1,000엔이라는 가격에 음반 상태는 최상이었다.

플리트우드 맥은 그룹 결성 후 변신을 거듭한다. 1967년 내셔널 재즈 앤드 블루스 페스티벌에 등장한 이들은 1968년 동명 음반 〈Fleetwood Mac〉을 출시한다. 이 음반에는 그룹의 쌍두마차인 피터 그린Peter Green, 기타 과 제러미 스펜서Jeremy Spencer, 기타 의 곡에서부터 전설적인 블루스맨 엘모어 제임스Elmore James, 하울링 울프Howlin' Wolf, 소니 보이 윌리엄슨Sonny Boy Williamson 의 곡이 담긴다. 〈Fleetwood Mac〉은 1968년 영국에서 가장 많이 팔린 앨범이다.

초반기 플리트우드 맥을 이끈 피터 그린은 이후로도 블루스에 매진한다. 특히 그가 발표한 솔로 앨범 〈The End Of The Game〉1970에 수록한 〈Bottoms Up〉은 피터 그린의 최고작이다. 그는 이후 마약 문제로 고전하다 솔로 음반 2집 〈In The Skies〉1979를 발표한다. 이 음반에서는 기타리스트 스노이 화이트Snowy White가 협연한다. 피터 그린은 2020년 세상을 떠난다.

소장하고 있는 플리트우드 맥의 음반을 정리해본다. 〈Then Play On〉1969, 〈Future Games〉1971, 〈Bare Trees〉1972, 〈Mystery To Me〉1973, 〈Fleetwood Mac〉1975, 〈Rumours〉1977까지 전부 여섯 장이다. 이 중에서 1975년 음반은 1967년에 녹음한 〈The Original Fleetwood Mac〉과 다른 동명 음반이다.

10년 이상 음반제작과 공연활동을 이어가는 장수 그룹은 크게 두 가지의 음악 성향을 보인다. 예를 들어 레드 제플린은 드러머 존 보넘John Bonham의 사망 이후 발표한 〈Coda〉1982에 이르기까지 하드록이라는 장르를 고집한다. 반면 플리트우드 맥은 블루스 밴드로 활동을 시작한 1960년대 말과, 팝을 본격적으로 수용한 1970년대 중반 이후로 성향이 갈린다.

따라서 "나는 플리트우드 맥을 좋아한다"고 말하는 이에게는 다음 질문이 이어진다. 플리트우드 맥의 모든

음악인지, 아니면 1970년대 초반까지의 음악인지, 그것
도 아니라면 후반기의 음악인지 말이다. 나는 1970년
대 초반에 발표한 플리트우드 맥의 음반을 즐겨 듣는
다. 1960년대 말이나 후반기도 애청하지만 말이다.

멤버교체가 빈번하던 이들은 블루스에서 록으로, 록
에서 팝으로 변신을 거듭한다. 어떤 지인은 음반
〈Rumours〉가 이름만 같은 플리트우드 맥이 아니냐고
반문한다. 이들은 무명 블루스 밴드에서 팝뮤직 산업
의 기린아로 떠오른다. 1970년대는 영어권 국가가 주
도하는 음반 산업의 태동기이자 전성기였다.

'돈 먹는 하마'라 불리던 1970~1980년대 음반 산업은
'음악의 경량화'라는 부작용을 낳는다. 팝의 홍수 속에
서 탄산음료 같은 음악이 창궐한다. 여기에 거대자본
을 투입하는데, 이를 주도한 사업가 중에는 록이나 블
루스에 하등의 관심도 없는 자들이 적지 않았다. 오로
지 돈벌이에 치중한 장사치가 음악의 다양성을 폐기하
는 데 일조한다.

나는 밥 웰치Bob Welch, 보컬 · 작곡 · 기타가 가세한 〈Future
Games〉1971 와 〈Bare Trees〉1972 음반을 가장 선호한다.

초반기 플리트우드 맥의 거친 사운드를 섬세하고 몽환적인 분위기로 재편했기 때문이다. 미국과 파리에서 리듬앤드블루스 밴드를 이끈 밥 웰치는 위 음반에 소프트록soft rock이라는 장르를 덧칠한다. 이들은 1970년대 초반부터 정통 블루스와 거리를 두기 시작한다.

이번에는 밥 웰치가 떠난 자리에 스티비 닉스Stevie Nicks, 보컬와 린지 버킹엄Lindsey Buckingham, 보컬·기타이라는 중량급 음악인이 가세한다. 이번에는 록이 아니라 팝이었다. 멤버 간의 갈등은 〈Rumours〉에서 절정에 달한다. 연인이던 스티비 닉스와 린지 버킹엄은 반목하는 관계로 치닫고, 존 맥비John McVie와 크리스틴 맥비Christine McVie 부부는 파경설에 휩싸인다.

난파선에 탑승한 선원을 살린 주체는 대중이었다. 〈Rumours〉는 현재까지 세계 음반판매 11위라는 화끈한 기록을 세운다. 일부 음악평론가의 혹평에도 불구하고 플리트우드 맥은 팝의 물결에 가세한다. 어쩌면 플리트우드 맥은 같은 이름의 완전히 다른 밴드로 활동한 그룹일 테다. 스티비 닉스의 〈Dreams〉와 피터 그린의 〈Albatross〉를 비교 청취해보면 어렵지 않게 답이 나온다.

E는 150장에 달하는 음반을 일본에서 싹쓸이한다. 부피 관계로 CD는 표지와 음반만 배낭에 넣고, LP는 박스에 포장하여 무사히 세관을 통과한다. 나는 20여 장의 음반을 챙겨 2박 3일간의 음반 여행을 마친다. 이후 여덟 번의 일본 방문을 하지만 그때만큼의 쏠쏠한 기억은 없다. 가깝고도 먼 나라의 오아시스는 각양각색의 레코드점이었다.

머리에 꽃을

… 퀵실버 메신저 서비스

만약 전 시대의 연주자들이 없었다면

현재의 연주자도 존재할 수가 없다.

– 제이 제이 케일(J. J. Cale)

1980년대에 LP를 모았던 사람은 안다. 빽판이라 불리던 해적판에 대한 기억을 말이다. 내가 빽판을 구하던 장소는 주로 종로 세운상가였다. 1968년 완공한 이곳은 대한민국 최초의 주상복합건물이었다. 1960년대 사창가였던 종로3가는 김현옥 서울시장이 주도한 단속으로 자취를 감춘다. 이후 세운상가는 전면철거에서

◉ Shady Grove(1969)
♫ Edward, The Mad Shirt Grinder

◉ Comin' Thru(1972)
♫ Doin' Time In The USA

도시재생으로 계획을 변경하여 새롭게 외장을 갖춘다.
세운상가는 참으로 다양한 물건을 팔았다. 상가를 걷다
보면 무서운 아저씨들이 물건을 보고 가라고 협박성
호객 행위를 해댔다. 여기서 물건이란 성인잡지와 섹스
비디오테이프였다. 내가 찾는 물건은 잡지나 테이프가
아닌 음반이었다. 당시 물가로 빽판의 가격은 500원.
운이 좋으면 1,000원에 세 장을 구할 수 있었다.

퀵실버 메신저 서비스Quicksilver Messenger Service라는 그룹
과 연을 맺은 장소가 세운상가다. 자주 가던 빽판 가게
가 있었는데 그곳 주인은 손님이 와도 별 기척이 없던
슴슴한 인물이었다.

"학생, 이거 들어봐. 마음에 안 들면 다시 가져오고."

손바닥이 거무스름해지도록 판 더미를 뒤지던 뒤통수
너머로 주인 목소리가 꽂힌다. 고개를 돌려보니 처음
보는 빽판이 보이더라.

직접 들어보지 않으면 답이 없던 시절이라 음반을 살
때는 신중에 신중을 기했다. 잘못하면 자리만 차지하
는 실망스러운 음반이 적지 않았으니까. 한참을 고민
하다 주인 말을 믿어보기로 했다. 그룹명만 떠억하니

적힌 무협지 껍데기 같은 음반이 신경에 거슬렸지만 몸은 이미 귀가행 버스에 실려 있었다.

마음이 멀어지면 몸도 멀어진다. 음반도 마찬가지다. 관심이 떨어지는 판은 좀처럼 턴테이블 위에 눕힐 일이 없다. 며칠이 지나 억지 춘향으로 아저씨가 권한 판을 틀어보았다. 이게 웬걸. 으스스한 록이 빽판 특유의 자글거림과 함께 스피커에서 툴툴 나오더라. 술도 안 마셨는데 눅진한 기운이 밀려오더라. 이건 말이지, 세운상가에서 100년 묵은 산삼을 횡재한 느낌이었다.

샌프란시스코 하면 떠오르는 상징이 있다. 가수 이광조가 머문 도시, 여행사진마다 등장하는 금문교, 영화 〈알카트라즈 탈출Escape From Alcatraz〉과 〈더 록The Rock〉에 등장한 알카트라즈섬, 끝없이 이어지는 언덕길, 홈런왕 배리 본즈Barry Bonds가 있던 샌프란시스코 자이언츠 야구팀이다. 언덕 위에서 본 아기자기한 번화가의 야경이 매력적인 도시였다.

샌프란시스코 사운드를 상징하는 그룹은 다음과 같다. 앞에서 소개한 그레이트풀 데드, 제퍼슨 에어플레인, 퀵실버 메신저 서비스가 그들이다. 이들의 공통점은 반전사상, 인종차별 철폐, 여성해방운동을 외치며 머리에 꽃을 꽂고 평화와 자유를 외치던 플라워 무브먼트 flower movement 세대라는 부분이다. 샌프란시스코는 히피 문화에 휩싸인 미국의 변형된 유토피아였다.

퀵실버 메신저 서비스는 1965년 존 시폴리나 John Cipollina, 기타 를 포함한 다섯 명의 멤버로 포문을 연다. 밴드 결성을 주도한 디노 발렌티 Dino Valenti 는 마리화나 소지 혐의로 2년간 감옥 생활을 한다. 1967년 3일간의 캘리포니아주 음악축제인 몬터레이 팝 페스티벌 Monterey Pop Festival 에 참여한 그룹은 1968년부터 미 서부지역을 포함한 순회공연 길에 오른다. 1집 〈Quicksilver Messenger Service〉는 1968년에 등장한다.

1969년 발표한 라이브 음반 〈Happy Trails〉는 무려 25분에 달하는 곡 〈Who Do You Love〉와 〈Mona〉 등이 사이키델릭록의 전성기를 알린다. 라디오방송에 적당한 3~4분짜리 곡을 선호하는 제작사의 입장에서 LP 한 면을 차지하는 곡은 일종의 모험이었다. 나는 〈Happy Trails〉보다는 아래 음반을 선호하는 편이다.

1969년에 발표한 〈Shady Grove〉는 건반 연주의 비중이 눈에 띄게 늘어난다. 이 음반에는 〈Edward, The Mad Shirt Grinder〉라는 치명적인 트랙이 담겨 있다. 샌프란시스코발 사이키델릭의 절정기를 암시하는 명곡이다. 9분 24초에 달하는 이 곡을 듣고 있자면 세운상가에서 판을 권하던 주인의 심드렁한 모습이 떠오른다.

디노 발렌티는 1969년 출소한다. 그는 1970년 〈Just For Love〉에서 작곡, 보컬, 기타, 플루트라는 1인 4역을 해낸다. 같은 해 발표한 〈What About Me〉는 〈Just For Love〉와 함께 음악성이 정점에 달한 명반이다. 특히 〈Spindrifter〉는 니키 홉킨스Nicky Hopkins의 피아노 연주가 매력적인 곡이다.

다시 마약이 문제였다. 1971년에는 디노 발렌티에 이어 데이비드 프리버그David Freiberg가 마리화나 혐의로 수감된다. 엎친 데 덮친 격으로 창단 멤버인 존 시폴리나가 그룹을 이탈한다. 1973년에는 〈Anthology〉라는 베스트 음반을 발표한다. 세운상가에서 처음 구한 판이 바로 이 앨범이다. 투박한 표지 때문에 선뜻 손이 가지 않던 음반이었다.

1972년에 〈Comin' Thru〉를 발표한다. 수록곡 〈Doin'

Time In The USA〉와 〈Changes〉는 그룹의 건재함을 과시하는 곡이다. 1975년 작 〈Solid Silver〉는 마지막 스튜디오 앨범이다. 〈Solid Silver〉는 이전 음반에서 보여준 사이키델릭록의 내성이 시들해진 범작이다. 샌프란시스코 사운드의 한 축을 담당했던 이들은 1979년 공식 해산한다.

전인권과 허성욱이 부른 〈머리에 꽃을〉이라는 곡이 있다. 초반부는 스콧 매켄지Scott McKenzie의 곡 〈San Francisco〉의 전주가 흘러나온다. 가사는 이렇다.

10여 년 전에 바로 지금 내가 살고 있는 이 지구 안에
어떤 곳에 많은 사람들이 머리에 꽃을 꽂았다고.
거리에 비둘기 날고 노래가 날고 사람들이 머리에 꽃을.

시위대와 마주한 진압병력에게 꽃을 건네는 흑백사진이 떠오른다. 이 사진의 광경은 한국을 포함한 세계에서 벌어지는 화해와 소통의 접점이다. '자유' '사랑' '평화'라는 가치를 염원하는 지구촌의 초상이다. 절망이 아닌 희망의 풍경이다. 퀵실버 메신저 서비스는 제퍼

슨 에어플레인이나 그레이트풀 데드만큼의 상업적 성
공은 거두지 못한다. 물질이 음악성을 담보하지 못하
듯이, 이들의 음반은 사이키델리아의 듬직한 유산으로
남는다.

대중음악의 이종교배자들

··· 스틸리 댄

음악인이 나이를 먹는다는 건 결코 두려운 게 아니다.

그 이유는 정신적인 면에서 더욱 성숙해져서

감정을 적절히 조절해 음악 활동을 할 수 있기 때문이다.

– 게리 무어(Gary Moore)

책을 준비하면서 글 못지않게 시간과 노력을 투입한
부분이 추천 음반과 추천곡이다. 독자가 음악광이라면
소개 음반과 추천곡을 보면서 '흠, 이들을 대표하는 음
반이나 히트곡은 다른 것도 많은데?'라고 생각할 수도
있다. 당연한 의문이다. 유명 음반이나 히트곡을 무조

● Pretzel Logic(1974)
♫ Night By Night

● The Royal Scam(1976)
♫ Kid Charlemagne

건 우선시하지는 않았으니까.

예를 들어서 록 그룹 크림을 소개하며 추천곡에 〈Sunshine Of Your Love〉나 영화 〈조커Joker〉에 등장했던 〈White Room〉이 빠진 경우를 상상해보라. 나도 이에 대한 고민이 적지 않았다. 결론은 '알려진' 음악보다는 '좋아하는' 음악으로 방향을 잡았다. 이미 클래식록classic rock의 계보는 인터넷에서 충분히 검색이 가능하지 않은가.

좋아하는 음악인데 비교적 알려지지 않은 것을 고려했다. 추천곡과 음반 모두에 비중을 두었다. 열 장이 넘는 음반을 발표한 음악가는 초기 음반보다 중후반부의 음반을 챙겼다. 주로 초기작에만 관심이 집중되는 쏠림현상을 피하기 위해서였다. 다작 활동을 하는 음악가의 중반부 이후 음반은 수집가의 관심도가 떨어지는 경향이 있다.

알려진 곡이라도 식상해진 음악은 과감히 제외했다. 글에도 생명력이 있다. 원고지를 메꿔야 한다는 의무감에 눌려 기계적으로 쓴 글은 빛을 잃기 마련이다. 언급한 방향으로 음반과 추천곡을 준비하다 보니 예상보다 많은 시간이 필요했다. 음악을 다시 들어야 했음은 물론이고, 예전에 좋아했지만 느낌이 다른 곡은 제외했다. 음반 이미지도 마찬가지다. 해상도가 뛰어난 이미지를 찾는 데 공을 들였다.

뉴욕의 바드대학 동창이던 도널드 페이건Donald Fagen과 월터 베커Walter Becker가 만난 시기는 1965년이다. 월터 베커는 색소폰을 배우다 기타로 방향전환을 한다. 이후 캠퍼스 인근 카페에서 연주하던 월터 베커에게 도널드 페이건이 활동을 제안한다. 이들은 드러머 체비 체이스Chevy Chase를 영입하여 돈 페이건 재즈 트리오 Don Fagen Jazz Trio를 결성한다.

1960년대 후반까지 로컬밴드로 활동하던 이들은 대학교 졸업 후 브루클린으로 이주한다. 이들은 저예산 영화의 사운드트랙을 작곡하는 일을 병행한다. 그 후 제이 앤드 디 아메리칸스Jay and The Americans의 투어 멤버로 활동하다 탈퇴한다. 밴드 활동을 통해 알게 된 기타리스트 데니 디아스Denny Dias와 함께 스틸리 댄Steely Dan을 결성한다.

이들을 눈여겨본 MCAMusic Corporation of America 레코

드는 음반 계약을 서두른다. 그룹명인 스틸리 댄은 비트제너레이션beat generation 을 대표하는 작가 윌리엄 버로스William Burroughs 의 소설《벌거벗은 점심The Naked Lunch》에 나오는 남성용 성기구의 이름을 따 만들었다. 스틸리 댄은 데이비드 파머David Palmer, 보컬, 제프 백스터Jeff Baxter, 기타, 짐 호더Jim Hodder, 드럼를 추가로 영입한다.

이들은 1집〈Can't Buy A Thrill〉을 1972년에 발표한다. 반응은 폭발적이었다. 이 음반에서는〈Do It Again〉과 블루스곡〈Reelin' In The Years〉가 싱글로 톱 10을 기록하면서 상업성과 음악성 모두를 겸비한 그룹으로 성장한다. 1973년 발표하는〈Countdown To Ecstasy〉는 재즈적 성향을 강화한 음반이다.

록을 기반으로 포크와 재즈를 자유롭게 넘나드는 스틸리 댄은 1974년에 3집〈Pretzel Logic〉을 발표한다. 이 음반에는 향후 결성하는 그룹 토토ToTo 의 멤버 제프 포카로Jeff Porcaro, 드럼, 데이비드 페이치David Paich, 보컬, 두비 브라더스Doobie Brothers 의 멤버 마이클 맥도널드Michael McDonald, 키보드가 참여한다.

〈Pretzel Logic〉에는 재즈 거장 듀크 엘링턴Duke Ellington 의 〈East St. Louis Toodle‑Oo〉를 재즈록jazz rock 으로 재해석한 곡이 들어 있다. 찰리 파커Charlie Parker, 색소폰 에게 헌정하는 〈Parker's Band〉〈Charlie Freak〉는 재즈 를 향한 애정을 보여준다. 〈Pretzel Logic〉은 플래티넘 을 기록한다.

스틸리 댄의 음악은 난해하다는 평에도 불구하고, 미 국 내에서 탄탄한 팬덤을 가지고 있다. 록, 포크, 재즈 를 자유로이 넘나드는 이들의 음악은 분명히 1970년 대산 대중음악과 차별성을 가진다. 멤버 간의 갈등 끝 에 스틸리 댄은 4집부터 도널드 페이건과 월터 베커가 주도하는 2인 체제로 바뀐다.

스틸리 댄은 캐나다 출신 클래식 피아니스트 글렌 굴 드Glenn Gould 처럼 공연보다는 스튜디오 활동에 치중한 다. 팝의 색채가 강한 4집 〈Katy Lied〉는 래리 칼튼Larry Carlton, 기타, 톰 스콧Tom Scott, 색소폰, 웨인 쇼터색소폰 등 일급 퓨전재즈fusion jazz 연주자가 참여한다.

1976년 등장한 〈The Royal Scam〉은 전작의 제작 방 식을 고수한 음반이다. 래리 칼튼의 기타가 매력적인

⟨Kid Charlemagne⟩부터 ⟨The Fez⟩ 등이 주목을 받는다. 1집부터 5집까지 스틸리 댄 5부작은 우열을 가리기 힘들 정도로 만족도가 높다. 특히 ⟨Pretzel Logic⟩ ⟨Katy Lied⟩ ⟨The Royal Scam⟩으로 이어지는 3연작은 필청 음반이다.

스틸리 댄은 순항을 계속한다. 이들은 ⟨Aja⟩1977에서부터 한층 즉흥성에 비중을 둔 음악을 추구한다. 이 음반에서는 리 리터나워Lee Ritenour, 기타와 재즈펑크jazz funk 밴드인 크루세이더스Crusaders가 세션을 담당한다. ⟨Aja⟩에 수록한 ⟨Peg⟩11위, ⟨Deacon Blues⟩19위, ⟨Josie⟩ 26위가 모두 싱글 차트 톱 40를 기록한다.

3년의 공백기간을 마친 1980년에는 7집 ⟨Gaucho⟩를 선보인다. 이번에는 패티 오스틴Patti Austin, 보컬의 세션곡 ⟨Babylon Sisters⟩와 함께 ⟨Hey Nineteen⟩이 싱글 차트 10위에 진입한다. 이듬해인 1981년 스틸리 댄을 해체한다. 도널드 페이건은 1982년 솔로 음반 ⟨The Nightfly⟩를 발표하고, 월터 베커는 리키 리 존스Rickie Lee Jones, 보컬의 앨범 프로듀싱과 세션 활동에 주력한다. 이들은 해체 10년 만인 1990년 도널드 페이건의 앨범

〈Kamakiriad〉에서 다시 조우한다. 1993년에는 함께 순회공연을 하면서 재결합의 가능성을 보인다. 스틸리 댄은 8집이자 재결합 앨범인 〈Two Against Nature〉를 2000년에 발표한다. 이 음반은 빌보드 앨범 차트 6위를 기록한다. 〈Two Against Nature〉는 1970년대 스틸리 댄을 소환하는 느낌을 준다.

스틸리 댄은 2001년 열린 그래미상에서 베스트 록 밴드 부문과 최고의 영예인 올해의 앨범을 동시에 수상한다. 2003년에는 재즈의 비중을 높인 음반 〈Everything Must Go〉를 발표한다. 도널드 페이건은 2006년 세 번째 솔로 음반 〈Morph The Cat〉을 발표하는데, 이 음반은 9·11 테러와 죽음에 관한 곡이 주를 이룬다. 〈What I Do〉가 주목할 만한 곡이다. 2017년에는 월터 베커가 지병으로 사망하면서 스틸리 댄의 시대는 막을 내린다.

3장

다시, 아트록을 읽다

아침형 인간의 애청곡

··· 스트로브스

1970년대 초반 당시 릭 웨이크먼의 연주는 스트로브스가

따라갈 수 없는 매우 진보적인 것이었죠.

아마 그러한 간극이 릭 웨이크먼이 스트로브스를 떠난 이유였다고

생각합니다.

– 데이브 커즌스(Dave Cousins)

나는 아침형 인간이다. 그렇다 보니 아침 글쓰기가 익
숙하고 수월하다. 밤 11시면 나무늘보처럼 눈이 감기
는 체질이라 다음 날까지 통음하는 일은 연중행사에
속한다. 대학교 시절도 마찬가지였다. 일찍 잠자리에

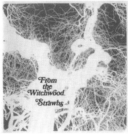

⦿ Dragonfly(1970)
♫ The Vision Of The Lady Of The Lake

⦿ From The Witchwood(1971)
♫ Sheep

들어야 몸도 마음도 편했다. 시험 전날도 예외가 아니었다. 불개미처럼 미리 시험 준비를 해놓고 일찍 잠자리에 들었다.

아침형 인간에게도 예외가 존재한다. 예외의 정체는 심야 라디오방송이었다. 새벽 1시에 시작하는 음악방송을 들으려 참고서만 펴놓고 몽상을 즐겼다. 중학교에 가더니 철이 들었다고 대견해하던 가족의 덕담이 점점 뜸해지더라. 학교 성적이 제자리였으니 당연한 일이었다. 방송의 정체는 성시완의 〈음악이 흐르는 밤에〉라는 프로였다. 그는 DJ와 음악선정을 모두 담당했다.

라디오에서 나오는 프로그레시브록progressive rock은 섬뜩한 충격이었다. 이상한 나라의 앨리스 같던 성시완은 그가 들려주는 음악처럼 신비로운 인물이었다. 그의 방송에서는 기묘한 음악이 실타래처럼 쏟아져 나왔다. 부지런히 방송곡을 공테이프에 녹음하던 적막한 새벽이 흑백영화처럼 떠오른다.

성시완은 2년간의 심야방송을 정리하고 〈월간팝송〉이라는 음악전문지에 글을 싣는다. 〈프로그레시브, 그 신비를 벗긴다〉라는 제목이었다.

블루스, 재즈, 록처럼 뚜렷한 장르라고 할 수 없지만 모든 음악을 공유하고 있기에 새벽을 삼켜버린 상쾌한 안개와 같다.

그는 프로그레시브를 이렇게 표현하더라. 프로그레시브에서 앨범 재킷은 음악만큼이나 중요하다는 말을 추가한다.

소개하는 스트로브스Strawbs는 〈음악이 흐르는 밤에〉에서 청취자의 사랑을 듬뿍 받았던 그룹이다. 특히 음반 〈Dragonfly〉의 〈The Vision Of The Lady Of The Lake〉와 음반 〈Hero And Heroine〉의 〈Autumn〉은 카세트테이프가 늘어질 때까지 들었던 곡이다. 이들이 발표한 수십 장의 음반을 프로그레시브로 구분 짓기는 애매하다. 담백한 포크나 록에 가까운 음반도 적지 않아서다.

영국에서 활동을 시작한 스트로브스는 레드 제플린에 버금가는 장수 그룹이다. 대학교 동창이던 데이브 커즌스Dave Cousins, 밴조·보컬와 토니 후퍼Tony Hooper, 기타·보컬는 동료 아서 필립스Arther Philips, 만돌린와 함께 1960년대 중반부터 음악을 함께 한다. 런던 템스강 인근의 선술집에서 우디 거스리Woody Guthrie의 포크송을 부른다. 이들은 1967년 그룹을 결성하여 포크와 블루그래스bluegrass 공연을 선보인다.

스트로베리 힐 보이스Strawberry Hill Boys라는 그룹명으로 출발한 이들은 클럽에서 그리 좋은 평가를 받지 못한다. 낮은 보수를 받으며 클럽을 전전하던 그룹에 변화가 찾아온다. 1968년 그룹명을 스트로브스로 바꾼 후 포크싱어 샌디 데니Sandy Denny와 협연 음반을 준비한다. 방송국 DJ의 주선으로 덴마크의 코펜하겐에서 데뷔 음반을 출시하려던 이들은 레코드사의 사정으로 계획이 무산된다.

샌디 데니 탈퇴 후 스트로브스는 1968년에는 싱글 음반을, 1969년에는 〈Strawbs〉라는 정규 음반을 발표한다. 스트로브스는 이전에 준비한 곡을 모아 〈All Our Own Work〉와 〈Preserves Uncanned〉라는 제목으로 뒤늦게 출시한다. 데뷔 음반은 언론으로부터 호평을 받는다. 스트로브스가 본격적으로 아트록art rock을 추구하기 시작한 시기는 2집부터다.

클래식에 관심이 많던 새 프로듀서 토니 비스콘티Tony

Bisconti는 건반주자인 릭 웨이크먼Rick Wakeman에게 녹음 지원을 요청한다. 그룹의 리더인 데이브 커즌스는 자신이 읽은 소설의 영감을 2집에 투영한다. 음반 제작비가 저렴한 덴마크에서 녹음한 스트로브스의 1970년 음반 〈Dragonfly〉는 자작곡 위주로 채운다. 3집 〈Just A Collection Of Antiques And Curios〉는 런던의 퀸엘리자베스홀Queen Elizabeth Hall에서 가진 공연실황 음반으로 같은 해 발매한다.

3집의 대중적인 성공으로 스트로브스는 영국을 대표하는 그룹으로 알려진다. 1971년에 발표한 〈From The Witchwood〉는 릭 웨이크먼의 연주력이 절정에 달한 음반이자 그의 마지막 작품이다. 데이브 커즌스는 인터뷰에서 당시 릭 웨이크먼의 음악성을 따라잡기가 쉽지 않았다고 털어놓는다. 릭 웨이크먼은 이후 슈퍼그룹 예스Yes에 가입한다.

1972년 5집 〈Grave New World〉에 이어 1973년에 발표한 6집 〈Bursting At The Seams〉는 현대사회의 병폐에 대한 비판의식을 담은 음반이다. 스트로브스는 영국을 넘어 세계적인 그룹으로 자리 잡는다. 그들은 미국과 유럽 순회공연을 마친 후 1974년에 〈Hero And Heroine〉을 출시한다. 한편 데이브 커즌스는 1972년에 자신의 솔로 음반 〈Two Weeks Last Summer〉를 출시한다.

이후 스트로브스는 열 장이 넘는 음반을 세상에 내놓는다. 예전 같은 인기는 누리지 못했지만 열정만은 여전했다. 데이브 커즌스는 5집을 스트로브스의 실질적인 마지막 앨범이라고 언급한다. 동의하기 힘든 부분이다. 이후에도 수십 년간 스트로브스는 활동을 멈추지 않았고, 유행 음악을 의식하지 않았으며, 그룹의 정중앙에 데이브 커즌스가 건재했기 때문이다.

'아트록'은 성시완이 만든 신조어다. 그는 1992년 계간 음악전문지 〈아트록〉을 창간한다. 주변의 우려를 물리치고 아트록의 역사에 방점을 찍은 사건이었다. 〈아트록〉은 일본의 음반 수집가에게도 인정받는 잡지다. 특히 창간호는 가장 비싼 가격에 거래되는 희귀 잡지다.

'멜로트론Mellotron의 홍수'라는 표현은 스트로브스의 대표곡 〈Autumn〉에 어울리는 상징어가 아닐까 싶다. 세상에는 별처럼 많은 음악이 존재한다. 아트록 역시 변함없이 즐겨 듣는 음악 친구다. 아트록이라는 신세계에 입장하게 해준, 내 10대 시절을 멋지게 장식해준 고마운 이름을 다시 불러본다. 〈아트록〉 1호에 실린 성시완의 창간사로 글을 마무리한다.

〈아트록〉이라는 전문음악지를 구상하기 시작한 것은 약 1년 전의 일이었다. 대중문화의 구심점이 되어주고 있는 음악정보지가 외국에 비하여 매우 부족한 우리나라의 현실 속에서 좀 더 진지한 음악정보지가 등장해야 한다는 것이 주위의 바람이었고, 〈아트록〉은 이러한 취지에서 구상되었다. 그러나 때늦은 군복무와 레코드숍을 동시에 경영해야 하는 어쩔 수 없는 상황에서 당시 음악전문지까지 만든다는 것은 커다란 욕심이었고 이룰 수 없는 망상처럼 여겨졌다. 또한, 여러 대중음악지의 실패들을 옆에서 지켜보아 왔던 선배들의 만류와 집안 어른들의 반대는 당시로서는 견딜 수 없었지만 지금에 와서 생각해보면 철부지인 본인을 생각해주는 따뜻한 고마움이었다. 지난 몇 개월간 그동안 수집해왔었던 자료들을 틈틈이 정리해나가면서 무모하게만 여겨졌던 꿈들을 구체화하기 시작했고, 주위의 많은 음악 친구들이 격려와 도움을 아끼지 않았기 때문에 〈아트록〉은 이렇게 창간할 수 있었다.

돼지가 하늘에 걸린 날

··· 핑크 플로이드

로저 워터스에겐 함부로 범접할 수 없는 기류가 흐르고 있었어요.

그에 비하면 데이비드 길모어는 완전히 신사 같은 음악인이었어요.

릭 라이트는 자신만의 고요한 세계에서 사는 사람이었고요.

– 피트 리벨(Pete Revell)

용산구 한남동 사거리에 LP바가 있었다. 큼직한 검정 소파가 놓인 카페의 이름은 '포리너'였다. 그룹 이름인 지, 외국인을 의미하는지, 복합적인 뜻인지 모르겠지만 카페에 외국인은 보이지 않았다. 내가 주로 찾던 음악 공간은 주로 세 군데였다. 대학로의 '슈만과 클라라'에

🔘 The Final Cut(1983)
🎵 Two Suns In The Sunset

🔘 The Division Bell(1994)
🎵 Lost For Words

서는 클래식을, 한남동의 '포리너'에서는 록을, 신촌의
민속주점 '시인의 마을'에서는 가요를 들었다.

여름방학이었다. 6월항쟁이 막을 내리고 서울은 비
교적 한산한 분위기로 흘러가고 있었다. 여자친구와
의 약속장소가 포리너였다. 이곳은 아트록을 잘 틀어
주는 카페였다. 주인이 없을 때는 직원이 가끔 유행가
요를 틀기도 하던 곳이었다. 카페에 도착하니 고교 동
창생 F가 눈을 감은 채 음악 삼매경에 빠져 있더라. 그
의 신청곡은 핑크 플로이드의 ⟨Shine On You Crazy
Diamond⟩였다.

아트록의 강자는 유럽이다. 물론 미국이나 일본 등지
에도 아트록 그룹이 존재한다. 하지만 영국이나 이탈
리아에서 쏟아낸 아트록 밴드는 질과 양 모두에서 우
위에 있다. 클래식 음반 단체감상을 마친 뒤 회원끼리
주고받던 말이 기억난다. 영국은 에드워드 엘가Edward
Elgar 정도를 제외하고는 기억에 남는 작곡가가 없다는
내용이었다.

클래식은 맞고 록은 틀렸다. 브리티시 인베이전British
invasion이란 용어는 미국이라는 음악 시장의 관점에서

만든 용어다. 1차 브리티시 인베이전은 비틀스로부터 시작한다. 1960년대 초반 미국은 로큰롤의 침체기였다. 리틀 리처드Little Richard는 목사로, 척 베리Chuck Berry는 수감자로, 버디 홀리Buddy Holly는 비행기 사고로 지구를 떠난다. 여기에 로큰롤은 악마의 음악이라고 믿는 종교계의 탄압이 이어진다.

패티 페이지Patti Page나 벤처스The Ventures류의 말랑말랑한 대중음악이 미국 시장을 잠식해나간다. 미국과 달리 영국은 여전히 로큰롤의 시대였다. 비틀스를 위시한 다양한 로큰롤 밴드가 경쟁적으로 출사표를 던진다. 핑크 플로이드는 이러한 자양분을 토대로 삼았던 음악 조합이었다. 만약 이들이 미국에서 성장했다면 사이키델릭보다는 블루스 밴드로 활동하지 않았을까 싶다.

미국 조지아주 출신의 블루스 주자 핑크 앤더슨Pink Anderson과 창단 멤버인 시드 배럿Syd Barrett이 즐겨 듣던 플로이드 카운슬Floyd Council의 첫 이름을 따 핑크 플로이드가 만들어진다. 이들은 1965년 런던 팰리스 게이트의 클럽에서 포문을 연다. 1966년부터는 런던 보헤미안 지구인 소호에 위치한 클럽 마키Marquee에 정기적으로 출연한다. 조명장치를 활용한 환각적인 무대를 보여주던 핑크 플로이드는 사이키델릭을 추구하는 밴드였다.

1967년에 핑크 플로이드는 첫 음반 제작에 들어간다. 런던의 애비로드스튜디오Abbey Road Studios에서였다. 당시 옆방에서는 비틀스가 〈Sgt. Pepper's Lonely Hearts Club Band〉 음반을 녹음하던 중이었다. 이 와중에 폴 매카트니와 조지 해리슨이 핑크 플로이드의 녹음실에 불쑥 입장한다. 이후 폴 매카트니는 기자회견에서 핑크 플로이드의 음악을 "녹아웃knock-out"이라 극찬한다. 시드 배럿의 작곡 능력이 빛을 발하는 〈The Piper At The Gates Of Dawn〉은 그의 초현실적인 철학이 담긴 음반이다. 문제는 시간이 흐를수록 시드 배럿의 정신 상태가 혼미해지고 있다는 것이었다. 당시 밴드는 시드 배럿, 로저 워터스베이스, 릭 라이트Rick Wright, 키보드, 닉 메이슨Nick Mason, 드럼으로 이루어진다. 1968년에는 기타리스트 데이비드 길모어를 영입한다.

2집 〈A Saucerful Of Secrets〉1968 로 스페이스록 space

rock 밴드라는 칭호를 얻은 핑크 플로이드는 1971년까지 거침없는 활동을 전개한다. 〈Music From The Film More〉1969, 〈Ummagumma〉1969, 〈Atom Heart Mother〉1970, 〈Relics〉1970, 〈Meddle〉1971, 〈Obscured By Clouds〉1972 까지, 이들은 전천후 실험집단으로 유명세를 떨친다.

1973년은 핑크 플로이드에게 최고의 명성이 쏟아진 해다. 그들의 최고작으로 알려진 〈The Dark Side Of The Moon〉이 나왔기 때문이다. 이 음반에는 비틀스의 엔지니어였던 앨런 파슨스Alan Parsons가 참여한다. 명곡 〈Time〉〈Money〉〈The Great Gig In The Sky〉 등이 담긴 이 음반은 미국과 영국에서 1위를 기록한다.

유명세는 응당 빛과 그늘이 함께 따라온다. 고대하던 인기와 부를 얻었지만 음반의 성공은 후속작에 대한 부담으로 이어진다. 차기작 〈Wish You Were Here〉에서 현대사회의 소외와 단절을 다룬다. 이 음반은 전작만큼의 반응을 얻지 못한다. 다음에는 동물이었다. 1976년 12월 겨울 아침에 12미터가 넘는 분홍 돼지가 하늘로 솟아오른다.

돼지가 하늘에 매달린 날이었다. 1977년에 발표한 음반 〈Animals〉의 표지엔 실제 공장 위를 부유하는 돼지가 등장한다. 수록곡 〈Pigs〉는 물질문명에서 허덕이는 인간을 냉소한다. 이후 멤버 간의 갈등설이 나오면서 솔로 앨범이 속속 발표된다. 1978년 릭 라이트는 〈Wet Dream〉을, 데이비드 길모어는 프랑스에서 〈David Gilmour〉를 한 달 만에 완성한다. 모두 이들의 1호 솔로 음반이었다.

미국 록 음악계는 1979년에 핑크 플로이드에게 완전히 잠식된다. 음반 〈The Wall〉과 히트곡 〈Another Brick In The Wall〉이 미국 앨범 차트와 솔로 차트에서 동시에 1위를 차지해버린다. 시간이 흐를수록 시드 배럿을 잇는 로저 워터스의 비판적인 가사가 힘을 발휘한다. 1982년 영국의 대처Margaret Thatcher 수상은 아르헨티나와의 영토전쟁을 선포한다. 식민지령에 대한 미망에 빠진 영국의 불장난이었다.

1983년 음반 〈The Final Cut〉은 2차대전에서 전사한 로저 워터스의 아버지를 소재로 한 작품이다. 반전주의자인 로저 워터스는 이 음반을 끝으로 1985년 그룹을 탈퇴한다. 그룹의 또 다른 축이던 데이비드 길모어와의 음악적 갈등이 주된 원인이었다. 1984년 로저 워터스는 솔로작 〈The Pros And Cons Of Hitch Hiking〉을 발표한다. 이 음반에는 에릭 클랩튼이 참여한다.

핑크 플로이드에서 제일 선호하는 멤버는 데이비드 길모어다. 그렇기에 음반 〈A Momentary Lapse Of Reason〉1987이나 〈The Division Bell〉1994의 출시를 누구보다도 반가워했다. 아쉽게도 로저 워터스는 그룹 시절만큼의 인기를 누리지 못한다. 팬의 입장에서 그는 여전히 핑크 플로이드라는 울타리의 일원으로 존재했다.

나는 2011년 '디스커버리Discovery 에디션'인 열네 장짜리 스튜디오 음반 전집을 소장하고 있다. 멤버들의 솔로 음반과 라이브 음반은 별도로 보관 중이다. 핑크 플로이드의 곡을 틀어주던 포리너는 1980년대 후반에 사라진다. 주인은 근처에 '블루노트'라는 음악카페를 열지만 포리너 시절처럼 음악광의 사랑을 받지는 못했다. 추억의 음악 공간은 사라진다. 하지만 핑크 플로이드라는 음악 공간은 영원히 존재한다.

현실과 이상의 느슨한 경계에서

··· 킹 크림슨

로버트 프립은 완벽주의자다. 하지만 지금으로부터 10년 후인

2004년도에 필자가 킹 크림슨 특집을 다시 쓸 때면,

그러한 경향이 또 다른 음악적 지평을 열기 위한 실험이었다고

말할지도 모를 일이다.

– 진정기

학교와 독서실은 학습 공동체다. 이는 공부에만 매진하는 수험생에게 적합한 표현이다. 고등학교 3학년 시절에 6개월간 독서실 신세를 졌다. 아파트 단지 독서실이라 월 이용료가 자장면 네 그릇 값이었다. 문제는 공

◉ Larks' Tongues In Aspic(1973)
♬ Book Of Saturday

◉ Discipline(1981)
♬ Discipline

부였다. 동네 친구들이 모여들자 독서실이 만남의 광장으로 변하더라. 그곳에서 연을 튼 G는 공부광이 아닌 음악광이었다.

"킹 크림슨에 대해서 어떻게 생각하냐?"

G가 불쑥 질문을 날린다. 독서실 건물 뒤에 위치한 화단이 우리의 잡담 지역이었다. 음악이라니, 그것도 킹 크림슨이라니. 반가운 질문이었다. G를 알기 전까지 독서실에서는 전자오락실에서 야구 게임이나 고수부지에서 농구 시합을 함께하는 친구 무리와 어울렸다. 나머지는 용맹정진의 모습으로 공부에 매진하는 지극히 수험생다운 이들이었다.

G가 허공으로 솔 담배 연기를 흩뿌린다. 갑작스러운 질문에 말문이 막히는 순간이었다. 당시 킹 크림슨에는 별 관심이 없었다. 무겁고 난해한 음악을 지향하는 영국 그룹이라는 생각이 전부였다. 〈Epitaph〉와 〈I Talk To The Wind〉 정도를 빼고는 즐겨 듣는 곡이 없던 때였다.

"솔직히 킹 크림슨은 잘 모르겠어. 나는 르네상스 Renaissance 나 스트로브스가 좋던데."

내 답변에 G의 표정에 먹구름이 낀다.

그 후로도 우린 음악 타령으로 학력고사의 중압감을 물리친다. G에게 킹 크림슨은 일종의 신앙이었다. 소위 킹 크림슨류의 음악은 '듣거나' '멀리하거나'가 전부였던 내게 G의 음악 담론은 진화론에 버금가는 생활의 발견이었다. 날이 갈수록 내 좁쌀만 한 음악적 자부심이 G의 날선 해석에 가루처럼 흩뿌려졌다.

그룹에는 구심점 역할을 떠맡는 군기반장이 존재한다. 시드 배럿, 로저 워터스, 데이비드 길모어 세 명의 리더가 교대근무를 해준 핑크 플로이드, 존 레넌과 폴 매카트니라는 쌍두마차가 이끈 비틀스, 데이브 커즌스 1인 체제의 스트로브스가 예다. 킹 크림슨은 스트로브스의 사례에 가깝다. 로버트 프립Robert Fripp이라는 인물은 킹 크림슨 역사의 뿌리에 해당한다.

1946년에 영국에서 태어난 로버트 프립은 11세 무렵부터 기타를 배운다. 14세에 로컬밴드 멤버로 활동을 시작한 그는 장고 라인하르트Django Reinhardt, 척 베리, 벨러 버르토크Béla Bartók의 음악에 심취한다. 재즈, 로큰롤, 현대음악을 넘나드는 청소년 전위음악가의 등장이다. 1967년 런던으로 진출한 로버트 프립은 킹 크림슨의 전신인 '자일스, 자일스 앤드 프립Giles, Giles & Fripp'에 참여한다.

밴드에서 로버트 프립은 자신의 거취를 심각하게 고민한다. 자일스 형제는 키보디스트와 보컬이 필요했다. 이를 보완하지 못하는 로버트 프립의 역할이 함량 미달이라고 판단한다. 이후 로버트 프립은 피터 신필드Peter Sinfield, 작사, 이언 맥도널드Ian McDonald, 색소폰·플루트·클라리넷, 그레그 레이크Greg Lake, 베이스·보컬와 함께 1968년 킹 크림슨이라는 그룹을 설계한다.

이들은 1969년 1집을 발매한다. 혼돈으로 가득 찬 얼굴이 등장하는 음반은 한국 심의 과정에서 표지가 바뀌는 촌극을 겪는다. 〈In The Court Of The Crimson King〉은 영국에서 뜨거운 호응을 얻는다. 록, 재즈, 사이키델릭, 현대음악을 융합하거나 분산배치한 미래형 음반은 프로그레시브록의 전형을 보여준다.

현대음악의 특징인 불협화음을 록에 도입한 로버트 프립은 킹 크림슨의 차기작 〈In The Wake Of Poseidon〉 1970을 발표한다. 2집의 보컬리스트로 엘튼 존Elton John

을 영입하려 했으나 견해 차이로 거절당한다. 문제는 실험성보다는 팝이나 록적인 테마를 중시하는 멤버 간의 갈등이었다. 결과는 변함없이 어둡고 무거운 음악을 추구하려는 로버트 프립의 잔류로 막을 내린다.

3집 〈Lizard〉1970에서는 재즈 연주자 키스 티펫 Keith Tippett과 훗날 예스에서 활동하는 존 앤더슨John Anderson을 영입한다. 4집 〈Islands〉1971는 마일스 데이비스Miles Davis와 길 에번스Gil Evans의 음악에 영향을 받은 음반이다. 이 앨범에는 타이틀곡 〈Islands〉가 실려 있다. G는 이 곡을 들으면 지구상에 존재하지 않는 섬이 떠오른다고 말했다.

이번에는 피터 신필드의 차례였다. 로버트 프립은 갈등 끝에 그를 방출한다. 미스터 킹 크림슨으로 승격한 로버트 프립은 변함없이 실험적인 음반 제작에 몰두한다. 새로운 멤버 빌 브루퍼드Bill Bruford, 드럼, 존 웨턴John Wetton, 베이스, 데이비드 크로스David Cross, 멜로트론·바이올린, 제이미 뮤어Jamie Muir, 퍼커션가 합류한다. 1973년 작 〈Larks' Tongues In Aspic〉은 헤비메탈, 재즈, 록을 융합한 로버트 프립의 색채가 가장 짙게 드러난 작품이다.

〈Starless And Bible Black〉1974과 〈Red〉1974를 끝으로 킹 크림슨은 휴지기에 들어간다. 로버트 프립은 데이비드 보위David Bowie와 피터 개브리엘Peter Gabriel과의 협연 이후에 솔로 음반 〈Exposure〉1979를 제작한다. 차기 킹 크림슨을 원하던 로버트 프립은 빌 브루퍼드와 함께 새 멤버를 수소문한다. 에이드리언 벨루Adrian Belew, 보컬·기타와 토니 레빈Tony Levin, 베이스이 그들이다.

킹 크림슨은 〈Discipline〉1981, 〈Beat〉1982, 〈Three Of A Perfect Pair〉1984 연작을 발표 후 다시 휴지기에 돌입한다. 특히 뉴웨이브new wave, 포스트펑크post-punk, 폴리리듬polyrhythm 등을 가미한 타이틀곡 〈Discipline〉은 변신 자체를 즐기는 로버트 프립과 에이드리언 벨루의 역작이다. 1994년부터 활동을 재개한 킹 크림슨은 멤버교체를 거듭한다.

독서실에서 만난 음악 친구는 킹 크림슨처럼 연락두절과 만남을 이어간다. G는 왜 일방적으로 연락을 끊었는지 설명하지 않았고, 나 또한 이유를 묻지 않았다. 2015년에 G로부터 다시 전화가 온다. 세 번째 재회였

다. 예상대로 그는 여전히 킹 크림슨의 광신도였다. G
는 음악카페에서 〈Thrak〉1994 의 수록곡 〈Dinosaur〉를
신청한다.

킹 크림슨은 수많은 멤버교체를 거듭했음에도 실험음
악의 끈을 놓지 않는다. 로버트 프립이라는 걸출한 인
더스트리얼록industrial rock 의 대변자는 킹 크림슨 자체가
되었다. 만약 로버트 프립이 1970년대에 밴드를 떠났
다면 이들의 음악사는 절반의 모습으로 존재했을 것이
다. 로버트 프립은 무려 700여 장에 이르는 다른 음악
가의 음반제작에 참여한다. 상상 그 이상의 세계를 넘
나드는 실험인간의 도발이 안팎으로 인정받은 셈이다.
2019년에 로버트 프립은 놀라운 발표를 한다.

킹 크림슨 데뷔 50주년을 기념하는 의미로 전 음원을 스트리밍 사
이트에 공급한다.

분열과 해체를 오가는 22세기형 진보 그룹의 탐구는
계속된다. 그들은 크림슨이라 불리는 궁전의 예술가다.

지하철 6호선 대흥역 2번 출구

··· 르네상스

르네상스. 브리티시 아트록에 있어서 여느 슈퍼그룹 못지않게
깊은 자취를 남긴 그들은 클래식과 록이라는 장르를 혼합시켜 보다
발전된 형태의 음악을 추구함으로써 단순히 모방(pastishe)이라는
차원에서의 아트록에 대한 개념을 불식하기에 충분하다.

– 이춘식

2009년 대학원 과제는 문화콘텐츠 기업 사례발표였
다. 노골적으로 말하면 '흥하거나 망하거나'였다. 나는
OSMUOne Source Multi Use 라는, 하나의 콘텐츠를 영화,
게임, 책 등에 다양한 방식으로 연결하고 개발하는 사

- ⦿ Ashes Are Burning(1973)
- ♫ Ashes Are Burning

- ⦿ Novella(1977)
- ♫ Midas Man

례를 골랐다. 관련 기업은 시완레코드로 정했다. 아트
록을 취급하는 시완레코드는 음반 판매, 계간지 발행,
방송, 공연기획을 다루던 곳이었다.

마흔 즈음에 대학원에 진학했다. 이름하여 문화예술경
영이라는 융·복합 대학원이었다. 회사 일을 마치면 부
지런히 상수동으로 발걸음을 옮겼다. 대학원에서 미술
가, 스타일리스트, 모델, 혹은 여행사업이나 공연기획
등의 업종에 종사하는 이들과 함께 수업을 들었다. 수
업을 마치면 자연스레 2차로 이어졌다. 모임 자리에서
주고받는 문화 담론은 수업 이상 가는 학습기회였다.

2학기 선택과목은 '문화콘텐츠 경영전략'이었다. 문화
콘텐츠를 경영학의 굴레에서 다룬다는 것은 문화의 자
본화를 의미한다. 모든 문화예술은 돈으로 치환해야만
존재가치가 있다는 말이다. 동의할 수 없는 전제다. 문
화예술의 상업화는 선택 사항이지 필수 사항은 아니니
까. 대학교마저 자본주의의 전진기지로 추락한 상황에
서 입맛에 척척 맞는 전공을 택하기란 쉽지 않았다.

파워포인트 자료를 정리하고 아트록 음반을 선정한
다. 발표 중간에 아트록을 감상하는 시간을 가지기 위

해서였다. 벨기에 출신의 음악가 레몽 빈센트Raymond Vincent, 시완레코드에서 라이선스로 발매하여 큰 반향을 일으킨 라테 에 미엘레Latte E Miele, 슈퍼그룹 PFMPremiata Forneria Marconi 등의 음악이었다.

발표를 마치는데 맨 뒷자리에 앉은 대학원생 H가 손바닥으로 책상을 두드리더라. 공감의 표시였다. 아니나 다를까, H는 쉬는 시간에 내게 다가와 통성명을 시도했다. 그가 건넨 명함에는 '마포아트센터 대표 H'라는 문구가 새겨 있었다. H는 마포아트센터에서 아트록 공연을 함께 준비해보자고 했다. 쇠뿔은 단김에 빼줘야 한다. 시완레코드 대표에게 연락을 하고 그를 H에게 소개해준다. 르네상스는 이런 배경에서 내한 공연을 가진다. 2010년 마포아트센터에서 2회 공연을 열기로 한 것이다.

중학교에서 르네상스의 음반을 가진 친구가 있었다. LP는 고사하고 카세트테이프도 귀하던 때라 그가 소장한 두 장짜리 르네상스 LP인 〈Live At Carnegie Hall〉1976은 부러움의 대상이었다.

블루스 밴드 야드버즈의 키스 렐프Keith Relf, 보컬 · 하

프는 짐 매카티Jim McCarty, 드럼, 존 호큰John Hawken, 키
보드, 루이스 세나모Louis Cennamo, 베이스와 함께 1기
르네상스를 발족한다. 이들은 1969년에 데뷔 앨범
〈Renaissance〉를 발표한다. 이 음반은 그룹명처럼 클래
식을 축으로 한 정갈한 음악을 들려준다.

1970년 2집 〈Illusion〉에서는 키스 렐프가 직접 제작
에 참여한다. 이 음반을 끝으로 1기 르네상스는 해산한
다. 2년 후 다시 모습을 보인 르네상스는 완전히 새로
운 진영으로 꾸려진다. 그룹의 간판인 보컬리스트 애
니 해슬램Annie Haslam의 합류로 2기 르네상스는 탄탄대
로를 걷는다. 그녀는 오페라와 미술에도 재능을 보이
던 인물이었다.

1972년 발표한 〈Prologue〉는 2기 르네상스의 출발
을 알리는 신호탄이다. 1기의 음악성을 따르면서 애
니 해슬램의 존재감을 부각시킨 음반이다. 르네상스는
1973년 작 〈Ashes Are Burning〉을 선보이면서 아트록
계의 간판 그룹으로 발돋움한다. 타이틀곡 〈Ashes Are
Burning〉은 르네상스의 최고작이다.

〈Turn Of The Cards〉1974 이후 발표한 〈Scheherazade

And Other Stories〉1975에서는 히트곡 〈Ocean Gypsy〉를 세상에 알린다. 1975년은 르네상스를 미국에 알린해다. 르네상스는 클래식의 성지로 알려진 카네기홀 Carnegie Hall에 등장한다. 1977년에는 가장 아름다운 음반으로 알려진 〈Novella〉를 출시한다. 〈Novella〉는 미국과 영국에서 각각 다른 음반 재킷으로 출시된다.

7집 〈A Song For All Seasons〉에서는 오케스트레이션 orchestration 비중이 최고조에 이른다. 르네상스의 존재감이 오케스트라 선율에 휩싸인 느낌을 전해준다. 이 음반은 영국 차트 7위를 기록하며 실버디스크를 차지한다. 이들의 선전은 여기까지였다. 1979년 발표한 〈Azure D'Or〉는 팝을 도입한다. 이는 르네상스를 이끌어온 순정하고 실험적인 사운드와 멀어진 범작이다.

아트록의 연성화 현상은 1960년대 말부터 1970년대 중반까지 번성한 아트록계의 공통적인 상황이었다. 팝과 디스코의 범람은 더 이상 아트록이라는 장르에 설 자리를 주지 않는다. 여기에 갈수록 산업화되어가는 음반 업계의 현실이 더해져 문화예술과 자본의 불편한 동거가 이어진다. 르네상스의 7집을 제작한

WEA Warner, Elektra, Atlantic 의 입장도 다를 바 없었다. 그
들은 예술보다 돈다발을 원했다.

애니 해슬램은 〈Annie In Woderland〉 1977 , 르네상스
후기 작업에 참여했던 루이스 클라크 Louis Clark 와의 협
연작 〈Still Life〉 1985 , 〈Annie Haslam〉 1989 으로 솔로 활
동을 이어간다. 클래식과 록의 조화를 추구한 르네상스
는 영국 아트록의 계보를 메워준다. 그들은 소수문화의
범주에 머물던 클래식의 대중화에 영향을 끼친다.

나는 대흥역 2번 출구를 빠져나온다. 여기서 10분만
걸으면 마포아트센터 건물이 나온다. 오늘은 고대하던
르네상스의 1차 공연이 열리는 날이다. 애니 해슬램은
무대에 맨발로 등장한다. 전성기에 보여준 마력적인
고음과 미성은 없지만 그의 모습을 마주했다는 사실만
으로 충분했다. 앵콜곡 〈Ashes Are Burning〉을 열창하
는 애니 해슬램은 회전그네에 올라탄 아이처럼 행복해
보였다.

마포아트센터는 어쩌면 두 번째 직장이 될 수도 있었
다. 대표의 이직 제안에 일주일이 넘도록 고민을 거듭
했기 때문이다. 장고 끝에 평소 관심분야인 이직에 대

한 미련은 접기로 한다. 30대 초반에 소니뮤직코리아로의 이직이 불발되었던 아쉬움이 얼룩처럼 남아 있던 차였다. 마포아트센터와의 인연은 르네상스와 다음 공연 그룹이었던 오산나Osanna를 끝으로 막을 내린다.

제노바의 깊고 푸른 꿈

··· 뉴 트롤스

1973년 당시 뉴 트롤스의 해산설은 '독특한 음악을 찾기 위해서'
라는 설을 낳았다. 더 좋은 방향으로 개혁하고자 했고,
더 좋은 음악을 만들고자 했었고, 무엇인가를 배우고자 했다는
것을 대변한다.

– 니코 디 팔로(Nico Di Palo)

영어회화 시간에 랩뮤직rap music에 대한 말을 들은 적
이 있다. 이탈리아 이민자 출신인 I선생은 랩의 가사를
절반도 알아듣지 못한다고 하더라. 언어의 이해도 측
면으로만 음악에 접근하면 답이 없다. 어떤 언어라도

● Searching For A Land(1972)
♫ Searching

● UT(1972)
♫ Nato Adesso

이해의 한계가 공존하기 때문이다. 미국 이민 2세대인 I는 이탈리아 아트록에 대해 아는 바가 별로 없었다. 어쨌거나 I는 호불호가 확실한 미국 국적의 이탈리아인이었다.

이탈리아는 유럽에서 그물 같은 위치를 점하고 있다. 로마제국이라는 무한권력의 수혜자였고, 파시즘이라는 이데올로기의 종속변수였으며, 아주리azzurri 군단이라 불리는 축구 강국인 동시에, 피자와 파스타의 동네이며, 괴테Johann Wolfgang von Goethe의《이탈리아 기행Italienische Reise》처럼 나라 구석구석이 문화유산인 관광국가다. 하지만 아트록광에게 이탈리아란 아트록의 성지이자, 클래식의 절대강자라는 이미지가 우선이다.

사실 사이키델릭, 프로그레시브록, 아트록이라는 표기만으로 음악을 재단하기란 역부족이다. 공기처럼 형체가 없는 존재가 음악인지라 개인마다 느낌과 해석이 같을 수가 없다. 한국을 포함한 국가마다 '같은 음악, 다른 표현'이 존재한다. 고로 아트록이라는 범주도 음악 표현어법의 일부다.

1960년대 중반 미국과 영국이 진두지휘하는 대중음악

계에서 이탈리아는 변방에 지나지 않았다. 이탈리아는 영국을 제외한 다른 유럽 국가처럼 록을 취급하는 레코드사나 공연장이 흔치 않았다. 주로 영미권 비트beat 그룹이 산재한 이탈리아는 1960년대 말에서야 개성 있는 이탤리언 록을 구사하는 그룹이 하나둘씩 등장한다. 외국 문화와 이탈리아 문화 간의 합종연횡에는 시간이 필요했다.

뉴 트롤스New Trolls는 1966년 이탈리아 북부의 소도시 제노바의 신문지상을 통해 모습을 선보인다. 음악비평가가 소개하는 1966년 최우수 그룹의 명단에 이름을 올린 것이다. 그들은 1967년 롤링 스톤스의 이탈리아 순회공연의 오프닝밴드로 나오는 기회를 잡는다. 크림, 지미 헨드릭스, 바닐라 퍼지Vanilla Fudge의 영향을 받은 뉴 트롤스는 같은 해 싱글 음반을 내놓는다.

영어권 록을 이탈리아어로 번안해서 내놓는 카피밴드와 뉴 트롤스는 근본적인 차이가 있었다. 1968년 발표한 싱글 〈Visioni〉는 20만 장이라는 판매량을 기록한다. 이는 250회에 달하는 순회공연의 밑거름이 된다. 다섯 명의 이탈리아 군단은 여세를 몰아 정규 데뷔 앨범 〈Senza Orario, Senza Bandiera〉를 발표한다. 모든 곡을 하나의 주제로 만든 콘셉트 앨범의 탄생이었다.

이탈리아를 대표하는 아트록 그룹의 곁에는 재기 넘치는 도우미가 있었다. 파브리지오 데 안드레Fabrizio De André라는 가수 겸 작곡가다. 이후 일곱 장의 싱글 음반을 연이어 발표한 뉴 트롤스는 아트록 밴드에서 국가를 대표하는 그룹으로 성큼 올라선다. 1970년에는 그동안 발표한 싱글 음반의 모음집인 〈New Trolls〉를 내놓는다. 이 음반은 1990년대 후반에 포니트 체트라Fonit Cetra에서 재발매한다.

여기서 뉴 트롤스와 관련한 일화를 소개한다. 1990년대 말이었다. 군의관으로 재직하던 고등학교 동창으로부터 연락이 온다. 결혼을 준비한다는 말과 함께 오디오를 보러 용산 전자랜드에 동행하자는 제안이었다. 나는 그에게 오디오 청음을 위해 자주 듣는 음반을 챙기라고 전한다. 서울 용산에 위치한 전자랜드는 수입 오디오를 사려는 이들에게 지금까지도 필수 코스로 알려져 있다.

1990년대는 서울 충무로 일대에 위치한 오디오 판매

점이 전자랜드로 이동하던 시기다. 전자랜드에 나타난 예비 신랑은 여전히 아트록을 애청하고 있더라. 녀석의 가방에 있던 CD가 뉴 트롤스의 〈Concerto Grosso Per 1〉이다. 우린 여러 오디오 가게에서 뉴 트롤스의 음반을 청음해본다.

친구의 표정을 보아하니 딱히 마음에 드는 스피커가 없어 보이더라. 마지막이라고 생각하고 들른 오디오 가게에서 뉴 트롤스의 곡 〈Adagio〉를 다시 틀어본다. 헉. 스피커에서 마음에 쏙 드는 소리가 폴폴 나오더라. 소리의 주인공은 신품이 아닌 중고 스피커였다. 나와 궁합이 딱 맞는 스피커스펜더 의 발견이었다. 녀석을 보니 마음이 가지는 않는 눈치였다. 내 역할은 스피커 브랜드에 대한 간단한 소개와 가격대에 대한 조언 정도였다. 오디오에 대한 방대한 지식이 있는 것은 아니었다. 조심스레 친구의 의향을 떠봤다. 이 스피커가 마음에 들지 않으면 내가 사도 되는지에 대한 내용이었다. 자신은 중고가 아닌 신품을 원한다는 친구의 답이 넘어왔다. 그날 스피커를 구입한 사람은 예비 신랑이 아니었다.

1971년 뉴 트롤스는 3집이자 최고작인 〈Concerto

Grosso Per 1〉을 내놓는다. 클래식과 록의 융합은 영화음악가와 제작자의 아이디어였다. 이들은 뉴 트롤스와의 협의 끝에 오케스트라 편곡을 가미한 색다른 음반을 로마와 밀라노에서 준비한다. 수록곡 〈Adagio〉는 국내에서 유명 휴대전화의 광고음악과 〈황금어장〉 〈런닝맨〉 〈무한도전〉 〈베토벤 바이러스〉의 배경음악으로 쓰였다.

제네바 출신의 아트록 밴드는 느지막이 한국 음악 시장에서 반향을 일으킨다. 수록곡의 일부는 이탈리아 영화 〈La Vittima Designata〉의 OST에 재등장한다. 1990년대에 한국에서 라이선스로 출시한 〈Concerto Grosso Per 1〉은 밀리언셀러 아트록 음반으로 부상한다. 20년이라는 시간을 뛰어넘어 한국에 착지한 슈퍼 밴드의 부활이었다. 아트록은 몰라도 뉴 트롤스는 안다는 이들이 늘어간다.

넷플릭스 다큐멘터리 〈마이클 조던: 더 라스트 댄스 Michael Jordan: The Last Dance〉에는 이런 대사가 나온다.

정점을 찍은 존재의 윤곽선은 점차 희미해져 간다.

굳이 정점을 찍지 못하더라도 인간은 모두 희미해져 간다. 유명 그룹의 역사도 마찬가지다. 뉴 트롤스는 1972년 더블 음반 〈Searching For A Land〉를 통해 재즈록의 세계를 보여준다. 유명세를 떨치던 멤버들에게 분열의 시간이 엄습한다.

세계시장 진출을 노린 〈Searching For A Land〉와 〈UT〉의 반응은 기대만큼 뜨겁지 않았다. 게다가 멤버 간의 음악 노선의 갈등이 커지는 상황에 처한다. 1973년에는 이탈리아 일간지와 음악전문지에서 일방적으로 그룹 해산설을 터뜨린다. 1980년대에는 팝의 영향을 받은 여타 아트록 밴드와 비슷한 노선을 택한다.

뉴 트롤스는 이탈리아 아트록 밴드 오산나, PFM처럼 내한 공연을 가진다. 40년차 마카로니 밴드의 은은한 귀환이었다. 2007년 발표한 〈The Seven Seasons〉는 마치 타임머신을 타고 1971년으로 돌아간 듯한 감흥을 준다. 'Concerto Grosso Per 3'라는 부제가 말해주듯이 뉴 트롤스의 황금기를 반추하는 곡이 가득하다. 이 음반에서는 〈Dance With The Rain〉을 먼저 들어보자.

영화 〈엑소시스트〉의 배경음악

··· 마이크 올드필드

인간은 음악을 접하면서 뭔가 다른 가치가 있는

또 다른 세계로 나아가기를 원합니다.

나의 음악이 바로 이런 존재이기를 바랍니다.

나는 그들에게 무엇인가를 전하고 싶습니다.

– 마이크 올드필드(Mike Oldfield)

한국 영화 〈밤의 사제들〉 〈사자〉의 공통점은 퇴마사가 등장한다는 사실이다. 〈밤의 사제들〉에서는 배우 김윤석이, 〈사자〉에서는 배우 안성기가 인간의 몸에 침투한 악마와 사투를 벌인다. 초현실적인 상황이 벌어지

● Tubular Bells(1973)
♫ Tubular Bells, Part One

● Five Miles Out(1982)
♫ Taurus II

는 퇴마 영화의 고전은 1973년에 나온 윌리엄 프리드킨William Friedkin 감독의 〈엑소시스트The Exorcist〉다.

미국에서 벌어진 실제 사건을 소재로 한 〈엑소시스트〉는 소설이 원작이다. 이 작품은 영화 못지않게 배경음악이 주목을 받는다. 마이크 올드필드Mike Oldfield라는 다중악기주자의 음악이 그 주인공이다. 〈엑소시스트〉는 이후 다양한 후속작이 나오지만 원작에 버금가는 작품은 남기지 못한다. 영화 〈대부 2The Godfather Part Ⅱ〉를 제외하고는 '1편 불패의 법칙'이 이어진다.

1953년 영국 레딩에서 태어난 마이크 올드필드는 10대 시절부터 여러 악기를 다룬다. 그는 누이 샐리 올드필드Sally Oldfield와 함께 포크 듀오 활동을 펼친다. 10대 중반에 발표한 음반 〈Children Of The Sun〉1967은 영국의 유명 포크 레이블 트랜스애틀랜틱Transatlantic Records에서 발매된다.

그는 1970년 아트록 밴드 소프트 머신Soft Machine에서 활동하던 케빈 에이어스Kevin Ayers와 케빈 에이어스 앤드 더 홀 월드Kevin Ayers And The Whole World라는 그룹에 들어간다. 당시 베이시스트였던 마이크 올드필드는 ⟨Shooting At The Moon⟩1970, ⟨Whatever She Bring Swesing⟩1972 음반 제작에 참여하며 경력을 쌓아간다.

그룹 탈퇴 후 마이크 올드필드는 솔로 활동을 위해 17세부터 3년간 만든 음악의 데모 테이프를 여러 레코드사로 보낸다. 결과는 모두 거절이었다. 연주시간이 길고 난해하다는 이유에서였다. 좌절의 시간은 길지 않았다. 괴짜 사업가로 알려진 리처드 브랜슨Richard Branson이라는 인물이 10대 음악가의 운명을 송두리째 바꿔준다.

리처드 브랜슨은 소규모 우편 사업의 대안으로 음반 사업을 택한다. 그는 모은 돈을 털어 런던의 번화가 옥스퍼드 거리에 작은 우편주문 전용 레코드사를 세운다. 1971년 설립한 버진레코드Virgin Records는 사내 아이디어 회의에서 '초짜virgin'라는 의미로 만들어낸 명칭이다. 1972년 회의석상에서 그는 마이크 올드필드의 음반을 제작해보자는 제안을 꺼내 든다.

당시 직원들은 리처드 브랜슨이 술에 취했다고 생각한다. 실험성이 다분한 연주곡을 소규모 레코드사의 1호 음반으로 내자는 대표자의 의도가 이상했기 때문이다.

우여곡절 끝에 마이크 올드필드는 임차료가 저렴한 외곽지역의 스튜디오에서 작업에 착수한다. 20여 개가 넘는 악기 연주를 전담하며 약 2,500회에 달하는 오버더빙overdubbing 끝에 음반이 탄생한다.

대형 레코드사에서 거들떠보지 않았던 음반 〈Tubular Bells〉는 1973년 버진레코드의 입봉작으로 선을 보인다. 악기 이름을 딴 이 음반에서 엔지니어인 톰 뉴먼Tom Newman이 어쿠스틱기타를 담당한다. 톰 뉴먼은 마이크 올드필드를 리처드 브랜슨에게 처음으로 소개한 인물이다. 마이크 올드필드의 세계관을 집대성한 〈Tubular Bells〉는 현재까지 약 2,000만 장에 달하는 천문학적인 판매량을 기록한다.

데뷔 음반의 성공은 마이크 올드필드에게 엄청난 정신적 부담을 안겨준다. 다음 음반의 주제는 '자연과 인간'이었다. 그는 1974년에 발표한 2집 〈Hergest Ridge〉를 출시하면서 〈Tubular Bells〉와의 연속선상에 놓인 음반을 원했다고 밝힌다. 차이점이라면 자연친화적인 음악으로의 변화를 꾀했다는 점이다.

〈Hergest Ridge〉의 상업적인 성공에도 불구하고 음악

평론가의 시선은 싸늘했다. 〈Tubular Bells〉에서 보여준 실험과 파격에 미치지 못하는 2집에 대한 혹평이었다. 신경쇠약에 시달리던 마이크 올드필드는 1975년 〈The Orchestral Tubular Bells〉를 내놓는다. 로열필하모닉오케스트라와 협연한 이 음반에서 그는 기타리스트로 참여한다.

같은 해에 발표한 3집 〈Ommadawn〉은 동유럽과 아프리카 포크송을 도입한 작품이다. 〈가디언The Guardian〉은 62회에 걸친 오버더빙작 〈Ommadawn〉의 마이크 올드필드를 핑크 플로이드에 비유한다. 1978년에 완성한 4집 〈Incantations〉는 각고의 노력 끝에 신경쇠약에서 벗어난 마이크 올드필드의 세계를 보여준다. 밝고 경쾌한 느낌의 음반이다.

한편 〈Tubular Bells〉의 판매 호조로 대기업군에 합류한 버진레코드는 이후 섹스 피스톨스Sex Pistols, 컬처 클럽Culture Club 등을 산출하며 도약을 거듭한다. 이후 버진레코드는 롤링 스톤스, 필 콜린스Phil Collins, 재닛 잭슨Janet Jackson 등과 계약하며 굴지의 독립 레코드사로 성장한다. 리처드 브랜슨은 버진레코드를 1987년

EMI Electric Musical Industries Ltd. 에 매각한다.

다섯 번째 스튜디오 앨범 〈Platinum〉1979에 이은 6집 〈QE2〉1980에서는 팝적인 경향이 드러난다. 1982년 마이크 올드필드는 스페인에서 영국으로 복귀하던 중에 비행기가 폭풍에 휩쓸리는 경험을 한다. 이 경험을 토대로 완성한 7집 〈Five Miles Out〉1982에는 연작곡인 〈Taurus Ⅱ〉가 실려 있다. 〈Tubular Bells, Part One〉과 함께 애청하는 곡이다.

마이크 올드필드는 2012년 런던올림픽 오프닝 세리머니에 등장한다. 〈Tubular Bells〉를 비롯한 자신의 곡들을 들려주기 위해서였다. 그는 2017년에는 자신의 스물여섯 번째 스튜디오 음반 〈Return To Ommadawn〉을 발표하며 건재를 과시한다. 그의 출세작 〈Tubular Bells〉는 2017년에 미국 드라마로 재탄생한 〈엑소시스트The Exorcist〉 1부와 2부에서 배경음악으로 다시 부름을 받는다.

콜드플레이의 정신적 지주

··· 브라이언 이노

콜드플레이의 2008년 음반 제작자인 브라이언 이노는

우리한테 으름장을 놓는다.

"당신들 노래는 너무 길고 반복이 많아. 길다고 다 좋은 게 아니야."

결국 콜드플레이는 완전히 신인 밴드의 자세로 돌아가 있었다.

– 가이 베리먼(Guy Berryman)

고흐Vincent Van Gogh와 샤갈Marc Chagall을 생각해본다. 이들은 미술가라는 공통점이 있다. 모두 19세기에 태어난 인물이다. 차이점은 뭘까. 고흐는 인상파와 신인상파, 샤갈은 초현실주의에 속한다. 30대 후반에 생을

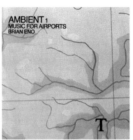

○ Ambient 1: Music For Airports(1978)
♫ A1 1/1

○ Thursday Afternoon(1985)
♫ Thursday Afternoon

마감한 고흐는 예술가로서의 활동 기간이 샤갈보다 비교할 수 없이 짧다. 결정적으로 고흐는 생전에 자신의 예술세계를 거의 인정받지 못했다.

인정투쟁이라는 말이 있다. 이는 상대편을 굴복시키려는 게 아니라 상대편에게 자신을 확인시키려 한다는 점에서 명예를 위한 싸움이다. 상대편을 제압하려는 목적보다 자신의 명예를 확인하려고 하기에 자기의식적이며 정신적인 성격을 지닌다. 자신이나 타인에게 인정을 받기 위한 싸움이란 인간이 짊어져야 할 숙명이다.

자신의 예술세계를 펼쳐보지 못한 고흐는 인정투쟁과는 거리가 먼 생을 보낸다. 샤갈은 예술가와 지도자로서 인정투쟁의 성벽 위에 거주한다. 예술가와 인정투쟁 사이에는 시대성이라는 변수가 끼어들기 마련이다. 쉽게 말해 시대를 앞서거나, 시대에 뒤처지거나, 시대에 부합하는 작품의 특성을 말한다. 시대를 앞서간 작품은 예술가에게는 고통을, 대중에게는 즐거움을 제공한다.

음악에도 시대성이라는 변수가 존재한다. 고흐처럼 사

후에 인정받는 음악이 있는가 하면, 샤갈처럼 초기 작품의 후광으로 수십 년을 우려먹는 음악이 있다. 시대를 앞서가야 예술세계를 인정받는다는 말에는 오류가 있다. 시대를 앞서간다는 전제 속에 똬리를 품은 시간의 길이를 감안해야 하기 때문이다. 짧은 예측과 긴 예측이라는 시간 변수에 따라 대중성은 영향을 받는다.

그런 측면에서 브라이언 이노Brian Eno는 짧은 예측에 능한 음악가다. 한두 번 듣고 나면 손이 가지 않는 음반이 있다. 록시 뮤직Roxy Music과 브라이언 이노의 음반이 그랬다. 인터넷이 없던 시절에 감내해야 했던 음반수집의 딜레마였다. 직접 들어볼 기회가 많지 않으니 충동구매에 의존하는 경우가 빈번했다. 예상을 선회하거나 부합하지 못하는 일이 빈번하게 터지던 수집의 잔혹사였다.

1988년 처음 구입한 브라이언 이노의 음반은 〈Desert Island Selection〉이다. 그가 몸담았던 그룹 록시 뮤직의 1집에 비하면 꽤 점잖은 음악이었다. 당시는 시드 배럿의 솔로 앨범이나 에드가 프로에제Edgar Froese, 키보드가 이끄는 독일산 전자음악 그룹인 탠저린 드림

Tangerine Dream류의 음악에 심드렁하던 시절이었다.

음악을 친구에 비유하면 브라이언 이노는 학급에서 서로 말을 섞지 않던 동급생에 속한다. 도저히 관계형성이 어려운 인물을 발견하기란 그리 어렵지 않다. 그 판단이 오류라는 사실을 깨닫기란 쉽지 않다. 이를 깨닫고 새로운 관계를 형성하기는 더욱 쉽지 않다. 힘들게 형성한 관계를 지속하기란 더욱 어렵다. 브라이언 이노는 마지막 사례에 가깝다.

그의 음악은 시드 배럿의 혼란과 공허와는 거리가 있다. 탠저린 드림이 보여주는 기계음의 퍽퍽함과도 결이 다르다. 로버트 프립이 추구하는 불협화음의 농도와도 짙고 옅음에서 차이가 있다. 그리스 출신의 연주자 방겔리스Vangelis의 똑 떨어지는 건반음보다 모호하다. 영화음악가 모리스 자르Maurice Jarre의 2세 음악가인 장 미셸 자르Jean Michel Jarre의 리듬감과도 다른 영역에 위치한다.

1948년 영국에서 태어난 브라이언 이노는 학교에서 미술을 전공한다. 음성이론에 심취한 그에게 2차원의 미술화폭은 양에 차지 않았다. 형체가 없는 3차원의 음악세계에 빠진 브라이언 이노는 작곡가와 키보디스트로 활동한다. 그는 록이 추구하는 표현주의적 가치를 주관적·관념적인 성향을 띤 글램록glam rock으로 확장한다.

남성과 여성, 게이와 레즈비언을 포괄하는 성관념, 개인과 세대를 가로지르는 메시지, 우주적 상상력, 문학적 감수성을 두루 갖춘 글램록은 2세대 록에 해당한다. 데이비드 보위, 티 렉스T. Rex, 록시 뮤직이 추구하던 글램록은 아트록, 로큰롤, 전위음악 등을 결합한 록 콜라주rock-collage의 성격을 띤다. '매혹적인 록'이라는 의미를 지닌 글램록의 수명은 그리 길지 않았다.

〈Here Come The Warm Jets〉1973로 브라이언 이노는 영국 차트 26위라는 상업적인 성과를 이뤄낸다. 1975년에는 킹 크림슨의 리더인 로버트 프립과 〈No Pussyfooting〉〈Evening Star〉를 연이어 발표한다. 파격과 실험을 거듭하던 브라이언 이노는 글램록이라는 굴레에서 벗어나 앰비언트 뮤직ambient music의 영역을 두드린다.

앰비언트 뮤직이란 반복적이면서 명상적인 멜로디 구

조를 부각하는 장르다. 이는 피아노, 신시사이저, 현악기를 주로 사용하여 사색적인 '분위기atmosphere'를 조성하는 음악이다. 요즘도 재미 삼아 주변에 브라이언 이노의 〈Discreet Music〉1975을 들려준다. 그들에게 이 음악이 언제 만들어졌는지 물어보면 맞히는 이는 별로 없다.

〈Discreet Music〉은 〈Thursday Afternoon〉 〈New Space Music〉 〈Lightness: Music For The Marble Palace – The State Russian Museum, St. Petersburg〉와 함께 즐겨 듣는 음반이다. 특히 새벽에 감상하는 〈Discreet Music〉은 자판을 두드리는 손가락이 우주를 부유하는 환각에 빠지게끔 해준다.

브라이언 이노는 스트로브스, 핑크 플로이드, 르네상스, 뉴 트롤스와는 다른 영역의 아트록을 추구한다. 록, 재즈, 클래식 너머의 음악을 개척했다는 이유에서다. 앰비언트 뮤직이란 그가 추구한 예술관과 가장 흡사한 생성물로 자리 잡는다. 1970년대 중반 이후 끊임없이 앰비언트 뮤직의 세계를 저공비행하는 그의 음악이 이를 방증해준다.

그렇다고 브라이언 이노를 변방의 음악가로 생각하면 오산이다. 데이비드 보위, 로버트 프립, 콜드플레이 Coldplay, 토킹 헤즈 Talking Heads, 필 콜린스, U2, 데이비드 번 David Byrne, 로버트 와이엇 Robert Wyatt 이라는 음악가와 협연을 이어왔기 때문이다. 그는 대중성과 상업성이라는 족쇄만으로 설명할 수 없는 공간을 채워주는 인물이다.

그는 앰비언트 음악을 이렇게 정의한다.

귀 기울여 듣는 종래의 음악에서 벗어나 낮은 볼륨으로 듣는, 일상에서 낮은 목소리의 대화에 지장이 되지 않을 만큼 스쳐 지나가는 음악.

이제 앰비언트 음악은 브라이언 이노를 설명하는 고유명사가 되었다.

나이 먹음은 속도와 멀어지는 과정이다. 말투, 움직임, 성격 모두가 조금씩 느려지는 과정을 견뎌내야 한다. 나이 50을 넘기면서 육신을 포함한 모든 풍경이 느린 동작으로 다가온다. 브라이언 이노의 음악과 재회하는

데 30년이 필요했다. 젊음이 떠나고, 중년이라는 외피가 형체를 잃을 즈음에 다가온 소리. 느리지만 앞서가는 자의 손가락을 가진 자. 세월의 속도를 뛰어넘은 자. 나는 정말 그를 만난 것일까.

4장

다시, 포크를 읽다

영국의 새벽에 이루어진 작은 기적

··· 혜론

상상하던 무엇인가를 밖으로 끄집어내어 실체화하는 일은 결코

쉽지 않습니다. 그럼에도 우리는 그렇게 해야 합니다.

깨뜨려야 할 건 많고 넘어서야 할 태도와 습관은 끝이 없습니다.

– 김기연

포크 음악. 간단히 정의하기엔 복잡다단한 의미를 내
포한 장르다. 이는 전통민요를 포함하여 그 시대가 의
미하는 가사를 가미한 음악을 모두 포함한다. 예를 들
어 사이먼 앤드 가펑클이 부른 페루 민요 〈El Condor
Pasa〉는 포크다. 하지만 신디 로퍼Cyndi Lauper가 부른

● Heron(1970)
♫ Goodbye

● Twice As Nice & Half The Price(1971)
♫ John Brown

〈Time After Time〉을 포크로 분류하지는 않는다. 그렇다면 아이언 앤드 와인Iron & Wine이 부른 리메이크곡 〈Time After Time〉은 어떻게 분류해야 할까. 그의 음악 성향으로 본다면 포크로 분류함이 적절해 보인다. 따라서 같은 곡이라도 어떤 음악가가 부르느냐에 따라 구분이 갈린다. 여기에 전통악기인 밴조, 덜시머, 피리, 우쿨렐레 등의 악기를 이용한 음악을 선별적으로 포크에 포함시킬 수 있다.

위의 분류를 포크 음악의 형태에 따른 가지치기라고 한다면, 가사의 역사성을 잣대로 분류하는 방식도 있다. 노벨문학상 수상자 밥 딜런은 자작곡에 반전, 인종차별, 인간소외라는 미국 역사의 어두운 곳을 비판하는 노래를 발표한다. 특히 1960년대에 발표한 밥 딜런의 음악은 프로테스트포크protest folk의 형식을 취한다. 그는 1세대 포크싱어인 우디 거스리로부터 영향을 받는다.

포크 중창단 위버스The Weavers의 일원이던 피트 시거 Pete Seeger도 프로테스트포크의 거장이다. 그는 세계 전통음악을 꾸준히 채보한다. 그는 자신의 라이브 음반에서 〈아리랑〉을 한국의 포크 음악이라 소개한다. 피트 시거 역시 매카시즘McCarthyism의 횡포에 시달린다. 포크싱어이자 사회운동가로서의 활동이 공산주의자로 몰리는 촌극을 일으킨 것이다.

프로테스트포크의 반대편에서는 브라더스 포The Brothers Four, 킹스턴 트리오The Kingston Trio 등이 미국 대학가를 중심으로 활동을 전개한다. 브라더스 포는 1984년 내한 공연을 가진다. 이들은 연성화한 가사와 절묘한 화음을 내세워 백인 중산층의 반응을 얻어낸다. 한국에서는 쎄시봉과 트윈폴리오가 비슷한 영역에서 활동한다. 이익근, 송창식, 윤형주, 김세한 등이 활동을 이어간다.

이러한 구분 방식으로 방대한 포크 음악을 정리하기란 쉽지 않다. 주로 영어권에 치우친 경향이 다분하기 때문이다. 아쉽게도 1980년대에 출간한 포크 음악서는 영어권 중심의 기술이 드러난다. 포크 음악에서도 특정 국가의 음악을 취급하는 문화 편중 현상이 펼쳐진다. 여기에 1960년대 후반부터 발화한 미국발 음악 산업의 영향도 무시할 수 없다.

소개하는 그룹 헤론Heron은 포크의 커다란 축을 형성하고 있지는 않다. 지명도나 음악 활동 면에서도 마찬가지다. 그럼에도 헤론을 택한 이유는 작지만 큰 음악적 울림에 있다. 특히 돈레코드Dawn Records에서 발매한 동명 음반 〈Heron〉은 인생 음반으로 부족함이 없다. 혼자 들르는 아담한 골목 카페를 알리고 싶지 않은 마음이 이와 같을 테다.

헤론은 1966년 영국의 메이든헤드 포크 클럽Maidenhead Folk Club에서 활동을 시작한다. 결성 당시에 학생이던 로이 앱스Roy Apps는 음반점에서 일하는 토니 푹Tony Pook과 음악 활동을 한다. 1968년에는 두 명의 멤버 스티브 존스Steve Jones와 제럴드 무어Gerald T. Moore를 영입하여 데뷔 음반 작업에 착수한다. 1970년에 나온 1집은 무공해 음악의 진수를 보여준다.

〈Heron〉은 녹음 환경으로는 부족함이 많은 작품이다. 음질 역시 마찬가지다. 스튜디오 녹음에 익숙한 청자에게 깔끔하지 못한 소리를 들려준다. 녹음 장소가 실내가 아닌 야외이기 때문이다. 그것도 기차 소리와 새 소리가 나오는 영국의 시골마을에서 녹음을 강행한다.

수록곡 〈Little Angel〉의 후반부에는 희미한 기차 소리가 들려온다.

다음으로 화려한 연주가 없다. 일렉트릭기타의 화려함도, 당시 포크송에서 자주 등장하던 플루트 음도 나오지 않는다. 포크록folk rock의 전성시대에도 불구하고 드럼 연주가 빠져 있다. 만돌린, 피아노, 기타라는 간결한 장비만으로 완성한 자연친화적인 음반이다. 마지막으로 엇박자가 오히려 어울리는 이들의 화음이다. 절정의 가창력이 아닌, 시냇물처럼 느린 보폭으로 내딛는 소리의 향연이다.

가장 매력적인 곡을 뽑으라면 〈Goodbye〉다. 음악 강연에서 마지막 곡으로 소개했던 이 곡은 후반부에 등장하는 만돌린의 영롱한 소리가 빛을 발하는 명곡이다. 알려지지 않은 음악의 아름다움을 만끽할 수 있는 헤론의 대표곡이다. 다음으로 〈Yellow Roses〉에서 들려오는 고즈넉한 속삭임을 들어보자.

1971년 발표한 2집 〈Twice As Nice & Half The Price〉를 끝으로 헤론은 짧은 음악 생활을 마무리한다. 다른 그룹처럼 멤버 간의 음악적 견해 차이가 원인이었다.

2집은 데뷔작에 비해 빠르고 경쾌한 곡이 주를 이룬다. 수록곡 〈John Brown〉은 2집에서 가장 즐겨 듣는 곡으로 1집의 서정성이 고스란히 묻어나는 트랙이다. 헤론의 아스라한 기억은 그들의 3집과 함께 다시 살아난다. 영국 데번에서 녹음을 완성한 3집의 타이틀곡 〈Black Dog〉는 데번의 한 마을 이름이다. 3집은 헤론이 그룹을 결성한 1968년을 기점으로 30년을 기념한다는 의미로 제작한 음반이다. 미성을 자랑하던 화음은 중년남의 묵직한 소리로 변했지만 당시의 추억을 되살리기엔 부족함이 없다.

위에서 언급한 분류 기준으로 보자면 헤론은 딱히 속하는 부분이 없다. 프로테스트의 기운이 넘실거리지 않으며, 포크록의 강렬한 기운도 찾아볼 수 없으며, 민속음악의 향기가 진하게 배어나지도 않는다. 그저 묵묵히, 느리지만 쉬지 않고 오솔길을 걷는 여행자의 모습으로 소리를 빚어낸다. 세상에서 가장 아름다운 소리는 자연의 소리라는 화두를 전달하는 20세기 포크 요정이다.

지금 유튜브에서는 헤론이 부르는 〈Fields Of Eden〉이 흘러나오고 있다. 2005년 영국의 브리드포트에서 열린 공연이다. 중년과 노년의 징검다리를 오가는 헤론의 멋진 화음을 감상할 수 있다. 좀처럼 늙지 않을 것 같던 그들의 모습을 덤으로 볼 수 있다. 세상에는 영원한 젊음이 존재한다는 사실을 헤론은 보여준다.

수집 인생을 살다 보면 같은 음반을 중복적으로 구비하는 경우가 종종 있다. 헤론의 경우, 라이선스로 발매한 1집과 일본에서 발매한 페이퍼 슬리브paper sleeve 형태의 1집을 소장하고 있다. 릭 웨이크먼이 참여했던 포크 그룹인 헌터 머스킷Hunter Muskett과 함께 중복 소지한 음반이다. 헤론과 함께 브리티시 포크British folk의 황금기를 열었던 헌터 머스킷의 1973년 음반 수록곡 〈John Blair〉를 함께 소개해본다.

털북숭이 천사들의 합창

··· 크로스비, 스틸스, 내시 앤드 영

크로스비, 스틸스 앤드 내시의 멤버는 모두 음악적으로 평등하며

리더가 없기 때문에 멤버 모두의 이름을 그룹명으로 쓰고 있죠.

– 데이비드 크로스비(David Crosby)

1990년대 초반부터 본격적으로 포크 음반을 수집했다. 주로 미국을 무대로 활동하던 음악가의 앨범이었다. 피터, 폴 앤드 메리Peter, Paul & Mary, 로긴스 앤드 메시나Loggins & Messina, 알로 거스리를 비롯해 포크 레이블 뱅가드Vanguard Records에서 발매한 음반을 모았다. 뱅가드는 존 바에즈, 독 왓슨Doc Watson 등을 비롯하여 미

○ Crosby, Stills & Nash(1969)
♫ Wooden Ships

○ Déjà Vu(1970)
♫ Teach Your Children

국 포크 문화를 주도하던 음악 집단이다.

미국발 포크송이 거부감 없이 다가온 원인은 이전에 접한 한국 음악에 있었다. 양병집, 양희은, 서유석 등의 음악은 주로 미국 포크에 기반한 음악이었다. 대표적인 예로 양병집과 김광석이 차례로 부른 〈두 바퀴로 가는 자동차〉는 밥 딜런의 〈Don't Think Twice, It's All Right〉의 번안곡이다. 원곡의 가사는 완전히 다른 내용이다. 2000년대 초반 홍대에는 '두 바퀴로 가는 자동차'라는 지하 LP바가 있었다.

미국 포크송이 시들해질 즈음에 영국 포크송을 들었다. 일본에서 브리티시 포크 붐이 일던 1990년대였다. 일본은 거품경제 붕괴를 앞두고 세계적인 음반 시장으로 떠오르던 나라였다. 그들이 브리티시 포크 음반을 사재기하자 어떤 LP는 100만 원을 호가하는 일까지 벌어진다. 심지어 브리티시 포크 삼매경에 빠진 골수 수집가를 소재로 한 일본 만화가 등장한다.

미국 포크와 영국 포크를 비교해보자. 전자가 간장에 찍어 먹는 먹태라면, 후자는 타르타르소스를 올린 생선튀김에 가깝다. 건조하고 직선적인 미국 포크와 부드럽고 몽환적인 영국 포크의 차이는 작지 않다. 똑같은 생맥주를 마셔도 안주에 따라 맛이 달라지기 마련이다. 질긴 먹태를 씹는 기분과 입에 넣자마자 사르르 부서지는 생선튀김을 맛보는 느낌은 술판의 분위기를 달리한다.

소개하는 크로스비, 스틸스, 내시 앤드 영CSN&Y: Crosby, Stills, Nash & Young은 모던포크modern folk의 특별한 기억이다. 네 명의 남성은 1969년 우드스톡 페스티벌 무대를 장악한다. 이들이 주목하던 미국은 차별과 전쟁에 찌든 부패한 공간이었다. 그들의 음악적 뿌리는 포크와 록의 가장자리에 위치한다. CSN&Y은 록의 태동과 반문화의 물결을 동시에 체험한 세대다.

데이비드 크로스비David Crosby는 그룹 버즈, 스티븐 스틸스Stephen Stills와 닐 영은 그룹 버펄로 스프링필드Buffalo Springfield, 그레이엄 내시Graham Nash는 그룹 홀리스The Hollies, 닐 영은 그룹 크레이지 호스Crazy Horse라는 록 그룹에서 활동한 인물이다. 포크록의 범주에 넣어도 무방한 버즈, 버펄로 스프링필드, 홀리스, 크레이지 호스는 슈퍼그룹으로 인지도를 높인 상태였다. 닐 영을 제외한 크로스비, 스틸스 앤드 내시CSN: Crosby, Stills & Nash는 1969년에 첫 음반을 발표한다.

애틀랜틱레코드Atlantic Records에서 발표한 데뷔작 〈Crosby, Stills & Nash〉에는 열 곡이 담긴다. 시작을 알리는 곡 〈Suite: Judy Blue Eyes〉는 스티븐 스틸스가, 〈Wooden ships〉는 데이비드 크로스비와 스티븐 스틸스가 함께 곡을 완성한다. 1968년 데이비드 크로스비는 말한다.

우리는 그룹이 아닌 하나의 동료집단이다.

그레이엄 내시는 이렇게 말한다.

세 명의 음악인이 그들의 개성을 표현하기 위해 모였다.

닐 영은 마지막으로 그룹에 합류한다. 애틀랜틱레코드 대표의 권유로 네 명이 된 이들은 1970년 최고작 〈Déjà Vu〉를 내놓는다. '고독한 늑대'라는 별명을 가진 닐 영의 가세로 록의 비중이 높아진다. CSN&Y의 음

악은 이지리스닝easy listening 계열의 음악인 잭슨 브라운
Jackson Brown 이나 제임스 테일러James Taylor 와는 차이가
있었다. 그들은 1960년대 말을 수놓았던 록과 포크의
융합을 꾸준히 시도한다.

너는 홀로 서야 해…

이제 너 스스로가 되는 거야

왜냐하면 과거와는 안녕이니까

수록곡 〈Teach Your Children〉의 가사다. 이 곡은 또
다른 수록곡 〈Woodstock〉과 함께 1970년대의 히피 찬
가로 부상한다. 오래된 사진첩과 같은 〈Déjà Vu〉는 포
크록의 상징이나 다름없는 음반이다.

1집과 2집 중에서 손이 자주 가는 음반은 1집이다. 이
유는 1집에서 보여준 화음의 끌림에 있다. 스티븐 스틸
스는 〈Déjà Vu〉의 경우 1집에서 보여준 화음의 균형이
흔들리는 느낌을 받았다고 토로한다. 스티븐 스틸스는
블루스 음반 〈Super Session〉에서 인상적인 전자기타
연주를 보여준 바 있지만, 닐 영의 가세로 포크 밴드로

서 이질감을 느꼈다는 발언이다.

2집의 상업적인 성공에도 불구하고 CSN&Y은 여름 공연을 마치고 해체를 발표한다. 1971년에 발표한 더블 앨범 〈4 Way Street〉는 이들의 라이브 음반이다. 해체 후 발매한 〈4 Way Street〉에서는 켄트대학교에서 발생한 폭력사태를 고발한 〈Ohio〉라는 곡이 눈에 띈다. 이들의 정체성이 평범한 하모니 그룹이 아닌 사회 참여적인 음악 집단임을 보여주는 대목이다.

CSN&Y은 1974년에 재결합 공연을 가진다. 닐 영은 순회공연을 위한 이동 시에 다른 멤버와 따로 움직인다. 집단문화를 바라보는 개성의 차이가 닐 영을 제외한 CSN 위주로 활동하는 상황을 초래한다. 여기에 닐 영의 건강 문제가 변수로 떠오른다. 1977년에는 〈CSN〉이라는 음반을 발표하는데, 아쉽게도 예전의 화음과 멜로디에 미치지 못한다.

1982년에는 〈Daylight Again〉을 발표한다. 이 음반에는 히트곡 〈Wasted On The Way〉가 실린다. 마약중독에 시달리던 데이비드 크로스비는 관련 문제로 교도소에 수감된다. 1988년에는 CSN&Y 모두가 참여

한 〈American Dream〉을 선보이고, 1990년에는 CSN
의 라이브 음반 〈Live It Up〉, 1994년에는 〈After The
Storm〉, 1999년에는 닐 영이 다시 참여한 〈Looking
Forward〉를 발표한다.

이들의 솔로 앨범 또한 필청해야 할 음반이다. 데이
비드 크로스비의 〈If I Could Only Remember My
Name〉1971, 스티븐 스틸스의 〈Stills〉1975, 그레이엄 내
시의 〈Song For Beginners〉1971와 〈Wild Tales〉1974, 닐
영의 〈After The Gold Rush〉1970와 〈Harvest〉1972, 그
리고 스티븐 스틸스와 닐 영의 합작 음반 〈Long May
You Run〉1976이 그것이다.

〈Daylight Again〉 음반을 처음 들었던 순간이 떠오른
다. 1집과 2집에서 보여준 음악성에 대한 기대가 무
너지는 그때를 말이다. 기타와 드럼에 묻혀버린 화음
에 거대한 실망이 밀려왔다. 더 이상의 CSN은 없다
고 생각했다. 하지만 이게 끝이 아니었다. 1999년 작
〈Looking Forward〉와 〈Heartland〉에서 털북숭이 아저
씨들은 1970년대의 아스라한 울림을 무리 없이 끌어
낸다.

추억은 아름답다.

과거를 이처럼 긍정적으로 회귀하는 문장은 흔치 않다. 추억이기에 아름다워야 할 필요나 의무는 없다. 중요한 것은 기쁘거나 슬픈 추억을 굴절 없이 받아들이겠다는 곧은 마음이다. 음악도 그렇지 않을까. 같은 음악도 삼키는 자에 따라 다른 여운을 남긴다. 어쩌면 세상의 모든 음악은 마음과 동일 선상에 놓여 있지 않을까. 다시, 음악을 읽어야 할 시간이다.

프랑스 니스에서 본 미술작품

··· 이브 뒤테유

우리는 자신의 삶보다 위대한 노래를 만들고 싶어 한다.
자신에게 일어났고 자신이 보았던 이상한 일들에 대해 이야기하기
를 원한다. 그러기 위해서는 이를 이해해야 하고 고유의 언어로
나타내야만 한다.

– 밥 딜런(Bob Dylan)

프랑스 여행을 앞두고 학원을 등록했다. 시간은 토요
일 오후. 고작 일주일에 4시간 강의를 듣는다고 유창한
프랑스어를 구사할 수는 없다. 하지만 이번 기회에 간
단한 프랑스어 정도는 말하거나 읽고 싶었다. 학원에

● Tarentelle(1977)
♫ Petit Patron

● J'Ai La Guitare Qui Me Démange(1979)
♫ Trente Ans

서 제공하는 참고서를 예습하고 첫 수업을 기다렸다. 그런데 말이다. 4시간 수업을 마치자 머릿속이 하얗게 흐려지더라. 어려웠다. 결국 마지막 주 프랑스어 수업은 포기했다.

차선책으로 프랑스 관련 서적을 독파한다. 다행히 대학원 논문이 프랑스 문화정책인지라 독서는 어학처럼 부담스럽지 않더라. 역사, 문화, 예술, 여행에 이르는 수십 권의 책을 찾아 읽는다. 다음은 여행 일정이다. 5일간 니스에 체류하기로 했다. 니스에 베이스캠프를 차리고 인근 여행지를 둘러보기로 한다. 그레이스 켈리Grace Kelly의 나라 모나코도 포함해서.

배낭여행은 준비한 시간과 노력에 정비례한다. 반면 즉흥적인 배낭여행을 즐기는 사람도 있다. 시간이 많다면 별문제 없다. 비용이 넉넉하면 더욱 문제가 없다. 두 가지가 모두 어렵다면 준비에 준비를 거듭해야 한다. 숙소에서 보내는 시간은 최소한으로. 체력이 닿는한 많이 움직이고 보고 느껴야 한다.

고대하던 니스에 도착한다. 니스 언덕에는 마티스미술관Museum Matisse이 있다. 버스로 접근이 가능하지만 도보를 택한다. 오르막길 경사가 만만치 않지만 아침 산책길로 부족함이 없었다. 3월 말의 니스는 한국의 4월보다 온화한 기후를 자랑한다. '색의 마술사'라 불리는 마티스Henri Matisse를 만나고 나니 이브 클랭Yves Klein의 전시회가 있다는 포스터가 보이더라. 이브 클랭이라, 예정에 없는 장소를 추가했다.

이브 클랭은 IKBInternational Klein Blue라 불리는, '모든 기능적 정당화로부터 해방된, 파랑 그 자체'로 알려진 예술가다. 그는 짙은 울트라마린 색을 IKB라는 명칭으로 특허 내고, 200여 점에 달하는 관련 작품을 출시한다. 유명 색채기업 팬톤은 '2020년 올해의 색'을 클래식블루classic blue로 꼽는다. 파랑은 안정감, 신뢰감, 현명함, 온건함을 상징한다.

프랑스 미술에 이브 클랭이 있다면 음악에는 이브 뒤테유Yves Duteil가 있다. 1949년에 태어난 이브 뒤테유는 20대부터 싱어송라이터로 활동을 전개한다. 1972년 발표한 싱글 〈Virages〉를 신호탄으로 1974년에는 1집 〈L'Écritoire〉를, 1976년에는 〈J'Attends〉를 발표한다. 그의 음악은 줄곧 자연, 가족, 우정, 사랑이라는 소재를 다룬다.

1977년에는 3집 〈Tarentelle〉을 발표한다. 이 음반으로 이브 뒤테유는 프랑스를 대표하는 포크 음악가로 알려진다. 〈Tarentelle〉은 국내에 라이선스로 나오는데, 처음으로 접한 이브 뒤테유의 음반이다. 어쿠스틱기타를 둘러메고 들판에서 촬영한 표지처럼 그의 음악은 맵거나 짜지 않은 숭늉과 흡사한 맛이다.

이브 뒤테유의 음악은 무색무취에 가깝다. 수십 년을 만나도 딱히 나눌 이야기가 많지 않은 친구라고나 할까. 하지만 시간이 흐르면 다시 만나고 싶은 생각이 드는 이브 뒤테유의 음악이다. 언제나 그 자리에서 아무 일도 없다는 듯이 말을 거는 진득한 인연의 모습으로. 그래서일까. 외국에 나갈 적마다 이브 뒤테유의 음반을 샀다.

기억을 챙겨보니, 벨기에 브뤼셀에서도 이브 뒤테유의 음반을 구입했다. 니스 거리를 걷다 발견한 음반점에서도 그의 음반이 보였다. 1990년 BMG 프랑스BMG France에서 발매한 〈Blessures D'Enfance〉는 중년기에 접어든 그의 모습이 표지에 등장한다. 고맙게도 그는

1970년대의 감성을 여전히 유지하고 있더라.

세월이 낡아도 순정한 예술감각을 보이는 이는 문학에서도 쉬이 찾을 수 있다. 작가 윤대녕의 소설이 그렇다. 그의 글맛은 서사보다 묘사에서 위력을 발휘한다. 소설 속 남녀는 약속처럼 만남과 사라짐을 반복한다. 그들의 만남은 인간의 무의식처럼 기억 너머로 향한다. 누군가는 기별 없이 자취를 감추고, 누군가는 예전의 모습으로 불쑥 나타난다.

우디 앨런Woody Allen의 영화도 마찬가지다. 감독, 배우, 시나리오, 배경음악에 이르는 영화의 절반 이상을 담당하는 우디 앨런. 그는 일관성 있는 작품을 양산한다. 현실에 무감각한 지식인을 등장시키고, 문화예술 코드를 꾸준히 영화에 투입한다. 자신이 즐기는 재즈를 영화음악으로 녹여내고, 열린 결말을 애용한다.

FM 음악방송에 게스트로 참여한 적이 있다. 음반수집의 기억과 함께 다양한 나라의 음악을 소개하는 시간이었다. 국가별로 선정한 유럽 음악을 설명하는데 방송진행자의 질문이 훅 하고 들어오더라. 어떻게 언어를 완전히 이해하지 못하면서 다른 나라의 음악을 들느냐는 질문이었다. 그의 말대로라면 외국 음악은 모두 연주곡만을 들어야 한다.

랩을 절반도 알아듣지 못하는 미국인의 사례와, 음악에서 가사가 차지하는 비중이 전부가 아니라는 답을 해줬다. 방송진행자에게는 한국과 영어 노래만이 수용의 대상이라는 말처럼 들리더라. 영어 노래를 제대로 이해하는 한국인이 많을 리는 만무하다. 밥 딜런의 가사를 이해 못 하는 미국인이 적지 않듯이 말이다.

이브 뒤테유의 음악도 마찬가지다. 프랑스어에 능통한 현지인이라면 음악에 대한 이해도가 높을 수 있다. 하지만 현대인이 즐기는 외국 노래는 가사와 멜로디와 리듬이 함께 어우러진다. 이를 단지 언어를 핑계로 거부하거나 부정한다면 세계음악은 그림의 떡에 불과하다. 존 레넌의 아픈 성장기를 모르면서 비틀스의 〈In My Life〉란 곡을 얼마나 이해할 수 있을까.

니스의 바다는 이브 클랭의 IKB 작품과 뤼크 베송Luc Besson 감독의 영화 〈그랑블루Le Grand Bleu〉와 합일점을 이룬다. 여기에 이브 뒤테유의 음악이 더해져 프랑스 문화예술의 축을 이뤄낸다. 자연, 미술, 영화, 음악이 하나로 모이는 순간이다. 니스에서 보낸 5일은 예술영화의 한 장면처럼 남는다. 칸의 화려함도, 망통의 고풍스러움도, 에즈의 소박함도, 앙티브의 고즈넉함도, 생폴드방스의 앙증맞음도 포함해서.

프랑스에는 우리에게 잘 알려진 조르주 무스타키Georges Moustaki를 포함하여 알랑 스티벨Alan Stivell, 조르주 브라상Georges Brassens, 그레임 올라이트Graeme Allwright, 말리코른Malicorne, 마생Machin, 그웬달Gwendal처럼 멋진 포크 음악이 즐비하다. 단지 영어권 음악에 눌려 프렌치 포크의 아름다움을 누리지 못할 뿐이다. 이브 뒤테유를 기점으로 공작새 같은 프랑스 음악과 만나보자.

적어도 브리티시 포크의 역사

··· 페어포트 컨벤션

가끔은 음악가가 좋은 곡을 내놓는다고 해도 아무도 듣기를 원하지 않을 수 있어요. 대중에게 전달할 수 있는 곡을 만들기 위해서는 자기강압을 하면서 계속 가다듬어야 하는 것입니다.

– 캐럴 킹(Carole King)

1999년, 조금은 이른 봄날이었다. 동교동 철길가에 위치한 음악잡지사로 향하는 발걸음은 가벼웠다. 설렘을 안고 도착한 장소는 벽면의 절반이 LP와 CD로 가득 차 있었다. 회의를 마치는 대로 음반을 보고 싶은 마음이 가득했다. 회의 결과, 특집기사로 내가 작성할 그룹

- Unhalfbricking(1969)
- ♫ Who Knows Where The Time Goes?

- Rosie(1973)
- ♫ Rosie

이 선정된다. 음악지에 넣을 그룹은 페어포트 컨벤션 Fairport Convention 이었다.

이들이 30년간 발표한 30여 장의 음반을 추적하고, 감상하고, 정보를 수집했다. 직장 근무로 인해 주말과 국경일마다 조금씩 글을 비축했다. 이전에도 음악월간지 연재 경험이 있었지만 한 그룹의 음악을 이토록 집중적으로 준비한 적은 없었다.

페어포트 컨벤션과의 첫 만남은 〈월간팝송〉이라는 음악잡지에서다. 음악이 귀하던 시절이라 잡지에 등장하는 그룹명만 봐도 엔도르핀이 폭포처럼 쏟아지던 1980년대였다. 표지에 백인 남녀 노인이 등장하는 음반 〈Unhalfbricking〉.《아라비안나이트Arabian Nights》에 버금가는 신화가 감춰진 듯한 이미지였다. 특집기사의 제목은 〈포크 음악이란 무엇인가?〉였다.

페어포트 컨벤션과의 다음 만남은 광화문 레코드점에서다. 재즈에서 포크로 감상의 폭을 넓혀가던 때였다. 그곳은 새로 입하한 LP는 박스에 넣어두고 판매를 했다. 고풍스러운 문양을 한 음반의 주인공이 페어포트 컨벤션이었다. 보관 상태가 좋은 영국 초반이라는 이유로 3만 원이라는 가격이 붙어 있더라. 가격의 압박으로 고민 끝에 구입을 포기한 음반은 〈Liege And Lief〉였다.

애슐리 허칭스Ashley Hutchings, 주디 다이블Judy Dyble, 리처드 톰슨Richard Thompson, 사이먼 니콜Simon Nicol, 마틴 램블Martin Lamble을 필두로 공연 활동을 시작한 이들은 보컬리스트 이언 매슈스Iain Matthews를 합류시킨다. 프로듀서 조 보이드Joe Boyd는 페어포트 컨벤션의 데뷔 음반을 설계한다. 사이키델릭과 록을 접목한 1집 〈Fairport Convention〉1968은 상업적으로 부진한 결과를 낳는다.

주디 다이블은 1집을 끝으로 그룹을 탈퇴한다. 2집 〈What We Did On Our Holidays〉1969는 샌디 데니라는 걸출한 보컬리스트가 참여한 걸작이다. 레드 제플린은 페어포트 컨벤션의 음악에 지대한 영향을 받았다고 말한다. 실제 레드 제플린의 4집에는 샌디 데니와 로버트 플랜트Robert Plant가 함께 부른 〈The Battle Of Evermore〉가 실려 있다.

2집 이후 음악 견해 차이로 이언 매슈스가 그룹을 떠

난다. 이 와중에 음악장비를 운반하던 트럭 사고로 드러머인 마틴 램블을 비롯한 세 명이 사망하는 참극이 발생한다. 혼란 속에서 발표한 3집 〈Unhalfbricking〉 1969에서는 세 곡에 달하는 밥 딜런의 원곡을 리메이크한다. 앨범에 등장하는 노부부의 정체는 샌디 데니의 친부모다. 3집은 샌디 데니의 저택을 배경으로 촬영이 이루어진다.

다중악기주자 데이브 스워브릭Dave Swarbrick을 영입한 그룹은 4집 〈Liege And Lief〉로 본격적인 브리티시 포크록의 중심부에 뛰어든다. 이들은 트래디셔널포크traditional folk에 대한 애정을 멈추지 않는다. 4집에서는 수십 년간 영국 민요를 연구한 교수와 5,000여 곡에 달하는 브리티시 포크를 작곡한 인물에 대한 서사를 풀어놓는다. 전통음악을 고수하려는 애슐리 허칭스와 샌디 데니는 멤버 간의 이견으로 그룹을 떠난다.

5집 〈Full House〉 1970는 베이스, 만돌린, 보컬을 담당할 데이브 페그Dave Pegg를 영입하여 완성한 음반이다. 그룹 결성 이후 처음으로 남성 보컬만으로 녹음한 5집은 빠른 템포의 포크록을 들려준다. 리처드 톰슨 탈퇴

후 네 명의 멤버로 완성한 6집 〈Angel Delight〉1971 와 〈Babbacombe Lee〉1971 에서는 연주의 비중이 높아진다. 중반기 음반 〈Rosie〉1973 는 리더로 남은 데이브 스 워브릭과 데이브 페그, 제작자인 트레버 루카스Trevor Lucas 3인방과 새로운 멤버로 제작된다. 중반기 음반인 〈Rosie〉에는 전통음악의 선율에서 벗어난 동명 타이틀 곡이 눈에 띈다. 컨트리 음악을 도입한 9집 〈Nine〉1973 은 그룹의 연주 반경이 넓어지고 있음을 보여주는 작 품이다.

〈A Moveable Feast〉1974 와 라이브 음반 〈Fairport Live Convention〉1974 을 발표한 이들은 1979년까지 매년 새 음반을 발표한다. 하지만 중반기 이후의 페어포트 컨벤션의 활동은 대중의 주목을 받지 못한다. 1960년 대 중후반부터 황금기를 누린 포크송에 대한 반응이 시들해졌기 때문이다. 게다가 1979년에는 그룹의 해 산을 발표한다.

해산 후 공연 활동에만 치중하던 페어포트 컨벤션 은 1985년에 사이먼 니콜, 데이브 페그, 데이브 매 택스Dave Mattacks, 릭 샌더스Ric Sanders 와 함께 재기작

〈Gladys' Leap〉를 내놓는다. 그룹의 중심이던 데이브 스워브릭은 고질적인 청각장애로 재기작에 불참한다. 데이브 스워브릭 대신 바이올린 연주를 맡은 릭 샌더스는 그룹에서 가장 장수하는 인물로 남는다.

후반기인 1985년부터 1996년은 〈Gladys' Leap〉에 참여한 라인업을 중심으로 교체 없이 그룹을 이어간다. 페어포트 컨벤션의 역사상 가장 오랫동안 유지된 라인업이다. 같은 해 발표한 〈Expletive Delighted!〉에서 다중악기주자로 영입한 마틴 앨콕Maartin Allcock이 기타, 피아노, 밴조, 아코디언, 베이스, 신시사이저, 바이올린, 키보드를 담당한다.

1998년에는 데이브 페그의 50세 생일을 축하하는 의미에서 서른 번째 음반 〈Birthday Party〉를 발표한다. 잦은 멤버교체, 중반기 음악 활동의 부진, 멤버들의 돌연사라는 우여곡절 속에서도 30년이 넘는 활동을 보여준 영국 포크록의 대부 페어포트 컨벤션. 그들의 후반기 음반에서는 전자음이 등장하지만 기본 골격은 포기하지 않는다.

페어포트 컨벤션은 스무 명이 넘는 멤버교체에도 불구

하고 브리티시 포크라는 방향성을 유지한 장수 그룹이다. 수많은 그룹이 새로운 음악 조류에 휩쓸려 정체성을 잃거나 포기한다. 대중음악도 유행이라는 호랑이의 등에 타지 못하는 경우, 무대에서 사라져야 하는 일이 허다하다. 전통음악의 고수와 새로운 음악의 융합은 화두로 남아 있다.

한국 전통음악의 현실은 어떨까. 임권택 감독의 영화 〈서편제〉와 〈천년학〉은 우리에게 멀어진 한국 전통음악에 대한 오마주다. 〈서편제〉의 놀라운 흥행기록에도 불구하고 국악에 대한 국민의 관심은 여전히 제자리걸음이었다. 록에서 국악으로 방향을 선회했던 김수철은 국악 음반 제작비를 감당하려고 팝 음반을 발표한다. 숙명가야금연주단은 비틀스의 곡을 연주한 음반을 제작한다. 황병기의 가야금 연주는 세계적으로 인정받지만, 국악에 대한 음악적 거리감은 좀처럼 해빙되지 않는다.

스페인의 독재자와 음유시인

··· 파코 이바네스

시간의 허망함에도 불구하고 사랑을 향한 나의 갈증은 끝이 없네.

희끗한 머리를 한 나는 다가가네.

정원의 장미밭으로.

– 파코 이바네스, ⟨Juventud, Divino Tesoro⟩

특정 국가에 대한 관념은 제도권 교육의 영향을 받는
다. 스페인을 예로 들어보자. 10대의 나에게는 투우를
즐기는 국가라는 관념이 전부였다. 나중에서야 동물학
대인 투우를 비난하는 스페인 국민이 적지 않다는 사
실을 알았지만 말이다. 개고기를 먹는 나라와 투우를

● Paco Ibáñez 3(1969)
♫ Como Tú

● Por Una Canción(1990)
♫ Juventud, Divino Tesoro

즐기는 나라 사이에는 어떤 문화적 간극이 있을까.

20대에는 스페인이라면 가우디Antonio Gaudí y Cornet
가 먼저 떠올랐다. 이유는 역시 음악이었다. 1988년으
로 기억한다. 라디오방송에서 앨런 파슨스 프로젝트
The Alan Parsons Project의 음반을 소개한다. 음반 제목이
〈Gaudi〉였다. 가우디가 만든 건축물보다 음악을 먼저
알게 된 경우다. 〈Gaudi〉는 앨런 파슨스가 스페인 여행
길에서 마주친 가우디 건축을 모태로 한 헌정음반이다.
1987년 작 〈Gaudi〉에는 8분 48초에 달하는 곡 〈La
Sagrada Familia〉가 실려 있다. 성가족성당Templo
Expiatorio de la Sagrada Familia이라 불리는 가우디 최고의
건축물을 기리는 곡이다. 바르셀로나의 상징이나 다름
없는 이 건축물은 1866년 출판업자 호세 마리아 보카
베야José María Bocabella의 제안에 따라 설립을 결정한다.
1882년 비야르Francisco de Paula del Villar y Lozano가 설계를
맡았으나 교구 및 건축고문과 불화를 겪다 사임하고
가우디가 건설의 총책임자가 된다.

가우디는 성당의 건축에 전념했으나 사망할 때까지
30퍼센트를 채 완성하지 못한다. 성당은 1936년 스페인

내전과 제2차세계대전으로 건설을 중단했다가 1953년
에 공사를 재개한다. 이 건축물은 가우디 사망 100주년
인 2026년 완공을 목표로 하고 있다. 나는 가우디를 알
게 된 지 30년을 넘긴 2018년에서야 성가족성당을 방
문한다.

스페인의 세 번째 관념은 프랑코Francisco Franco라는 인
물이다. 프랑코는 독일, 이탈리아, 일본이 추구한 파
시즘을 숭배했다. 스페인의 민주주의가 붕괴된 해인
1936년에 군사혁명에 참여한 그는 말한다.

우리는 투표 행위 따위의 위선적인 방법이 아닌 총칼과 동지들의
피로써 정권을 쟁취했다.

스페인내전 이후 그는 1939년부터 1975년까지 무려
37년간 철권정치를 이어간다.

파코 이바네스Paco Ibáñez는 스페인의 네 번째 상징에 해
당하는 음악가이자 음유시인이다. 투우, 가우디, 프랑
코, 파코 이바네스로 이어지는 시간은 스페인에 대한
프레임을 확상하는 탈교육의 에시다. 스페인 발렌시아

가 고향인 파코 이바녜스는 자신의 고향이 아닌 바르셀로나에서 어린 시절을 보낸다. 지역색이 강한 스페인은 파코 이바녜스에게 카탈루냐와 발렌시아 문화를 동시에 제공한다.

프랑코 독재가 기승을 부리던 1948년, 파코 이바녜스는 가족과 함께 프랑스로 이주한다. 그곳에서 프랑스에서 활동했던 가수 조르주 브라상과 레오 페레Léo Ferré의 음악에 영향을 받는다. 여기에 아르헨티나의 음유시인이자 음악가 아타우알파 유판키Atahualpa Yupanqui의 음악을 기반으로 삼는다.

프랑스 이주 생활을 마치고 다시 스페인으로 돌아간 파코 이바녜스는 본격적으로 프랑코 정권에 항거하는 생을 펼친다. 그는 저항시인의 문학을 노래로 가공한다. 칠레의 시인이자 사회주의 정치가인 파블로 네루다Pablo Neruda를 비롯하여 스페인 문학가인 호세 오르테가 이 가세트José Ortega y Gasset와 스페인내전에서 사망한 페데리코 가르시아 로르카Federico Garcia Lorca 등이 그들이다.

파코 이바녜스는 1964년에 1집을 발표한다. 그의 목소리는 고통에 시달리는 스페인 민중의 심정을 대변하는 뼈저린 탄식으로 번져나간다. 마치 고해성사를 반복하는 저항시인의 웅얼거림처럼, 삶의 비극을 피하지 않으려는 자의 결기가 새어 나온다. 어떤 혼란이 닥치더라도 이를 회피하거나 부정하지 않는 자의 올곧은 신념이다.

그는 1967년에 발표한 2집에서 스페인의 시인이자 극작가인 라파엘 알베르티Rafael Alberti의 시를 노래한다. 스페인에서 아르헨티나로 추방된 라파엘 알베르티 역시 프랑코 독재의 희생자다. 무려 40년에 가까운 독재 정치는 스페인 민중의 영혼까지 강탈하지는 못한다. 독재의 현대사를 함께 경험했던 한국인에게도 소구할 만한 음악가임이 틀림없다.

파코 이바녜스의 애청곡을 꼽으라면 1990년 음반에 수록한 〈Juventud, Divino Tesoro〉다. 스페인판 '청춘예찬'에 속하는 이 곡은 일곱 장의 파코 이바녜스의 노래 중에서 가장 주목할 만한 트랙이다. 우리말로 옮기면 '청춘, 신의 보석이여'로, 2018년 FM 음악방송에 초대손님으로 참석했을 때 소개한 곡이다.

스페인은 한국보다 먼저 독재정치의 막을 내린다. 독재자의 최후는 통렬하기보다 허망했다. 프랑코는 이미 1969년에 손자를 후계자로 지명한다. 건강악화를 이유로 행해진 세습정치의 불씨였다. 투병생활 끝에 프랑코는 1975년 83세의 나이로 세상을 떠난다. 스페인 내전에서 독일 나치당과 이탈리아 파시스트당의 지원을 받아 전쟁에서 승리한 프랑코의 시신은 사망 후 국립묘지에 안장된다.

프랑코의 망령은 2019년에 다시 모습을 드러낸다. 그해 10월, 스페인 정부는 수도 마드리드 외곽의 국립묘지 '전몰자의 계곡'에 있던 프랑코의 유해를 파낸다. 독재자의 유해는 20여 명의 유족이 지켜보는 가운데 헬기로 부인 카르멘 폴로Carmen Polo가 안장된 마드리드 시내 밍고루비오 공동묘지로 이장된다. 과거사 청산의 일환으로 프랑코 묘 이장을 공약으로 내세운 페드로 산체스Pedro Sánchez 스페인 총리는 "존엄, 기억, 정의, 속죄의 위대한 승리"라며, "화해의 한 단계가 이뤄졌다"고 밝힌다.

가우디의 흔적은 사그라다 파밀리아, 구엘공원Parque

Güell, 카사 바트요Casa Batlló, 카사 칼베트Casa Calvet를 통해서 확인할 수 있다. 여기서 하나를 꼽으라면 기괴함과 신비로움이 뒤섞인 외관을 보여주는 사그라다 파밀리아다. 내부로 들어가는 순간, 마치 동화세계와 마주하는 듯한 기운이 몰려온다. 자연채광을 최대한 활용한 넓고 밝은 공감각과 색채감은 기존에 접한 유럽 성당과는 사뭇 다른 감각을 전해준다.

스페인은 여전히 몸살을 앓는 중이다. 카탈루냐의 독립 문제로 바르셀로나의 공기가 여의치 않기 때문이다. 프랑코는 사라졌지만 그를 추종하는 극우세력과 카탈루냐의 독립을 반대하는 정치세력이 스페인의 멱살을 잡고 있다. 세상이 어지러울 때는 참여예술이 고개를 들기 마련이다. 지금도 어디에선가 제2의 파코 이바녜스가 기타 줄을 튕기며 세상을 노래하고 있을 것이다.

스페인 바스크 지방에서 활동했던 하이세아Haizea 의 동명 음반인 〈Haizea〉1977 를 파코 이바녜스와 함께 추천해본다. 이 음반은 홍대 레코드점 메타복스에서 1990년대 말에 라이선스로 출시한 음반이다. 파코 이바녜스와는 다른, 섬세하고 여린 스페인 포크와 만날 수 있다.

이탈리아 칸타우토레의 마법사

… 루초 바티스티

나와 루초 바티스티가 함께한 공동작업의 첫 단계는 작사와 작곡의

일체감을 주는 일이었다. 수많은 고민과 연습 덕분에 서로가

원하는 결과를 끌어낼 수 있었다.

– 모골(Mogol)

이탈리아 여행은 슬로베니아 접경에 위치한 트리에스테가 전부였다. 일리Illy 커피로 유명한 지역이라 노천카페에서 에스프레소를 마시며 2020년에는 이탈리아 일주를 하리라 마음먹었다. 그러나 곧 코로나19가 터진다. 9일간의 일정으로 계획한 여행은 자연스레 물거

◉ Il Mio Canto Libero(1972)
♫ La Luce Dell'Est

◉ Io Tu Noi Tutti(1977)
♫ Amarsi Un po'

품이 된다. 전 세계가 무소불위의 전염병으로 몸살을 앓고 있다. 자연친화적인 삶의 소중함이 떠오르는 지금이다.

음악으로 접근하는 이탈리아는 풍요의 공간이다. '아름다운 노래'라는 의미의 벨칸토bel canto의 나라. '붉은 머리 사제'라 불렸던 비발디Antonio Vivaldi의 나라. 전설적인 테너가수 카루소Enrico Caruso의 나라. 여기에 칸타우토레cantautore라는 장르를 추가해본다. 영어로 번안하면 '싱어송라이터'에 해당한다.

단어란 늘 해석의 차이를 내포한다. 공간에 따라 어감이 달라지는 경우가 허다하기 때문이리라. 예를 들어 '바다'라는 단어를 떠올려보자. 서해안, 동해안, 남해안의 바다는 제각각의 색깔을 품고 있다. 여수 밤바다와 부산 밤바다는 다른 풍광을 지닌다. 크로아티아 두브로브니크의 반짝이는 아드리아해와 프랑스 칸의 청명한 코트다쥐르해는 바닷바람의 향에서도 차이가 있다. 남귤북지南橘北枳라는 사자성어가 떠오른다. '강남의 귤나무를 북쪽에 심으면 탱자나무가 된다'는 의미로 처한 환경에 따라 선악의 이치가 변한다는 말이다. 칸타우토레라는 단어도 비슷한 내성을 지닌다. 이탈리아 고유의 역사, 문화, 음악, 감성에 대한 고려가 없다면 영어 '싱어송라이터'라는 제한적인 표현으로 남귤북지의 특성을 삭제해버리는 판단의 오류가 발생한다.

루초 바티스티Lucio Battisti는 포크라는 그릇에 담기엔 너무나 다양한 함의를 지닌다. 그는 이탈리아 대중음악의 상징이며, 칸타우토레의 대부이고, 모골Mogol과 함께 수많은 이탈리아 음악가를 산출한 작곡가다. 자신의 유명세를 꺼려 한 그는 지금 바라는 것이 무엇이냐는 기자의 질문에 이렇게 말했다.

길을 걸을 때 사람들이 나를 알아보지 못하기를 바란다.

1943년 리에티 지방의 작은 도시에서 태어난 루초 바티스티는 가족과 함께 로마로 이주한다. 세관원이던 아버지의 영향으로 회계사라는 전공을 택하지만 음악가로 풍향계를 바로잡는다. 스스로 작곡을 익힌 그는 밀라노에서 순회공연을 가진다. 당시부터 루초 바티스티는 이탈리아 록 그룹의 작곡가로 이름을 알린다.

작곡가로 활동하던 루초 바티스티는 가수라는 영역에 도전한다. 그의 재능을 간파한 프랑스인의 후원으로 리코르디레코드Ricordi Records의 문을 두드린다. 루초 바티스티는 1967년에 첫 싱글을 발표한다. 당시만 해도 이탈리아 레코드사에서는 자국인의 음악 활동에 별 기대를 하지 않았다. 루초 바티스티도 마찬가지 대우를 받아야 했다. 그는 1968년 싱글 〈Balla Linda〉를 통해 가수로서 입지를 세운다.

사실 루초 바티스티를 순수한 칸타우토레로 분류하기란 쉽지 않다. 그와 함께 음악 작업을 했던 모골이라는 필명을 쓰던 줄리오 라페티Giulio Rapetti라는 인물이 버티고 있기 때문이다. 루초 바티스티와 모골은 자웅동체의 음악 조합에 가깝다. 루초 바티스티의 음악성이 알려지자 레코드사는 산레모 가요제Festival della Canzone Italiana di Sanremo 참가를 독려한다.

루초 바티스티는 1969년에서야 데뷔 음반을 발표한다. 이 음반에는 작곡자로서 다른 음악인에게 제공했던 곡들이 수록된다. 이탈리아 음악제에서 2년 연속 우승을 차지한 루초 바티스티는 명실공히 자국을 대표하는 젊은 예술가로 알려진다. 이와 함께 그간 발표한 싱글곡을 편집한 2집으로 최고의 판매량을 기록한다.

1971년에는 연주곡과 노래를 수록한 음반 〈Amore E Non Amore〉를 내놓는다. 수록곡 〈Dio Mio No〉는 외설이라는 이유로 방송금지 처분을 받는다. 하지만 그의 지명도는 이탈리아 전역을 잠식해간다. 자신의 부친과 지인이 설립한 레코드사 누메로 우노Numero Uno Records로 소속을 바꾼 루초 바티스티는 변함없이 작곡가이자 가수로서 고공행진을 계속한다.

루초 바티스티는 1972년에 절정의 역량을 보여준다. 그해 발표한 앨범 〈Umanamente Uomo〉라는 최고작이 탄생한 것이다. 이 음반은 무려 13주 동안 이탈리아 차트 1위에 머문다. 이 음반에는 〈E Penso A Te〉가 실려 있다. 같은 해 11월에 등장한 후속작 〈Il Mio Canto Libero〉는 서정적인 감성을 품은 작품이다. 이 음반은 스페인에서 〈Mi Libre Canción〉이라는 스페인어 타이틀로 발매된다.

표지에 지구 환경보호라는 의미를 가미한 1973년 작 〈Il Nostro Caro Angelo〉 역시 12주에 걸쳐 1위를 기록한다. 이후 루초 바티스티는 아들의 탄생을 이유로 1년이 넘도록 음악 생활을 접는다. 이러한 휴지기는 이후에도 발생한다. 1974년 말에 발표한 차기작 〈Anima Latina〉는 실험적 성향이 드러나는 작품이다. 다시 2년간 칩거에 들어간 그는 1976년에야 음반을 발표한다. 음악 시장의 변화는 무시할 수 없는 조류였다. 그래서일까. 미국발 디스코 리듬을 도입한 〈Io Tu Noi Tutti〉를 1977년에 선보인다. 이탈리아 음악평론가와 팬은 그의 변해버린 음악성을 맹비난한다. 이러한 과도기에도 불구하고 음반은 14주간 정상을 차지한다.

그의 소속사는 미국 시장에 진출하기 위한 음반 제작에 몰두한다. 하지만 미국에서는 별다른 관심을 가지지 않는다. 아쉽게도 이전 히트곡의 영어 번안곡 음반의 미국 출시는 벽에 부딪힌다. 1978년에는 본격적인 팝 음반인 〈Una Donna Per Amico〉를 내놓는다. 영국의 음악가가 참여한 신규 음반 역시 13주 동안 정상을 차지하지만 루초 바티스티는 자신의 결과물에 만족하지 못한다.

1980년에는 과거의 음악 스타일을 살린 〈Una Giornata Uggiosa〉를 발표한다. 이 시점부터 음악 동료인 모골과 관계가 소원해진다. 3년 후에 발표한 〈È Già〉에서는 더 이상 모골의 이름을 찾아볼 수 없게 된다. 아내가 준비한 가사로 제작한 이 음반도 비슷한 혹평이 이어진다. 다시 4년간의 공백기를 가진 그는 1986년에 〈Don Giovanni〉를 내놓지만 팬들의 주목을 받기엔 무리였다.

이탈리아에서 예술적인 정상부에 도달한 인물은 그다지 많지 않다. 루초 바티스티는 불과 몇 년 만에 음악적 혁신과 함께 이러한 위치에 도달한 인물이다.

1977년 나폴리 출신의 유명 바이올리니스트의 인터뷰 내용이다. 영어권 음악이 주류였던 시대에 이탈리아의 자존심으로 떠오른 음악가. 수많은 이탈리아 음악가의 정신적 지주였던 예술가. 루초 바티스티의 나라 트리에스테의 나른한 햇살을 다시금 떠올려본다.

아름다운 것들

··· 안젤로 브란두아르디

경계선을 남겨두고 겨울은 가버릴 거야.

군중의 혼잡으로 나는 가을의 중심부로 향할 것이고

그 장소에 다시 머물게 될 것이야.

– 안젤로 브란두아르디,〈탄식의 노래〉

수집가는 자기만의 규칙이 있다. 우선 '불후의 명반'이라 불리는 앨범을 음악가별로 한 장씩 구입하는 방식이다. 허탕을 칠 확률이 가장 낮은 편이다. 하지만 마일스 데이비스의 〈Bitches Brew〉처럼 유명세만 믿고 음반 포장을 뜯었다가 머리칼을 쥐어뜯는 경우가 있다.

- Cogli La Prima Mela(1979)
- ♪ Ninna Nanna

- Branduardi Canta Yeats(1986)
- ♪ I Cigni Di Coole

게다가 이 음반은 더블 앨범이니 금전적인 부담도 적지 않다.

미리 들어보고 산다. 두말할 나위 없이 안전한 방식이다. 요즘이야 가능한 방법이지만 20년 전에는 만만치 않은 수법이었다. 음반점 사장한테 애걸복걸해서 30초 정도 청음을 한 후에 구입하는 일도 흔했다. 문제는 30초의 오류다. 왜냐하면 음반을 팔아야 하는 주인 입장에서는 손님의 취향에 제일 근접한 곡을 틀어주니까.

음반 디자인이 마음에 들어야만 산다. 골수 수집가나 지갑 사정이 넉넉한 이가 아니라면 쉽지 않은 방식이다. 지인 중에 나비와 날개 디자인에 빠진 수집가가 있었다. 그는 해외에 나가면 장르 구분 없이 해당 표지의 음반이 보이면 무조건 지갑을 열었다. 그가 지금까지 구입한 음반은 6만여 장에 달한다.

가격이 저렴한 음반 위주로 구입한다. 대부분의 컬렉터는 주머니 사정이 넉넉하지 못하다. 늘 음반을 사기 위한 비상금을 챙겨야 하기 때문이다. 그렇다 보니 질보다 양을 중시하는 수집가로 지낸다. 가격이 날로 치솟는 A급 초반은 꿈도 못 꾼다. 일단 가성비가 뛰어난

저가 음반에 공력을 모은다. 싼 게 비지떡이 되어버리는 배달사고도 발생한다.

관심 있는 음악가의 전작 수집에 도전한다. 부럽기는 하지만 추천할 만한 방식인지는 의문이다. 30년 이상 음반을 낸 자라면, 열 장 이상의 정규 음반을 발표한 자라면, 고른 음악성향을 보이기 어렵다. 풍성한 음악 감상에는 득이 될지 몰라도 언젠가는 집 안의 음반장이 무너지는 사태가 벌어질 수도 있다.

음반수집에 정도는 없다. 그렇다고 위에 나열한 방법 중에서 한 가지만을 고수할 필요는 없다. 삼국시대라면 병력수가 무조건 많아야 하겠으나 수집 행위란 소수정예를 고집해도 나쁘지 않다. 단, 특정 음악가의 발표작 중에서 오래도록 감상할 만한 음반을 구비해야 한다. 시간, 정열, 관심이 모두 필요한 방식이다.

소개하는 안젤로 브란두아르디Angelo Branduardi는 전작수집을 꿈꿨던 인물이다. 그러던 차에 국내에서 라이선스가 나오기 시작한다. 수입음반점에서 고가에 판매하던 음악가의 라이선스가 출시되면 기쁨과 허탈함이 동시에 몰려든다. 수집 행위란 나만의 것을 잠시 누려보는 일종의 호사니까.

루초 바티스티와 함께 유럽 일대에서 사랑받은 음악가 안젤로 브란두아르디는 1950년 밀라노의 작은 마을에서 태어난다. 그의 나이를 유추해보면 록의 전성기인 1960년대 중후반에 10대 시절을 보낸 셈이다. 그럼에도 그의 음악은 사회나 역사에 대한 해석이 보이지 않는다. 세상은 살 만하고 넉넉하다는 긍정의 음악에 가깝다.

다섯 살부터 바이올린을 배우고, 초등교육을 마치고 국립음악학교를 다닌 그는 음악과는 상관없는 관광전문학교에 진학한다. 이곳에서 프랑코 포티니Franco Fortini라는 선생으로부터 대중음악과 기타 연주를 전수받는다. 스승 덕분에 관심 분야였던 음악으로 회귀한 것이다. 아트록 그룹 레 오르메Le Orme와 방코 델 무투오 소코르소Banco del Mutuo Soccorso와 함께 연주 활동을 하던 그는 1974년에 데뷔 음반 〈Angelo Branduardi〉를 발표한다.

1975년에는 2집 〈La Luna〉를 발표하는데, 이 음반은 1980년에 다른 제목으로 재발매된다. 1976년에 나온

3집 〈Alla Fiera Dell'Est〉는 안젤로 브란두아르디의 명성을 유럽에 알린 히트작이다. 이 앨범은 그해 이탈리아 비평가상을 받는다. 2년 후에는 프랑스에서 〈A La Foire De L'Est〉라는 타이틀로 발매한다.

3집은 킹 크림슨과 PFM의 작사가이자 시인으로 활동한 피터 신필드의 선택을 받는다. 〈Highdown Fair〉라는 명칭으로 재발매한 3집은 피터 신필드의 작업으로 완성한 안젤로 브란두아르디의 최초 영어 음반이다. 3집에 수록한 곡들은 안젤로 브란두아르디의 아내인 루이자 자파Luisa Zappa가 참여한다.

1977년에 나온 4집 〈La Pulce D'Acqua〉 역시 프랑스와 미국 반으로 재등장한 앨범이다. 이 음반에서는 영국 민요, 바로크baroque, 이탈리아 춤곡, 프랑스의 시, 아메리칸인디언과 마법사에 관한 전설을 수록한다. 1979년 작 〈Cogli La Prima Mela〉는 두 가지 버전으로 만든다. 초록색은 이탈리아, 빨간색은 영어 음반이다. 이 앨범에는 가수 양희은이 부른 〈아름다운 것들〉의 원곡인 〈Ninna Nanna〉가 실려 있다. 1977년부터 이듬해까지 장기 순회공연을 실은 1980년 작 〈Concerto〉는 세 장짜리 LP

로 출시한다.

안젤로 브란두아르디의 다음 추천곡은 1986년 작 〈Branduardi Canta Yeats〉에 수록한 첫 곡 〈I Cigni Di Coole〉이다. 아일랜드의 상징주의 시인인 예이츠 William Butler Yeats를 주제로 한 음반이다. 마치 조용한 호숫가에서 피어오르는 물안개를 묘사하는 듯한 미성이 음반을 지배한다. 그는 2014년에 〈Futuro Antico Ⅷ〉를 발표하여 민속음악에 관한 지속적인 관심을 보여준다.

5장

다시,
블루스를
읽다

나를 배반한 충고

… 비 비 킹

당신이 하고 싶은 말 하나에 집중해서 말을 한다면

한 마디를 하더라도 그 사람을 설득할 수 있다.

그것이 바로 블루스다.

– 비 비 킹(B. B. King) 인터뷰

음반수집과 공연관람의 관계는 이복형제와 비슷하다. 형제의 일상은 음악이라는 공통분모가 있다. 하나만 취하는 음악광도 있다. 예를 들어 공연관람에만 몰두하는 경우다. 이런 타입의 음악광은 음반수집을 생략하고 공연장을 방문하는 일상에 주력한다. 적어도 음

⊚ Lucille(1968)
♬ Lucille

⊚ Midnight Believer(1978)
♬ Midnight Believer

악이란 활어회처럼 공연장에서 직접 보고 느껴야 한다는 이유에서다.

유명 음악인의 내한 공연은 '평생에 한 번'이라는 조건이 붙는다. 그의 나이가 고령이라면 더욱 그렇다. 2015년에 열린 아트 가펑클Art Garfunkel 내한 공연은 '마지막'이라는 단어에 어울릴 만한 사건이었다. 팔순을 앞둔 아트 가펑클은 특유의 미성을 들려주지는 못했다. 하지만 솔로 음반 〈Angel Clare〉의 추억을 되살릴 만한 70여 분을 선사했다. 시간은 흐르고, 1970년대를 장식한 기라성 같은 노음악가는 무대에서 사라져간다.

고등학교 후배 H는 20대 초반을 함께 보낸 인연이다. 직업군인인 아버지가 해외에서 전투기 운전 중 사고로 세상을 떠났다는 말을 다른 친구로부터 들었다. 나는 H에게 상처의 기억을 묻지 않았고, 그도 내게 고통스러운 부위를 드러내지 않았다. 어설픈 위로보다 관조를 유지하는 것이 상대방에 대한 예의라고 믿었다. 무관심은 독이지만, 호기심성 질문은 독보다 더한 상처를 남기기에.

H가 나를 소중한 인연으로 여긴다는 사실을 비 비 킹

을 통해 깨달았다. 늘 관계보다 현실에 무게를 두는 H
의 속성 때문에 그를 잘못 이해하고 있었다. 공연 예
약을 했으니 함께 가자는 H의 연락에 놀라지 않을 수
없었다. 비 비 킹, 레이 찰스Ray Charles, 케니 버렐Kenny
Burrell, 레이 브라운Ray Brown이 총출동하는 팔러먼트 슈
퍼밴드Parliament Super Band 내한 공연. 담배회사 필립모
리스가 후원하는 11개국 순회공연이었다.

1990년 10월, 서울 예술의전당 1층. H는 거금을 들여
내가 원하는 음악 공연을 선물해준다. 공연은 기대 이
상이었다. 노래 〈Georgia On My Mind〉를 부르는 레
이 찰스보다, 리듬기타를 연주하는 케니 버렐보다, 비
비 킹의 캐러멜 같은 블루스에 오감이 쏠렸다. 케니 버
렐 역시 좋아하는 기타리스트지만 그의 비중은 생각보
다 크지 않더라. 베이시스트 레이 브라운 역시 백밴드
역할에 치중했다.

블루스와의 인연은 노량진 레코드점 유리창에 걸린 신
촌블루스 1집에서부터였다. 이정선, 엄인호, 김현식 앞
을 외로이 스쳐 가는 리어카의 풍경을 새긴 음반. 그들
은 겨울 신촌 거리에서 무슨 생각을 했을까. 'Blues'라

는 글자가 화인처럼 찍혀 있던 음반. 신촌블루스 1집과 윤명운 2집 다음으로 구입한 블루스 음반이 비 비 킹의 〈Completely Well〉이다.

비 비 킹으로 시작한 블루스 홀릭은 3대 킹이라 불리는 앨버트 킹Albert King, 프레디 킹Freddie King으로 이어진다. 다음으로 악마에 영혼을 팔아 델타블루스delta blues를 했다는 로버트 존슨Robert Johnson, 일렉트릭블루스electric blues의 장인 머디 워터스Muddy Waters, 늑대처럼 성긴 목소리의 하울링 울프, 가장 특이한 이름의 존 리 후커John Lee Hooker, 친절한 동네 할아버지 같은 미시시피 존 허트Mississippi John Hurt로 번져간다.

1925년 미국 미시시피주의 농장 오두막에서 태어난 라일리 B. 킹Riley B. King은 가난으로 자식을 키울 수 없는 부모 대신 할머니 집에서 성장한다. 그의 음악적 뿌리는 침례교회의 가스펠 그룹 활동이었다. 이후 티 본 워커T-Bone Walker, 블라인드 레먼 제퍼슨Blind Lemon Jefferson의 블루스에 심취한 그는 열두 살 무렵에 기타를 장만한다.

전문 음악인의 삶을 원하던 흑인 블루스맨의 삶은 퍽퍽

했다. 비 비 킹은 트랙터 운전기사를 하며 연주 생활을 이어간다. 이는 불도저 운전기사였던 앨버트 킹과 흡사하다. 가난과 흑인이라는 가시덤불은 1940~1960년대 미국 사회에서 차별과 멸시의 대상이었다. 블루스란 비 비 킹을 포함한 흑인 음악가의 그늘이 묻어나는 음악이다. 그는 기타로 슬픔을 연주한다.

노력하는 자에게 기회가 뚝 하고 떨어지는 경우는 별로 없다. 그나마 꾸준한 노력이 있기에 명성이라는 변수가 어쩌다 따라올 뿐이다. 비 비 킹은 1946년 블루스맨 소니 보이 윌리엄슨이 진행하는 멤피스 방송국 라디오방송에 출연한다. 이를 계기로 다른 방송국에서 가수와 DJ 프로그램을 맡는다. 비 비 킹의 별칭 '블루스 보이Blues Boy'는 이때 만들어진다.

1949년에는 첫 싱글 〈Miss Martha King〉을 발표하지만 상업적인 성과를 거두지는 못한다. 블루스 보이에게는 1950년대가 기다리고 있었다. 이후 발표하는 싱글 음반이 연이어 대중의 반응을 끌어낸다. 그는 1960년대에도 공연 활동을 지속하는데, 1970년대에는 최고의 히트곡인 〈The Thrill Is Gone〉으로 그래미상을 석권한다. 그는 2000년, 에릭 클랩튼과 협연작 〈Riding With The King〉을 발표하며 건재를 과시한다.

루씰, 풀밭 같은 너의 소리는
때론 아픔으로 때론 평화의 강으로
그의 마음속에 숨은 정열들을 깨워주는 아침
알고 있나 루씰, 그는 언제나 너를 사랑하네

소개하는 노래는 신촌블루스의 객원가수 한영애가 부른 〈루씰〉이라는 곡이다. 1940년대 후반 미국 아칸소의 클럽에서 관객 사이에 싸움이 번지며 화재 사건이 발생한다. 이곳에서 공연을 하던 인물이 비 비 킹이었다. 그는 불길을 헤치고 클럽을 겨우 빠져나온다.

생각해보니 자신이 아끼던 깁슨Gibson 기타를 화재 현장에 놓고 나온 비 비 킹. 그는 화마에 휩싸인 클럽으로 다시 들어가 기타를 챙겨 들고 재탈출한다. 이 사건으로 두 명이 목숨을 잃는데, 다툼의 동기가 루실Lucille이라는 여인에 대한 질투였다. 이 사건을 계기로 비 비 킹은 자신의 기타에 '루실'이라는 애칭을 붙이고 동명

곡을 발표한다. 대화식으로 이어지는 〈Lucille〉은 비 비 킹의 젊은 날의 초상이다.

섣부른 충고가 화근이었다. 1년 만에 재회한 나와 H는 다른 곳을 바라보고 있었다. 그는 주식투자를 포함한 재산증식에 몰두한 광고회사 신입사원, 나는 여전히 사람과 사람 사이에 놓인 섬에 갇힌 시간을 보내고 있었다. 현실주의자를 비판하는 내 발언에 연락을 끊어버린 H. 그는 아무런 통보 없이 이듬해 캐나다로 이민을 떠난다. 설익은 충고가 일으킨 인연의 마지막이었다.

비 비 킹의 최애곡을 꼽으라면 1978년 음반에 수록한 곡 〈Midnight Believer〉가 떠오른다. 그룹 크루세이더스에서 활동한 조 샘플Joe Sample과의 협연작으로, 블루스와 퓨전재즈와 화려한 관악연주가 매력적인 곡이다. H와 재회한다면 시원한 생맥주를 마시며 〈Midnight Believer〉를 함께 듣고 싶다. 그리운 사람은 언젠가 만나기 마련이다.

기타로 쓴 35세의 비망록

··· 스티비 레이 본

인생을 통해 좋은 기회는 자주 오지 않는다.

그 기회를 절대로 놓치지 않도록 하라.

– 스티비 레이 본(Stevie Ray Vaughan)

블루스는 막걸리처럼 곰삭은 감흥이 부유하는 음악이
다. 오래된 음악은 기원에 대한 이런저런 설이 떠도는
데, 블루스도 마찬가지다. 아프리카 흑인 노예의 음악
이라는 설이 있는가 하면, 미국 남북전쟁 1861~1865 이
후 노예제를 폐지한 19세기 말 즈음 발생한 음악이라
는 설이 그렇다. 블루스의 기원 시점을 정확히 정리하

- Couldn't Stand The Weather(1984)
♫ Tin Pan Alley

- Live Alive(1986)
♫ Superstition

기란 어려운 일인지라 나열한 설을 모두 고려하는 편이다.

남북전쟁을 마친 후에야 이동과 여가의 자유가 주어진 흑인에게 본격적인 블루스의 생활화가 가능해진다. 이유는 고된 노동과 노예 생활을 견뎌야 했던 그들에게 노동요나 흑인영가를 부를 기회란 흔치 않았을 테니까. 게다가 흑인 노예의 일거수일투족을 통제하려는 상당수 백인 계급에게 블루스란 필요악이었다. 그렇게 블루스란 유색인종의 희로애락을 투사하는 음악으로 자리 잡는다.

포크, 컨트리와 함께 미국 대중음악을 형성하는 블루스는 재즈, 솔뮤직, 펑크, 랩 등의 음악에 지대한 영향을 끼친다. 책을 준비하며 고민한 부분이 블루스, 솔뮤직, 펑크에 대한 분류였다. 결국 블루스를 대분류로 하는 선에서 그쳤으나 록, 재즈, 포크 등의 장르에서도 블루스는 일정 지분을 가진 장르다. 비록 미국 음악의 주류는 아니지만 거대한 버팀목처럼 존재하는 장르가 블루스다.

다시 정리해보자. 블루스는 아프리카 전통음악을 중심

으로 한 노동요와 흑인영가에서 영향을 받은 음악이다. 여기에 서인도제도나 남미 지역이 아닌, 미국이라는 환경이 변수로 작용한다. 여타 대중음악처럼 블루스는 미국 사회의 반영이라기보다 일부라는 표현이 정확할 것이다. 여기에 노예제 폐지로 삶의 여건이 더욱 열악해진 흑인 노동자의 떠돌이 삶이 블루스에 스며든다.

이번에는 블루스맨이 태어난 시간대별로 구분해보자. 로버트 존슨, 블라인드 레먼 제퍼슨, 빅 빌 브룬지Big Bill Broonzy 등은 1세대 블루스맨에 해당한다. 비 비 킹, 앨버트 킹, 프레디 킹과 함께 오티스 스팬Otis Spann, 로버트 크레이Robert Cray, 버디 가이Buddy Guy 등은 2세대 블루스맨으로 구분이 가능하다. 여기에 화이트블루스white blues를 포함할 수 있는데, 이는 다음 장에서 다루고자 한다.

1954년생인 스티비 레이 본Stevie Ray Vaughan은 2.5세대에 속하는 블루스맨이다. 기타와 보컬을 담당한 그는 티 본 워커와 앨버트 콜린스Albert Collins의 고향인 미국 텍사스주 댈러스에서 태어난다. 형 지미 본Jimmie Vaughan과 함께 음악인의 길을 택한 스티비 레이 본은

1~2세대 블루스맨 모두로부터 영향을 받는다. 여기에 텍사스 출신 블루스맨 조니 윈터Johnny Winter와 에드거 윈터Edgar Winter 형제가 롤모델로 등장한다.

자신의 첫 밴드인 챈톤스The Chantones를 1965년에 결성한 그는 댈러스의 클럽에서 활동을 시작한다. 1978년에는 블루스맨 오티스 러시Otis Rush의 노래 제목을 딴 스티비 레이 본 앤드 더블 트러블Stevie Ray Vaughan and Double Trouble이라는 밴드를 결성한다. 1982년에는 록 스타 믹 재거Mick Jagger의 후원으로 같은 해 4월 뉴욕에서 열린 롤링 스톤스 공연의 오프닝을 장식한다.

20대 후반에 이미 텍사스를 대표하는 음악가로 떠오른 스티비 레이 본. 그는 호쾌한 보컬과 정밀한 테크닉의 기타 연주로 입지를 굳혀간다. 그는 믹 재거의 두 번째 주선으로 1982년에 스위스의 휴양도시 몽트뢰에서 열린 몽트뢰 재즈 페스티벌Montreux Jazz Festival에 참가한다. 당시 공연을 관람하던 데이비드 보위는 자신의 신곡 〈Let's Dance〉의 기타리스트로 스티비 레이 본을 전격 초빙한다.

그와 밴드는 1983년에 데뷔 앨범 〈Texas Flood〉를 발표한다. 이번에는 재즈 페스티벌의 참관인이자 싱어송라이터인 가수 잭슨 브라운이 도우미로 등장한다. 1집 〈Texas Flood〉는 잭슨 브라운의 로스앤젤레스 자택에서 3일간의 녹음 끝에 완성한다. 이 음반에는 〈Testify〉라는 짱짱한 기타 연주곡이 담겨 있다. 아울러 버디 가이와 하울링 울프의 리메이크곡을 감상할 수 있다.

1984년에 발표한 2집 〈Couldn't Stand The Weather〉는 명실공히 최고의 스튜디오 음반이다. 이 앨범은 제일 먼저 라이선스로 나온 스티비 레이 본의 음반이다. 〈Couldn't Stand The Weather〉에는 지미 헨드릭스의 원곡 〈Voodoo Chile〉이 실려 있는데, 이를 시발점으로 그는 블루스 리메이크 붐의 중심에 서게 된다.

스티비 레이 본은 1980년대 초반을 휩쓴 댄스 음악에 짓눌린 록 음악계의 대항마였다. 1984년에 열린 뉴욕 카네기홀 공연은 매진을 기록한다. 1985년에는 〈Soul To Soul〉을 발표하는데, 수록곡 〈Say What!〉에서 와우와우wow-wow 연주를 즐길 수 있다. 와우와우란 기타 피크 부근에 있는 고주파를 강조하여 음색을 변화시키는 연주기법이다.

처음으로 구입한 스티비 레이 본 앤드 더블 트러블의 음반은 빽판이었다. 청음이 불가능한 시절이다 보니 빽판도 신중하게 구입해야 후회가 없던 1980년대였다. 고민 끝에 재즈록 그룹 소프트 머신의 라이브 음반과 스티비 레이 본의 더블 음반을 고른다. 말 그대로 더블 트러블한 하루였다.

빽판으로 장만한 〈Live Alive〉는 1986년에 발표한 공연 앨범이다. 공연장을 집어삼킬 듯한 기타의 굉음이 휘몰아치는 블루스록 blues rock 의 향연. 〈Live Alive〉에서는 스티비 원더 Stevie Wonder 의 원곡 〈Superstition〉을 빼놓을 수 없다. 우박처럼 쏟아지는 드럼 연주와 함께 "이봐, 진정한 리메이크란 이런 거야"라고 외치는 곡이다. 당시부터 스티비 레이 본은 알코올중독과 약물중독에 시달린다. 어렵사리 요양소 생활을 마친 그는 1989년 〈In Step〉이라는 앨범을 내놓는다. 이 음반에서는 빌보드 메인스트림 록 차트 1위를 기록한 〈Crossfire〉 외에 마지막을 장식하는 연주곡 〈Riviera Paradise〉가 인상적이다. 〈In Step〉은 그래미 베스트 컨템퍼러리 블루스 앨범상을 수상한다.

이듬해 블루스 영웅에게 청천벽력 같은 사고가 닥친다. 악천후 속에서 시카고를 향해 날아오른 헬리콥터가 추락한 것이다. 헬리콥터에는 스티비 레이 본과 밴드 멤버들이 타고 있었다. 1980년대 블루스 중흥의 심장부를 꿰뚫었던 자의 어이없는 죽음이었다. 이후 스티비 레이 본의 비공개 음반이 나오지만 절정의 기타 연주를 펼치던 모습은 더블 트러블로 산화한다.

지금 스티비 레이 본과 앨버트 킹의 협연곡 〈Call It Stormy Monday〉를 듣고 있다. 일설에 의하면 〈In Session〉 음반을 연습하는 과정에서 앨버트 킹의 지적에 전전긍긍했다는 스티비 레이 본. 이 음반은 스티비 레이 본과 앨버트 킹이 1983년 겨울에 함께 녹음한 텔레비전 방송이다. 스티비 레이 본은 1990년에, 앨버트 킹은 1992년에 세상을 떠난다. 세대를 초월한 블루스맨의 귀천이었다.

화이트블루스의 대부

… 존 메이올

블루스란 반드시 구슬프거나 절망적인 음악이 아닙니다.

블루스란 …

어떤 감정이든 그것을 솔직하게 표현하는 것을 의미합니다.

– 존 메이올(John Mayall)

"이번에는 화이트블루스 LP를 구해 왔지. 다른 스타일의 블루스 음반도 팔아보려고."

주인은 일본에서 구했다는 음반 박스를 자랑스럽게 보여주며 말했다. 화이트블루스라니, 처음 들어보는 말이었다. 재즈에서 블루스로 관심을 넓혀가던 스무 살의

⊙ USA Union(1970)
♫ Nature's Disappearing

⊙ Back To The Roots(1971)
♫ Unanswered Questions

봄. 나는 그렇게 음반 가격이 비싸기로 소문난 가게에서 화이트블루스를 접한다. 결국 가격의 압박으로 청음만 하고 쫓기듯이 음반점을 빠져나온다.

LP의 가격은 빽판, 라이선스, 원판으로 기준이 갈린다. 여기에 라이선스와 원판은 중고 여부에 따라 가격이 급물살을 탄다. 요즘이야 라이선스라는 말 자체를 잘 쓰지 않지만, 라이선스가 쏟아져 나오던 1980년대는 그야말로 음반의 황금기였다. 서울 종로와 광화문 일대에는 수십 개의 레코드점이 포진했고, 이곳에서 틀어주는 음악이 거리의 온기를 채웠다.

고등학교 동창생이랑 약속이 생기면 지하철 4호선 숙대입구역을 주로 이용했다. 출구를 나오면 바로 앞에 레코드점이 있어서였다. 레코드점에서 틀어주는 LP 음악을 들으며 벗을 기다리는 일상은 이젠 없다. 음악 문화가 이렇게 변할 줄은 몰랐다. 소중한 문화는 예고 없이 자취를 감추고, 불편한 문명은 도처에서 넘실댄다.

'어라, 에릭 클랩튼이 이 음반에서 보이네?'

친구보다 먼저 약속장소인 레코드점에 도착한 날이었다. 레코드점 투명 유리창에는 새로 나온 라이선스를 세워놓고는 했다. 하얀 바탕의 LP에는 'Blues Breakers With Eric Clapton'이라는 글자와 'John Mayall'이라는 붉은 글씨가 선명하게 박혀 있더라. 믿고 듣는 에릭 클랩튼인지라 고민 없이 음반을 샀다.

1960년대는 블루스의 중흥기다. 로큰롤을 소비하던 미국 백인 계층이 흑인의 음악으로 폄하하던 블루스에 관심을 보이기 시작한다. 여기에는 복잡한 배경이 숨어 있다. 우선 라디오와 텔레비전 방송이 미국 전역으로 확장하면서 흑인과 백인 음악 간의 경계가 허물어진다. 다음으로 흑인 인권운동을 들 수 있다. 일부 백인 지식인이 인권운동에 동참하면서 자연스레 블루스로 관심이 이동한다.

마지막으로 블루스를 특색 있는 문화로 받아들인 유럽이다. 로큰롤의 뿌리를 블루스에서 찾는 유럽발 블루스의 파고는 미국에서 노동자 생활을 전전하던 블루스맨을 다시 무대로 불러들인다. 레드벨리Leadbelly는 자신이 사망한 해인 1949년에 프랑스에서 공연을 가진다. 대학교 관리인으로 일하던 빅 빌 브룬지는 1951년 런던 공연을 계기로 1956년까지 아프리카와 남미에서 블루스 전도사로 활약한다.

유럽에서 가장 적극적으로 블루스를 수용한 나라는 영국이다. 영어권 국가라는 혜택과 더불어 비틀스와 롤링 스톤스를 양산한 대중음악의 메카라는 자부심이 블루스 붐으로 번져나간다. 소니 테리Sonny Terry, 브라우니 맥기Brownie McGhee, 머디 워터스는 영국으로 진출한 블루스맨이다. 이러한 블루스 붐에 힘입어 알렉시스 코너Alexis Korner, 시릴 데이비스Cyril Davies 같은 영국 출신 음악가가 활동을 펼친다.

1933년 영국 매클즈필드에서 태어난 존 메이올은 기타리스트인 아버지의 음악적 영향을 받으며 성장한다. 그는 미국 컨트리블루스country blues를 들으며 기타, 하모니카, 피아노를 배운다. 1950년대에는 한국전쟁 지원군으로 3년간 복무한다. 군대를 마친 그는 맨체스터 대학교에 입학한다. 대학 시절 로컬밴드를 창설한 그는 졸업 후 디자이너 직업을 중단하고 런던으로 진출한다.

존 메이올이 런던에서 프로 음악가의 길을 걷도록 도와준 이는 알렉시스 코너다. 브리티시 블루스British blues

의 창시자로 알려진 알렉시스 코너는 미국 정통 블루스의 재현을 통해 존 메이올을 비롯한 영국 블루스맨을 양성한 자다. 파리에서 태어난 그는 프랑스, 스위스, 북아프리카에서 성장기를 보내는데, 연주와 방송 활동으로 영국에 블루스를 전파한다.

1963년 블루스 브레이커스The Blues Breakers라는 그룹을 만든 존 메이올은 런던의 유명 무대인 마키 클럽에서 다중악기주자로 재능을 선보인다. 그는 1960년대 중반부터 알렉시스 코너의 영향권에서 벗어나 록과 사이키델릭 사운드를 융합한 본격적인 브리티시 블루스를 연주한다. 1964년에는 존 리 후커의 영국 순회공연 무대에 등장한다.

1965년은 그룹 리더로 존 메이올의 역량이 상승하는 해다. 그룹 야드버즈에서 활동한 에릭 클랩튼이 블루스 브레이커스에 합류한다. 에릭 클랩튼은 음악 활동을 위해 그리스로 잠시 떠나지만, 다시 그룹에 재합류하여 1966년 작 〈Blues Breakers With Eric Clapton〉의 리드 기타리스트로 이름을 올린다. 이 음반에는 존 메이올의 자작곡과 프레디 킹, 오티스 러시 등의 곡이 실린다.

⟨Blues Breakers With Eric Clapton⟩은 브리티시 화이트블루스의 신호탄이다. 음반 발표 후 에릭 클랩튼은 록 밴드 크림을 결성하기 위해 그룹을 떠난다. 에릭 클랩튼이 떠난 자리는 피터 그린이 차지한다. 존 메이올은 소속사인 데카레코드Decca Records 제작자에게 에릭 클랩튼의 명성을 이을 만한 기타리스트라며 피터 그린을 소개한다.

1967년 작 ⟨A Hard Road⟩는 피터 그린의 자작곡 ⟨The Same Way⟩와 ⟨The Supernatural⟩을 수록한다. 피터 그린 역시 플리트우드 맥을 결성하기 위해 그룹을 떠난다. 블루스 브레이커스의 세 번째 기타리스트는 믹 테일러Mick Taylor였는데, 그는 1969년에 그룹 롤링 스톤스에 합류한다. 블루스 브레이커스는 영국 최고의 블루스 밴드로 입지를 굳힌다.

존 메이올은 정통 블루스와는 다른 화법으로 블루스를 노래한다. 비음이 섞인 그의 목소리는 억압과 차별을 밑거름으로 삼은 미국산 블루스와 다른 개성을 응축한다. 1970년부터 약 15년의 시간을 미국에서 지낸 그는 2008년에 블루스 브레이커스의 공식 해산을 선언한다. 3개월 후에 새로운 밴드를 결성한 그는 순회 공연을 재개한다. 2016년 존 메이올은 블루스 명예의 전당에 이름을 올린다. 영국산 블루스맨의 자서전인 《Blues From Laurel Canyon: My Life As A Bluesman》은 2019년에 출간된다.

존 메이올은 2019년까지 무려 서른여덟 장의 스튜디오 음반을 발표한다. 50년이 넘는 세월을 거슬러 브리티시 블루스에 헌신한 자의 빛나는 족적이다. 존 메이올의 음악을 처음 듣는 이에게는 앞에서 소개한 두 장의 음반이 적격이다. 다음으로 〈The Blues Alone〉1967, 〈Bare Wires〉1968, 〈Blues From Laurel Canyon〉1968, 〈The Turning Point〉1969, 〈Empty Rooms〉1970, 〈USA Union〉1970 순으로 그의 블루스를 감상해보자.

하나의 영토, 분리된 인간

… 슈기 오티스

나는 슈기 오티스가 〈Kooper Session〉 음반의 스타일을 믿어 의심치
않는다. 게다가 슈기 오티스는 음반을 녹음할 당시에 겨우
열다섯 살이었다.

– 음반 〈Kooper Session〉에 실린 앨 쿠퍼의 라이너노트

인종주의의 특징을 선과 악이라는 이원론으로 파악한
인물이 있다. 알제리 독립운동가인 동시에 사회철학
자인 프란츠 파농Frantz Fanon 이다. 그는 백인이란 아름
다움과 미덕의 상징이며, 반대로 흑인이란 악함과 추
함의 상징이라고 정의한다. 이러한 선악론은 근대 이

- Kooper Session(1969)
- ♫ Lookin' For A Home

- Here Comes(1970)
- ♫ Funkey Thithee

후 유럽 문학에서 자주 등장하는데, 대표적인 예가 대니얼 디포Daniel Defoe의 소설 《로빈슨 크루소Robinson Crusoe》다.

작품의 주인공 크루소는 백인, 지배자, 현명함의 상징이다. 반면 주인공의 조력자인 프라이데이는 흑인, 피지배자, 야만인의 모습을 하고 있다. 저자는 백인이자 소설가인 자신과의 반대편에 프라이데이를 놓는다. 이러한 흑인에 대한 어둡고 굴절된 태도는 문학을 포함한 유럽과 미국 문화 전반에 스며들어 있다.

미국 사회에서 흑인이란 어떤 존재일까. 2020년 미네소타주 미니애폴리스에서 터진 백인 경찰의 흑인 살해극인 '조지 플로이드George Floyd 사건'이 아니라도 흑백 갈등은 여전히 미궁 속을 헤맨다. 여기에 황인종이라는 유색인종도 예외가 아님은 자명한 현실이다. 미국은 인구의 절반을 차지하는 백인과 유색인종 간의 불편한 동거를 하는 나라다.

인간 가치의 척도를 백인이 독점한 미국에서 유색인종은 백인 문화에 근접할수록 인간에 흡사해진다는 불편한 진실의 끝은 어디일까. 백인만이 유일한 본질이고 흑인은 일체의 존재성이 부정된다는 타자성은 유대인과 비유대인, 원주민과 식민주의자, 무산계급과 유산계급의 역사에서도 쉽게 찾아볼 수 있다.

20세기 초중반의 블루스는 백인 사회가 바라보는 흑인 사회의 부정적인 이미지와 흑인 간의 갈등을 표출하는 일종의 문화수단이다. 스티븐 스필버그Steven Spielberg 감독의 영화 〈컬러 퍼플The Color Purple〉의 등장곡 〈Miss Celie's Blues〉는 흑백문화를 설명하는 음악이다. 소피아 역을 맡은 오프라 윈프리Oprah Winfrey는 흑인이었기에 영화의 배역을 자원한다. 여기에 유대인 감독이라는 또 다른 소외계급이 합류한다.

블루스는 흑인의 인권을 백인에게 박탈당한 상황에서 만들어낸 '한'의 음악이다. 미국이라는 용광로를 넘어선 유럽이나 아시아에서 재생산하는 블루스와 미국이라는 하늘 아래에서 백인이 재생산하는 블루스는 색채와 깊이를 달리할 수밖에 없다. 하나의 영토에서 분리된 음악으로 남은 블루스는 복잡한 내성을 지닌다.

소개하는 슈기 오티스Shuggie Otis는 앨 쿠퍼Al Kooper와 함께 흑백문화가 뒤섞인 협연작을 완성한다. 음반

〈Kooper Session〉을 발표한 1969년에 10대 블루스 기타리스트인 슈기 오티스를 아는 음악 관계자는 거의 없었다. 이 음반에서 보컬을 담당한 앨 쿠퍼는 이미 화이트블루스계의 주목할 만한 인물이었다.

〈Kooper Session〉의 양면을 살펴보면 중앙에 'Super Session Vol.2'라는 글자가 보인다. 앨 쿠퍼가 참여한 또 다른 음반이 존재한다는 말이다. 바로 〈Super Session〉인데, 이는 앨 쿠퍼 편에서 자세히 설명하기로 한다. 1969년 당시 미국 나이로 15세에 불과했던 청소년 기타리스트 슈기 오티스는 앨 쿠퍼의 지원으로 음반 제작에 참여한다.

앨 쿠퍼는 조니 오티스Johnny Otis라는 음악가를 1960년대 초반 무렵부터 알고 있었다. 밴드 리더, 가수, 작곡가, DJ라는 영역에서 두각을 보이던 리듬앤드블루스 음악가 조니 오티스는 앨 쿠퍼의 우상이었다. 조니 오티스의 아들인 슈기 오티스는 이미 〈Cold Shot〉이라는 정통 블루스 음반을 발표한 상태였다.

블루스, 가스펠, 리듬앤드블루스, 올드타임 슬라이드뮤직Old-Time Slide Music, 록이라는 장르가 뒤섞인 〈Kooper

Session〉은 앨 쿠퍼의 보컬과 건반을 배경으로, 슈기 오티스의 기타를 축으로 완성한 콘셉트 앨범이다. 특히 다섯 명의 가스펠 음악가가 참여한 곡 〈Lookin' For A Home〉은 전작 〈Super Session〉의 아성에 도전할 만한 명곡이다.

블루스 대중화에 앞장선 인물인 존 해먼드John Hammond의 주선으로 앨 쿠퍼는 슈기 오티스를 만난다. 슈기 오티스의 번뜩이는 재능을 확인한 앨 쿠퍼는 바로 슈기 오티스와 함께하는 협연 음반 제작을 승낙한다. 세대를 뛰어넘은 흑백 음악인이 완성한 〈Kooper Session〉은 명동 중앙우체국 사거리에 자리했던 음반점 '브루의 뜨락'에서 구입했다.

로스앤젤레스에서 1953년에 태어난 슈기 오티스는 설명했듯이 프로 음악가인 아버지 슬하에서 성장한다. 10대 초반부터 아버지의 밴드에서 활동하기 시작한 슈기 오티스는 밤무대 활동을 위해 선글라스와 가짜 수염으로 분장을 한다. 성인 연주자로 위장해야 돈벌이가 가능하고, 청중에게 인정을 받을 수 있었기 때문이다.

여러 블루스맨의 음악을 접한 슈기 오티스는 이후 슬라이 스톤Sly Stone, 아서 리Arthur Lee가 이끌었던 밴드 러브Love와 지미 헨드릭스 등의 음악을 들으며 블루스에서 록, 사이키델릭, 솔뮤직으로 영역을 확장해간다. 슈기 오티스는 앨 쿠퍼와 함께 뉴욕에서 〈Kooper Session〉 녹음을 마치자마자 공연을 위해 로스앤젤레스행 비행기에 탑승한다.

1970년에 발표한 솔로 음반 〈Here Comes〉는 지미 헨드릭스의 영향을 받은 흔적이 곳곳에 드러나는 작품이다. 음반의 시작을 알리는 연주곡 〈Oxford Gray〉는 블루스 신동의 기타 연주로 포문을 연다. 2세대 블루스맨의 음반답게 팝, 솔뮤직, 록을 넘나드는 곡이 실려 있는데, 두 번째 곡 〈Jennie Lee〉는 블루스곡이라기보다 발라드풍의 팝에 가까운 해석을 보여준다.

슈기 오티스의 1971년 음반 〈Freedom Flight〉는 빌보드 200에 진입한다. 수록곡 〈Strawberry Letter 23〉는 슈기 오티스가 더 이상 블루스에 집착하지 않는다는 사실을 보여준다. 이러한 경향은 프랭크 자파Frank Zappa, 에타 제임스Etta James, 보비 블랜드Bobby Bland 등의 기타리스트로 활동하면서 영향받은 부분이다.

1974년에 발표한 〈Inspiration Information〉은 슈기 오
티스의 작곡 능력을 보여준 음반이다. 그는 앨범에 수
록한 아홉 곡을 작곡·편곡하는 저력을 보여준다. 말
그대로 '원 맨 밴드one man band'의 역량을 보여주는 이
음반에서 슈기 오티스는 기타, 베이스, 오르간, 퍼커션
을 연주해내는 다중악기주자임을 증명해낸다.

그 후 슈기 오티스는 세계적인 연주자의 대열에 합류
한다. 〈Inspiration Information〉 발매 이후 거물 음악
가인 빌리 프레스턴Billy Preston과 롤링 스톤스의 순회공
연 연주자로 합류해달라는 요청을 받는다. 슈기 오티
스의 대답은 "노"였다. 그는 아버지의 음반 제작을 지
원하는 연주자로 활동을 이어간다.

〈Inspiration Information〉은 슈기 오티스의 솔로 음반
중에서 가장 영향력 있는 앨범이다. 그는 프린스Prince
와 레니 크래비츠Lenny Kravitz에게 영향을 준 인물이다.
〈Inspiration Information〉은 2001년에 뉴웨이브 밴드
인 토킹 헤즈의 리더 데이비드 번이 운영하는 독립 레
코드사에서 재발매한다.

슈기 오티스는 두 명의 아들을 낳는다. 이들은 모두 프로 음악가의 길을 택하면서 3대 음악 가족의 명맥을 이어간다. 아들 에릭Eric Otis은 슈기 오티스 밴드의 일원으로 순회공연을 함께한다. 〈Kooper Session〉 최고의 곡은 예나 지금이나 〈Lookin' For A Home〉이다.

슬픔의 새로운 모습들

… 로이 뷰캐넌

기타는 마음이다.

– 로이 뷰캐넌(Roy Buchanan)

1960년대는 블루스의 두 번째 전성기다. 수많은 미국 로커들이 앞다퉈 블루스 리바이벌에 앞장선다. 그 선두에는 시카고 출신의 하모니카 연주가 폴 버터필드 Paul Butterfield가 있다. 화이트블루스 무브먼트의 선봉이었던 그는 백인을 꺼리는 시카고의 블루스 클럽에 고집스럽게 드나들며 역량을 키워간다.

폴 버터필드 블루스 밴드는 대학교 동창인 기타리스트

- In the Beginning
  (UK title: Rescue Me)(1974)
♫ Wayfaring Pilgrim

- You're Not Alone(1978)
♫ Down By The River

엘빈 비숍Elvin Bishop, 또 다른 기타리스트 마이크 블룸필드Mike Bloomfield는 백인으로, 하울링 울프 밴드 출신의 베이시스트 제롬 아널드Jerome Arnold와 드러머 샘 레이Sam Lay는 흑인으로 팀을 꾸린다. 이들은 1965년에 열린 뉴포트 포크 페스티벌Newport Folk Festival 무대에 명함을 내민다.

화이트블루스 붐은 흑인 블루스맨의 비난 세례를 받기도 한다. 폴 버터필드와 같은 해인 1942년생 흑인 음악가 타지 마할Taj Mahal은 백인은 블루스를 피상적으로 들려준다고 지적한다. 블루스란 연주기법이나 창법만으로 보여줄 수 없는 슬픔 너머의 음악임을 백인은 모른다는 의미다.

폴 버터필드 블루스 밴드의 음악을 들어보면 흑인 가수를 흉내 내려는 거친 음색이 귀에 걸린다. 계속 들어봐도 어색한 느낌을 지울 수 없다. 폴 버터필드처럼 백인의 감성으로 정통 블루스를 따라 하기엔 음악적 간극이 여전했다. 반면 영국 출신인 존 메이올은 흑인 블루스 창법의 한계를 일찌감치 파악한 인물이다.

백인은 블루스에서 슬픔을 찾으려 하지만, 흑인은 슬픔을 떨치려고
블루스를 한다.

타지 마할의 발언은 의미가 있다. 이러한 깊이에의 한
계가 이유였을까. 1970년대 이후부터 블루스를 적극
적으로 음악에 활용하던 백인 로커는 서서히 방향전환
을 한다. 폴 버터필드 블루스 밴드는 1971년에 해체를
선언한다. 이후 활동을 재개하지만 예전 같은 존재감
을 보이지 못한다.

1970년대에 세상을 떠난 흑인 블루스맨도 부진의 늪
에 빠진 블루스계에 영향을 끼친다. 하울링 울프, 티 본.
워커, 지미 리드Jimmy Reed, 프레디 킹, 오티스 스팬 등
이 1970년대에 세상을 떠난다. 아메리칸 포크 블루스
페스티벌American Folk Blues Festival은 1972년을 끝으로 열
리지 않는다. 게다가 1970년대 중반부터 일기 시작한
디스코 붐은 블루스를 더욱 위축시킨다.

죽지 않고 사라져가는 존재는 노병만이 아니었다. 블
루스란 잠시 반짝했다 사라지는 일회성 상품이 아니었
다. 세계 대중음악 구석구석에 똬리를 튼 블루스의 내

성은 생각보다 튼실했다. 1970년대 초반 미국 음악 시장에서는 블루스와 결별하거나 재건하는 움직임이 벌어진다. 이런 와중에 블루스의 끈질긴 생명력을 보여주는 사례가 등장한다.

1971년 시카고에 설립한 앨리게이터Alligator Records는 블루스의 중흥을 노리는 회사였다. 오일쇼크의 영향으로 미국의 군소 레코드사는 고전을 면치 못하고 대형 레코드사의 일부로 재편한다. 컬럼비아Columbia Records, 워너Warner Records, RCA빅터RCA Victor Records, EMI, MCA 등의 레코드사에서는 불황기에도 음반 구매력이 있는 백인 중산층이 좋아할 만한 음반을 제작하는 데 집중한다.

앨리게이터 역시 경기불황의 늪에서 자유롭지 못했다. 하운드 도그 테일러Hound Dog Taylor를 필두로 빅 월터 호턴Big Walter Horton, 손 실스Son Seals 등의 정통 블루스 음반을 발표하던 앨리게이터는 1975년 여성 보컬리스트 코코 테일러Koko Taylor와의 계약을 성사시키면서 전기를 맞는다.

기타리스트 로이 뷰캐넌Roy Buchanan 역시 앨리게이터에서 음반을 낸 블루스맨이다. 1939년 미국 아칸소주 오자크에서 태어난 그는 캘리포니아에서 성장기를 보낸다. 아홉 살 무렵부터 기타를 배운 로이 뷰캐넌은 교회에서 가스펠 음악을 접하면서 블루스의 세계에 빠져든다. 20대에는 사이드맨으로 다양한 활동을 펼친다.

방송이란 음악인의 미래에 지대한 영향을 끼치는 매체다. 로이 뷰캐넌 역시 방송의 수혜를 입은 인물이었다. 재능에 비해 지명도가 대단치 않았던 백인 기타리스트가 미국의 공영방송에서 제작한 음악 다큐멘터리에 출연한 것이다. 방송을 계기로 폭발적인 유명세를 얻은 그는 1972년 대망의 솔로 앨범 〈Roy Buchanan〉을 내놓는다.

로이 뷰캐넌 1집에는 인기곡 〈The Messiah Will Come Again〉이 실린다. 마치 고해성사를 하는 듯한 로이 뷰캐넌의 독백과 함께 퍼져 나오는 기타 연주가 일품인 곡이다. 이 음반에서는 미국 음악전문지 〈기타 월드 Guitar World〉가 2004년에 선정한 '역사상 가장 위대한 기타 연주곡 50'에 포함된 연주곡 〈Sweet Dreams〉를 함께 감상할 수 있다.

데뷔 앨범의 순항에 이어 1973년 발표작 〈Second Album〉과 1977년 발표작 〈Loading Zone〉은 골드레코드를 기록한다. 〈Second Album〉에는 〈After Hours〉, 〈Loading Zone〉에는 〈Judy〉라는 인상적인 연주곡이 담겨 있다. 1974년 작 〈In the Beginning〉에 실린 〈Wayfaring Pilgrim〉은 가장 애청하는 연주곡이다.

기타 연주곡을 듣다 보면 기타리스트의 목소리가 기타 음으로 전해진다는 느낌이 든다. 로이 뷰캐넌의 기타 연주는 나른한 온기가 느껴진다. 그가 말했듯이 기타가 마음이라면 로이 뷰캐넌은 계산적이거나 고답적인 연주자가 아닐 테다. 동네 술집에서 조용히 술잔을 기울이는 중년 남성의 모습이 떠오른다.

1970년대가 로이 뷰캐넌의 황금기라면 1980년대 초반은 그의 침체기였다. 알코올중독으로 건강을 망친 데다 레코드사와 갈등이 심해지던 시기였다. 상업성을 강조하는 레코드사의 요구에 로이 뷰캐넌은 타협을 거부한다. 본격적인 팝의 전성기에 블루스는 투박하고 외로운 변방의 음악이었다. 그의 음반 제작에도 휴지기가 들어선다.

침체기에 접어든 로이 뷰캐넌의 음악성을 인정해준 레코드사가 등장한다. 앞에서 소개한 앨리게이터레코 드는 1985년 로이 뷰캐넌의 재기작 〈When A Guitar Plays The Blues〉를 발표한다. 이전 레코드사와 갈등 끝에 음반 제작을 포기한 로이 뷰캐넌이 원하는 블루 스를 인정해준 고마운 레코드사의 출현이다.

1987년에는 음반 〈Hot Wires〉를 발표하는데, 예전보 다 비트가 강해진 블루스록을 들려준다. 정통 블루스 색채의 〈Hot Wires〉는 〈These Arms Of Mine〉과 〈The Blues Lover〉 정도를 제외하고는 음반 제목처럼 빠른 템포의 블루스가 주류를 이룬다. 이 음반이 로이 뷰캐 넌의 마지막 음반이 되리라고 누구도 알지 못했다.

〈Hot Wires〉 발매 이듬해에 순회공연에 열중이던 로 이 뷰캐넌은 잠시 휴식을 취하려고 집에 들른다. 여전 히 폭음을 즐기던 그는 아내와 심한 말다툼을 벌인다. 싸움 끝에 아내는 경찰에 그를 신고하고, 로이 뷰캐넌 의 과실을 인정한 경찰의 판단으로 관할 유치장에 갇 힌다. 어렵사리 재기에 성공한 기타리스트의 마지막은 허망했다.

로이 뷰캐넌은 1988년 유치장에서 자신의 셔츠로 목을 매단 채 죽음을 맞는다. 지천명이라 불리는 50세 무렵에 맞이한 어이없는 사고였다. 명곡 〈The Messiah Will Come Again〉은 기타리스트의 영혼에 바치는 진혼곡으로 남는다. 음악의 산업화로 인해 블루스의 침체기가 이어지던 1980년대에 벌어진 비극이었다. 제프 벡은 로이 뷰캐넌의 영전에 추모곡 〈Cause We've Ended As Lovers〉를 헌사한다.

아일랜드의 작은 거인

··· 밴 모리슨

내가 태어난 거리에서

레드벨리와 블라인드 레먼 제퍼슨의 노래를 들었어.

소니 테리, 브라우니 맥기, 머디 워터스가

⟨I'm A Rolling Stone⟩을 노래해.

– 밴 모리슨, ⟨Cleaning Windows⟩

지역감정이라는 호환마마보다 독성이 강한 시한폭탄은 한국만의 문제가 아니다. 일본의 도쿄와 오사카가 그렇고, 스페인의 마드리드와 바르셀로나가 그렇다. 그렇다면 영국은 어떨까. 영국과 아일랜드는 위에 등장

⊙ Saint Dominic's Preview(1972)
♫ Almost Independence Day

⊙ Veedon Fleece(1974)
♫ Streets Of Arklow

하는 국가에 못지않은 복잡한 지역감정을 끌어안고 있다. 대중음악도 역사에 대한 이해가 필요하다.

12세기 후반 이후 노르만족의 침략을 받기 시작한 아일랜드는 중앙집권체제를 유지한다. 당시만 해도 영국과의 갈등이 무려 8세기가 넘도록 이어지리라고 예상하지 못한다. 1541년에는 영국의 헨리 8세가 아일랜드 왕을 겸임함에 따라 영국 왕이 아일랜드 왕 행세를 하는 애매한 상황이 발생한다.

1801년에는 아일랜드가 대영제국의 일부로 완전히 병합되는 사건이 일어난다. 19세기에 벌어진 대기근은 영국 정부의 방관하에 아일랜드 민족의 약 3분의 2가 사라지는 비극을 낳는다. 이 중 상당수는 영국이 아닌 미국으로 이민을 감행한다. 아일랜드의 극심한 식량난에도 불구하고 영국은 끈질기게 아일랜드의 곡물을 징수해 간다.

독립을 염원하던 아일랜드는 드디어 1919년 1월 21일 독립선언을 선포한다. 하지만 힘의 우위에 선 영국은 여전히 아일랜드의 독립을 원치 않는다. 영국은 아일랜드의 지속적인 저항에 떠밀려 1921년 12월 6일 독

립 승인을 한다. 무려 3년에 가까운 세월이 흘러 얻어
낸 독립이었다. 여기가 끝이 아니었다. 영국은 아일랜
드의 완전한 독립에 훼방을 놓는다.

아일랜드를 영국령에 포함시킨 이후 아일랜드인과 가
톨릭 신자는 극심한 차별을 받는다. 1979년 집권한 대
처 총리 시기에는 IRAIrish Republican Army 수감자의 단
식투쟁으로 인한 사망으로 영국과 아일랜드 간의 대립
과 북아일랜드 내 신·구교 간의 갈등이 극에 이른다.

1997년에 총리로 취임한 토니 블레어Tony Blair는 대처
와 달리 북아일랜드 문제 해결을 위한 중대 결단을 내
린다. 취임 한 달 후에 북아일랜드의 대도시 벨파스트
를 방문해 150년 전 대기근으로 인한 아일랜드인의 죽
음에 대해 사과한 것이다. 무려 8세기에 이르는 지역차
별의 역사를 매조지하려는 시도였다.

1945년 북아일랜드 벨파스트에서 태어난 밴 모리슨Van
Morrison은 13세부터 기타, 하모니카, 색소폰을 연주하
는 재능을 보인다. 1960년에는 본격적인 음악 활동을
위해 고등학교를 자퇴한다. 1961년에는 리듬앤드블루
스 밴드 모나크스The Monarchs를 결성하는데, 이들은 영

국과 유럽에서 공연 활동을 벌인다.

밴 모리슨의 경력은 1964년부터 본궤도에 오른다. 자신의 고향에서 그룹 뎀 Them 을 결성한 것이다. 그는 영국의 대형 레코드사 데카와의 계약을 위해 런던으로 진출한다. 히트곡 〈Here Comes The Night〉로 영국과 미국 모두에서 주목을 받는다. 순회공연을 마친 밴 모리슨은 그룹을 탈퇴하여 다시 미국 보스턴으로 향한다. 〈Brown Eyed Girl〉이라는 자작곡을 발표한 1967년부터 밴 모리슨은 미국 동부 지역에서 공연 활동을 재개한다. 그는 1968년에 스튜디오 음반 〈Astral Weeks〉를 발표한다. 난해한 가사가 특징인 이 음반은 비평가의 찬사와 달리 상업적인 반향을 일으키지는 못한다. 1970년에 발표한 차기작 〈Moondance〉는 완성도를 높인 수작이다.

〈Moondance〉에는 〈Into The Mystic〉을 중심으로 한 〈Crazy Love〉 등의 히트곡을 남긴다. 이후 뉴욕으로 이동한 그는 〈His Band And The Street Choir〉를 내놓는다. 다시 캘리포니아 북부로 이전한 밴 모리슨은 자신의 밴드를 해산한다. 새 멤버를 영입한 밴 모리슨의 선택은 컨트리 음악을 가미한 1971년 작 〈Tupelo Honey〉다.

밴 모리슨의 음악은 블루스 편에 등장하는 음악가 중에서 가장 복합적인 음악성을 보여준다. 이러한 장르를 블루 아이드 솔blue-eyed soul이라고 표현하지만 이 정도로 밴 모리슨의 세계를 표현하기엔 부족하다. 블루스, 솔뮤직, 재즈, 컨트리, 록, 포크를 아우르는 폭넓은 성향을 보여주기 때문이다.

제2기에 속하는 밴 모리슨의 새 음반은 〈Saint Dominic's Preview〉1972다. 가장 높은 판매량을 보인 이 음반은 〈Jackie Wilson Said〉와 〈Redwood Tree〉 정도를 제외하고는 특별한 히트곡이 없다. 1973년에 내놓은 〈Hard Nose The Highway〉 역시 히트곡보다 음반이 주목을 받은 작품이다.

싱글 음반 위주의 음반 산업은 1970년대 이후 두 갈래 길을 걷는다. 여전히 히트곡에 무게를 두는 경우와 콘셉트 음반의 형태를 취하는 방식이다. 밴 모리슨의 음악은 히트곡보다는 수록곡 모두에 공을 들이는 콘셉트 음반에 속한다. 음반 전체의 상향평준화에 무게를 둔다는 방증이다.

미국과 유럽 순회공연을 담은 더블 음반 〈It's Too Late To Stop Now〉를 발표한 뒤 다시 밴드를 해산한 밴 모리슨. 1974년 작 〈Veedon Fleece〉는 아내와의 이혼 직후에 영국을 방문하여 완성한 음반이다. 음반의 포문을 여는 〈Fair Play〉를 비롯하여 블루스 필이 가득한 〈Streets Of Arklow〉는 향후 3년간의 은둔 생활을 예견하는 곡이다.

1977년 작 〈A Period Of Transition〉을 통해 밴 모리슨은 건재한 모습을 보여준다. 그의 활화산 같은 열정은 변함없는 음악적 성과를 내기에 충분했다. 1978년 작 〈Wavelength〉는 전자음악과 디스코의 물결에 휩쓸린 성향을 보여주는 음반이다. 범작이라는 사견에도 불구하고, 밴 모리슨의 지명도는 미국 순회공연으로 이어진다.

〈Into The Music〉에서는 히트곡 〈Bright Side Of The Road〉를 중심으로 전자음악을 제거한 예전의 밴 모리슨을 보여준다. 과거와의 차이점이라면 경쾌한 리듬을 강화했다는 것이다. 발표하는 작품마다 일관성 있는 음악 조류를 이어가는 그의 저력을 재증명해주는 앨범이다.

언덕을 오르는 인간이 음반 표지에 나오는 1980년 작 〈Common One〉은 7분여의 대곡 〈Haunts Of Ancient Peace〉와 함께 밴 모리슨의 시선이 개인에서 세계로 넓어졌다는 사실을 보여준다. 관악기 비중을 높이면서 전반적으로 느릿한 템포의 곡을 수록한 〈Common On〉은 밴 모리슨 음악사에서 특이한 기록으로 남는다. 열세 번째 스튜디오 음반 〈Beautiful Vision〉1982에서는 가스펠과 아일랜드 켈틱Ireland Celtic의 아름다움을 들려준다. 1983년 작 〈Inarticulate Speech Of The Heart〉에서는 신시사이저 위주의 실험적인 사운드가 흘러나온다. 밴 모리슨의 지향점이 콘셉트 음반과 다양한 장르의 융합에 있다는 점을 보여준 앨범이다.

다음 작품 〈A Sense Of Wonder〉1985는 마치 종교음악을 듣는 듯한 장중함이 드러난다. 1986년 작 〈No Guru, No Method, No Teacher〉는 1980년대에 발표한 밴 모리슨의 작품 중에서 가장 애청하는 음반이다. 어쿠스틱 악기 구성이 특징인 이 음반은 밴 모리슨의 매력적인 노래 비중이 높은 편이다.

1987년 작 〈Poetic Champions Compose〉는 마치 1970년대 밴 모리슨으로 회귀한 듯한 분위기를 풍긴다. 아일랜드 포크 밴드 치프턴스The Chieftains 와의 협연작 〈Irish Heartbeat〉에서는 민속음악을 시도한다. 1980년대 마지막 앨범 〈Avalon Sunset〉1989 은 사랑을 주제로 한 곡이 주류를 차지한다. 1990년대 이후에도 밴 모리슨은 활동을 멈추지 않는다. 게리 무어Gary Moore , U2와 함께 아일랜드를 상징하는 음악가 밴 모리슨의 지칠 줄 모르는 음악 여정은 21세기 이후에도 끈끈한 족적을 남긴다.

시대를 위로하는 음악

··· 앨 쿠퍼

나는 반드시 곡을 써야만 한다. 아무것도 하지 않는 상태에서는
슬픔이 끊임없이 이어지기 때문이다. 지속적인 창조 활동이
이어져야 다양한 음악적 결과물이 나오기 마련이다.

– 앨 쿠퍼(Al Kooper)

한국에서 블루스를 한다는 것은 무엇일까. 1990년대 신촌에서 기타리스트 김목경의 공연을 본다. 공연장에는 나와 친구를 포함한 일곱 명이 관람석을 차지하고 있었다. 지금은 사라진, 블루스 라이브클럽 저스트블루스Just Blues를 운영했던 채수영의 공연 역시 사정은 비

⊙ Easy Does It(1970)
♫ Country Road

⊙ A Possible Projection Of The Future
  /Childhood's End(1972)
♫ A Possible Projection Of The Future

숫했다.

김목경, 엄인호, 채수영은 모두 블루스를 위해 인생을 바친 인물이다. 채수영은 2014년 지병으로 세상을 떠난다. 음악카페에 가면 채수영의 곡 〈이젠 한마디 해볼까〉를 신청하곤 한다. 그의 노랫말처럼 살며시 돌아서며 웃음 짓는 슬픈 인생이 블루스가 아닐까. 이 노래를 들으면 쓸쓸하게 무대를 지키는 중년 남성의 얼굴이 떠오른다.

이번에는 다른 나라의 음악가를 보자. 비 비 킹, 지미 헨드릭스, 보 디들리Bo Diddley, 롤링 스톤스, 리너드 스키너드Lynyrd Skynyrd, 더 후, 닐 다이아몬드Neil Diamond, 조지 해리슨, 링고 스타Ringo Starr, 밥 딜런, 리오 세이어Leo Sayer, 보즈 스캐그스Boz Scaggs, 톰 러시Tom Rush, 애틀랜타 리듬 섹션Atlanta Rhythm Section, 피비 스노Phoebe Snow, 리타 쿨리지Rita Coolidge, 로저 맥긴Roger McGuinn, 로이 오비슨Roy Orbison의 음반에 연주자 혹은 제작자로 참여한 인물은 누구일까?

질문의 정답은 이번 장에서 소개하는 앨 쿠퍼다. 인물 소개에 앞서 앨 쿠퍼와 관련 있는 음악가의 면면을 보면 상당수가 대중음악사를 장식할 만한 무게감을 지닌다. 앨 쿠퍼의 음악적 역량을 여실히 보여주는 대목이다. 그럼에도 나는 처음부터 앨 쿠퍼에 대해서 관심이 쏠리지는 않았다.

중학교 시절에 라디오방송에서 지겹도록 흘러나오던 곡. 바로 〈I Love You More Than You'll Ever Know〉였다. 도대체 얼마나 사랑을 하기에 이렇게 장탄식을 해대는지 이해할 수가 없더라. 게다가 점액질처럼 끈적하게 울부짖는 노래가 영 불편했다. 수년 후에야 이 곡을 부른 이가 앨 쿠퍼라는 사실을 알게 되었다. 앨 쿠퍼는 그의 솔로 앨범을 접하기 전까지 관심 밖의 인물이었다.

앨 쿠퍼와의 인연은 일본에서였다. 일본에 가면 잊지 않고 방문하는 장소가 있다. 바로 디스크유니언Disk Union이라는 레코드점이다. 1990년대 후반에 연을 튼 이곳은 일본 주요 도시에 체인점 형태로 있다. 신주쿠에는 재즈, 록, 메탈 등의 장르별로 가게가 분산되어 있다. 모두 도보로 방문이 가능한 거리다.

디스크유니언에서 앨 쿠퍼의 솔로 음반인 〈I Stand

Alone〉을 구입한다. 음반에 불쑥 등장하는 자유의 여
신상에 자신의 얼굴을 합성한 음반. 〈I Love You More
Than You'll Ever Know〉의 불편한 기억이 남아 있지만
이번에는 뭔가 다른 음악을 들려주리라 기대했다. 철
저히 감에 의존해 음반을 구입하던 때였다.

한국에 와서 〈I Stand Alone〉에 대해서 알아보니 1969년
에 발표한 앨 쿠퍼의 1집이더라. 그가 리더로 활동한 그
룹 블러드, 스웨트 앤드 티어스 Blood, Sweat & Tears 와는 사
뭇 다른 음악이었다. 여행 예산 관계로 포기한 앨 쿠퍼
의 나머지 솔로 앨범은 다음 일본 여행에서 구입한다.
지금까지 모은 일곱 장의 솔로작은 지금도 자주 손이 가
는 음반이다.

1944년 뉴욕 브루클린의 유대계 가정에서 태어난 앨
쿠퍼는 다른 음악가들처럼 10대부터 음악에 관심을
보인다. 14세에 기타리스트로서 로큰롤 밴드인 로열
틴스 The Royal Teens 에서 활동한 이후 그는 트리오 활동
을 하면서 싱어송라이터로도 재능을 보인다. 20대 초
반에는 맨해튼 그리니치빌리지에서 활동을 펼친다.

앨 쿠퍼의 음악 경력의 도화선은 밥 딜런과의 공연이

다. 1965년에 열린 뉴포트 포크 페스티벌에서 열린 밥 딜런의 무대에서 해먼드오르간Hammond organ 연주자로 등장한 것이다. 이후 밥 딜런의 음반 제작에 참여한 그는 히트곡 〈Like A Rolling Stone〉의 키보디스트로 참여한다. 포크송에 전자악기를 동원한 밥 딜런은 일부 팬으로부터 비난을 받는다.

1965년은 앨 쿠퍼에게 의미가 많은 해다. 그리니치빌리지에서 블루스 프로젝트Blues Project라는 밴드를 만들어 그룹 활동을 새롭게 시작한 것이다. 블루스 프로젝트에서 앨 쿠퍼는 보컬과 키보디스트로 활동하는데, 밴드에서 그의 비중이 절대적임을 알 수 있다.

블루스 프로젝트의 1집은 〈Live At The Cafe Au Go Go〉다. 이 음반에는 머디 워터스, 윌리 딕슨Willie Dixon, 척 베리, 도너번Donovan, 에릭 앤더슨Eric Andersen 등의 카피곡이 실려 있다. 자작곡이 없는 라이브 음반 〈Live At The Cafe Au Go Go〉에서 앨 쿠퍼는 해먼드오르간과 척 베리의 곡 〈I Want To Be Your Driver〉의 보컬을 담당한다.

1966년의 블루스 프로젝트 2집 〈Projections〉에서는

1집보다 멤버의 기량이 진일보했음을 보여준다. 특히 앨 쿠퍼는 두 개의 자작곡 〈Flute Thing〉과 〈Fly Away〉를 앨범에 싣는다. 이때부터 연주자, 보컬, 작곡가라는 1인 3역의 역량을 선보인다. 블루스 프로젝트는 사이키델릭, 록, 블루스를 지향한다.

앨 쿠퍼는 2집 〈Projections〉를 끝으로 블루스 프로젝트를 탈퇴한다. 1967년 앨 쿠퍼가 주도해 만든 블러드, 스웨트 앤드 티어스는 브래스록brass rock 이라는 장르를 보여준다. 블루스 프로젝트와의 차이는 브래스록과 함께 재즈록을 추구했다는 점이다. 관악, 현악, 합창이 어우러지는 브래스록은 그룹 시카고Chicago 의 음악에서도 확인 가능하다.

그룹 블러드, 스웨트 앤드 티어스는 1968년에 〈Child Is Father To The Man〉과 동명 음반 〈Blood, Sweat & Tears〉를 연이어 발표한다. 앨 쿠퍼는 1집에서만 모습을 보인다. 그는 밥 딜런과 활동하면서 알게 된 기타리스트 마이크 블룸필드와 또 다른 기타리스트인 스티븐 스틸스와 함께 엄청난 작품을 준비한다.

지금까지도 블루스 명반 목록에서 빠지지 않는 〈Super

Session〉은 앨 쿠퍼, 마이크 블룸필드, 스티븐 스틸스가
만들어낸 걸작 음반이다. 마이크 블룸필드는 일렉트릭
플래그Electric Flag, 스티븐 스틸스는 버펄로 스프링필드
의 일원이었다. 〈Super Session〉에서 가장 인상적인 곡
은 도너번 원곡의 〈Season Of The Witch〉다.

앨 쿠퍼는 1969년 슈기 오티스와 〈Kooper Session〉이
라는 후속작을 완성한다. 같은 해, 그는 두 장의 솔로
앨범 〈I Stand Alone〉과 〈You Never Know Who Your
Friends Are〉를 발표한다. 반전 음반으로 알려진 2집에
서 앨 쿠퍼의 넓어진 세계관을 확인할 수 있다. 1969년
에 발표한 라이브 앨범 〈The Live Adventures Of Mike
Bloomfield And Al Kooper〉에서는 엘빈 비숍, 스티브
밀러Steve Miller, 카를로스 산타나에 이르는 블루스맨이
함께 연주를 펼친다.

1970년에는 그의 역량이 절정에 달했음을 보여주는
3집 〈Easy Does It〉을 출시한다. 브래스록은 앨 쿠퍼
의 솔로 음반에서도 변함없이 등장한다. 1971년 발표
한 4집 〈New York CityYou're A Woman〉에서는 여덟 곡
을 직접 만든다. 영국 런던에서 녹음한 1972년 작 〈A

Possible Projection Of The Future/Childhood's End〉
앨범에는 80세 노인으로 분장한 앨 쿠퍼의 모습이 나
온다.

1973년에 나온 6집 솔로 음반 〈Naked Songs〉에는
존 프린John Prine 의 원곡을 가스펠, 솔뮤직, 포크로 재
해석한 〈Sam Stone〉과 또 다른 싱글곡 〈Jolie〉가 실
려 있다. 1977년 작 〈Act Like Nothing's Wrong〉
은 솔뮤직과 펑크를 가미한 곡이 주류를 이룬다.
1982년 작 〈Championship Wrestling〉, 1994년 작
〈Rekooperation〉, 2005년 작 〈Black Coffee〉를 통해 솔
로 활동을 이어간다.

6장

다시,
재즈를
읽다

블루노트의 간판스타

… 존 콜트레인

모들(Modal) 음악은 세계 곳곳에서 매일 연주되고 있다.
특히 아프리카에서, 그리고 스페인, 스코틀랜드, 인도, 중국에서
이를 발견할 수 있다. 스타일의 차이를 넘어서 보면 이들 음악에는
공통의 기반이 있음을 확인할 수 있다.

– 존 콜트레인(John Coltrane)

재즈는 미국에서 가장 중요한 사회적·미학적 결실의 하나입니다.
그것은 미국의 베트남 침공에 반대하고 쿠바 침공을 비판하는 것,
또 모든 사람의 해방을 지지하는 것과 다르지 않습니다. 왜냐하면
흑인들의 재즈는 억압하에서 태어난 음악, 노예 상태에서 탄생한

- Blue Train(1958)
- Blue Train

- My Favorite Things(1961)
- My Favorite Things

음악이기 때문입니다.

색소포니스트 아치 셉Archie Shepp이 패널토론에서 한 말이다.

흑인의 지난한 삶처럼, 재즈는 비주류가 빚어낸 표현 방식이다. 결국 재즈에 지속적인 관심과 애정을 가지는 행위는 소수와 다수라는 모순적 상황에 대한 통찰을 의미한다. 물론 1930년대에 유행했던 스윙swing은 당시 미국 전체 음반 판매량의 80퍼센트 이상을 차지했다. 그러나 1950년대 이후의 재즈는 대중음악의 주류가 아니었다.

문제는 스윙 역시 흑인으로 시작해서 백인으로 마무리하는 사례라는 사실이다. '스윙의 왕'이라는 칭호는 흑인인 카운트 베이시Count Basie가 아닌 백인인 베니 굿맨Benny Goodman의 몫이었다. 베니 굿맨은 인종차별에 반대의 입장을 표명했지만 대부분의 백인 스윙 음악가는 흑인 음악가의 존재에 대해서 함구했다.

이러한 '흑인 음악의 백인화'는 재즈를 포함해서 블루스, 솔뮤직, 펑크, 디스코를 가리지 않는다. 반면 컨트리나 헤비메탈이라는 장르는 여전히 백인 음악가의 소유물이다. 감상자의 입장에서 이러한 현상을 간과하는 경우가 적지 않다. 하지만 유색인종과 차별이라는 프레임을 동시에 적용하면 이야기가 달라진다.

20대 초반부터 재즈를 들었다. 사람들은 재즈 음반을 수집하는 나를 특이하거나 세련된 젊은이로 취급했다. 만약 재즈가 아닌 컨트리에 심취했다면 세련과는 거리가 먼 자로 취급당했을지도 모를 일이다. 차별과 억압을 뿌리로 둔 음악에 빠진 자에게 반대의 이미지가 씌워지는 음악 취향의 역설이다.

재즈를 둘러싼 소수와 다수라는 해석은 복잡한 의미를 지닌다. 재즈가 아닌 다른 장르에서 재즈의 영향은 무시 못 할 비중을 차지한다. 따라서 재즈는 소수와 다수 모두를 충족하는 상징어. 이를 재즈의 확장성이라 표현한다면, 재즈는 가능성의 음악 장르임이 틀림없다. 그렇게 재즈는 멀지만 가까운 곳에 존재한다.

이번에는 재즈의 분류를 살펴보자. 먼저 시대순으로 나열하는 방식이다. 스윙, 비밥bebop, 하드밥hard bop, 쿨cool, 아방가르드avant-garde, 프리재즈free jazz, 퓨전, 재즈록, 솔재즈soul jazz, 펑키재즈funky jazz 등을 생각해볼 수 있다. 이러한 교과서적인 장르 구분은 음악 유행에 연연하지 않는 전천후 재즈맨의 음악을 접할 경우에는 별 소용이 없는 분류법이다.

다음으로 연주자로 분류하는 방식이다. 보컬, 피아노, 트럼펫, 색소폰, 기타, 드럼, 베이스라는 악기와 관련 연주자를 연결해보자. 엘라 피츠제럴드는 보컬, 빌 에번스Bill Evans는 피아노, 마일스 데이비스는 트럼펫, 존 콜트레인John Coltrane은 색소폰, 웨스 몽고메리Wes Montgomery는 기타, 엘빈 존스Elvin Jones는 드럼, 론 카터는 베이스기타다.

지역별 구분도 가능하다. 뉴올리언스, 시카고, 캘리포니아, 뉴욕, 파리라는 도시와 미국, 프랑스, 영국, 독일, 일본, 한국이라는 국가에 따라 재즈의 농도가 달라진다. 클래식의 영향을 강하게 받은 유럽에서는 1950년대 하드밥의 열기 속에서도 정적인 재즈가 유행한다. 세계음악의 수용과 변형에 관심이 많은 프랑스에서는 한국 재즈 보컬리스트 나윤선을 재즈계의 디바로 인정해준다.

재즈 명반을 기준으로 분류하는 방법 역시 흥미롭다. 재즈의 문외한이던 시절에 가장 도움을 받았던 방식이다. 마일스 데이비스의 〈Birth Of The Cool〉, 길 에번스 오케스트라의 〈Out Of The Cool〉, 빌 에번스의 〈Portrait In Jazz〉, 소니 롤린스Sonny Rollins의 〈Saxophone Colossus〉, 찰스 밍거스Charles Mingus의 〈Mingus Ah Um〉, 텔로니어스 멍크Thelonious Monk의 〈Monk's Music〉, 소니 클라크Sonny Clark의 〈Cool Struttin'〉, 아트 블래키Art Blakey의 〈Moanin'〉 등이 해당한다.

1926년 미국 노스캐롤라이나에서 태어난 존 콜트레인은 종교인 집안에서 성장한다. 때문일까. 그의 1960년대 중반의 음반에서는 영적인 느낌을 불러일으키는 연주가 주를 이룬다. 실제로 존 콜트레인은 이슬람교, 힌두교, 인도철학 등에 관심이 많았던 인물이다. 고등학교를 졸업한 그는 필라델피아로 이주해 설탕 공장과 캠벨수프 공장의 노동자로 일한다.

존 콜트레인 스스로는 "정치에 직접적으로 개입하지 않는다"는 말을 하지만 1966년에는 베트남전 반대 발언을 공개적으로 하고, 로스앤젤레스의 와츠타워Watts Tower와 뉴욕의 하프노트Half Note 클럽 등 흑인 주거지역 공연을 원한다. 이미 그의 삶에서 1960년대를 수놓은 흑인 인권운동은 중요한 위치를 차지하고 있었다. 이러한 흑인운동은 페미니즘과 동성애자 인권, 반전운동의 도화선이 된다.

1940년대의 존 콜트레인에게 가장 영향을 끼친 연주자는 찰리 파커다. 그는 1947년에 마일스 데이비스와 만나면서 다양한 음악을 시도하는 계기를 맞는다. 그는 재즈잡지 〈다운 비트Down Beat〉 인터뷰에서 털어놓는다.

나는 찰리 파커와 똑같은 연주가가 되고 싶었다.

흑인의 존재감을 표현할 수 있는 재즈와 함께 존 콜트레인은 자신의 정체성을 만들어간다.

1950년대 초반, 미국 소규모 클럽 연주자로 생계를 이어가던 존 콜트레인은 조니 호지스Johnny Hodges 밴드에 들어간다. 이후 그의 재능을 인정한 마일스 데이비스

사단에 합류하면서 본격적인 전성기를 맞는다. 1958년 에 블루노트Blue Note Records 에서 발매한 유일작 〈Blue Train〉은 존 콜트레인을 미국을 대표하는 색소포니스트로 각인한 음반이다.

호방하다는 표현이 어울리는 타이틀곡 〈Blue Train〉은 거칠고 답답한 연주가 단점이라던 비평가의 지적을 단박에 무너뜨린 곡이다. 그는 인터뷰에서 자신이 제일 좋아하는 음반으로 〈Blue Train〉을 꼽는다. 불세출의 연주자를 영입하려는 레코드사들은 치열한 경쟁을 펼친다. 존 콜트레인은 1958년 애틀랜틱레코드와 계약을 체결한다.

그는 1960년 음반 〈Giant Steps〉를 발표하면서 이런 말을 남긴다.

예술은 일정한 속도가 아닌 정체와 장화를 신고 성큼성큼 전진하는 단계를 거치기도 한다.

영화 〈사운드 오브 뮤직The Sound of Music〉 수록곡 〈My Favorite Things〉를 1961년 음반에 수록한 그는 이 곡

을 공연에서 자주 연주한다. 애틀랜틱에서 일곱 장의 음반을 발표한 그는 다른 레코드사로 소속을 옮긴다.

존 콜트레인이 1967년 세상을 떠날 때까지 가장 많은 음반을 발표한 레코드사는 임펄스Impulse! Records다. 임펄스 관계자는 존 콜트레인에게 대중적인 음반을 요구한다. 내키지는 않았지만 레코드사의 요청을 고려한 음반이 1963년에 함께 발표한 〈Duke Ellington & John Coltrane〉〈Ballads〉〈John Coltrane And Johnny Hartman〉이다. 이후에 발표한 음반에서 존 콜트레인은 만들라는 음악이 아닌, 원하는 음악으로 방향을 튼다. 〈A Love Supreme〉1965, 〈Ascension〉1966 등의 음반에서 그의 영적인 연주와 만날 수 있다.

2020년 봄이었다. 용산 전자랜드에 위치한 레코드점에서 존 콜트레인이 1957년에서 1958년까지 레드 갈런드Red Garland, 피아노, 폴 체임버스Paul Chambers, 베이스, 아트 테일러Art Taylor, 드럼와 협연한 박스세트를 구입한다. 존 콜트레인이 가을 바람처럼 시원한 연주를 들려주던 시절의 기록이다. 그는 1967년에 〈Expression〉을 마지막 임펄스 정규 앨범으로 발표한다.

세상에서 가장 아름다운 악기

··· 케니 버렐

재즈를 가르치는 대학교와 학습기관을 어렵사리 졸업한 재즈 음악

가들을 기다리는 곳은 미국 어디에도 없습니다. 젊은이에게 일자리

가 없다는 것은 사회적으로 수치스러운 일입니다.

– 케니 버렐(Kenny Burrell)

재즈와 클래식에서 가장 좋아하는 악기를 꼽으라면 제
일 먼저 기타가 떠오른다. 색소폰과 피아노가 다음이
다. 더 들어가면 알토색소폰보다는 테너색소폰이 좋
고, 키보드보다는 피아노를 선호한다. 장르로 접근하면
프리재즈는 여타 재즈에 비해 손이 덜 가는 편이다.

○ Guitar Forms(1965)
♫ Loie

○ God Bless The Child(1971)
♫ Do What You Gotta Do

처음에는 일곱 명의 기타리스트로 재즈 편을 만들겠다는 생각이었다. 무리였다. 아쉽게도 기타는 재즈나 클래식에서 악기의 비중이 낮은 편이다. 결국 악기, 연주자, 시대 모두를 고려하기로 했다. 고심 끝에 케니 버렐과 조지 벤슨George Benson 을 선정했다. 오래도록 레코딩과 연주 활동을 한 인물이라는 점도 고려했음을 밝혀둔다. 재즈기타 삼매경에 빠진 계기는 웨스 몽고메리의 〈Full House〉1962 라는 라이브 음반이다. 그는 묵직한 기타 톤을 앞세워 시종일관 공연장을 압도한다. 나는 곧바로 웨스 몽고메리의 음반을 수소문한다. 리버사이드Riverside Records 에서 나온 음반을 광화문의 음반점에서, CTI Creed Taylor Incorporated 레코드에서 나온 음반을 명동의 음반점에서 구한다.

웨스 몽고메리의 음반은 CTI 3부작인 〈A Day In The Life〉1967, 〈Down Here On The Ground〉1968, 〈Road Song〉1968 을 제일 아낀다. 다음으로 버브Verve Records 의 〈Movin' Wes〉1964, 〈Bumpin'〉1965, 〈California Dreaming〉1966, 〈Jimmy & Wes: The Dynamic Duo〉1966 를 애청한다.

짐 홀Jim Hall의 몽환적인 기타 연주를 빼놓을 수 없다. 짐 홀의 음반을 꼽자면 빌 에번스와의 협연작 〈Undercurrent〉1963, 라이선스로 나왔던 〈Where Would I Be?〉1971, 론 카터와 협연작 〈Alone Together〉1972, 호아킨 로드리고Joaquin Rodrigo의 〈아란후에스 협주곡Concierto De Aranjuez For Guitar & Orchestra〉을 재즈로 편곡한 최고작 〈Concierto〉1975, 아트 파머Art Farmer와 협연작 〈Big Blues〉1978 등이 떠오른다.

깁슨 기타를 애용하던 에릭 게일Eric Gale은 한 장을 제외하고는 모두 솔로 음반으로 구했다. 최고의 음반은 일본에서 CD로 재발매한 레게재즈reggae jazz 앨범 〈Negril〉1975이다. 여기에는 밥 말리와 에릭 클랩튼이 불렀던 〈I Shot The Sheriff〉가 연주곡으로 실려 있다. 로스앤젤레스 타워레코드Tower Records에서 구한 〈In A Jazz Tradition〉1988 역시 귀한 음반이다.

허브 엘리스Herb Ellis의 솜사탕 같은 기타도 즐긴다. 그는 모던재즈modern jazz 명가였던 콩코드레코드Concord Records의 간판 연주자이자 오스카 피터슨Oscar Peterson과도 활동했던 인물이다. 레이 브라운과 협연한 〈Soft

Shoe〉1974, 조 패스Joe Pass와 협연한 〈Seven, Come Eleven〉1974, 〈Two For The Road〉1974, 바니 케슬Barney Kessel과 협연한 〈Poor Butterfly〉1977 모두 콩코드에서 발매한 음반이다.

조 패스의 〈Virtuoso〉 4부작도 필청 음반이다. 1973년, 1976년, 1977년, 1983년에 걸쳐 발표한 독주 음반 시리즈다. 조 패스는 독주 음반을 종종 발표하는데, 베이스와 드럼으로 편성한 트리오보다 독주가 더 잘 어울리는 연주자다. 그는 파블로레코드Pablo Records에서 무려 30장이 넘는 음반을 제작한다.

존 스코필드John Scofield의 재즈록 기타도 감칠맛이 난다. 그의 기타를 처음 접한 음반은 마일스 데이비스의 〈Star People〉1983이다. 빽판이었는데도 그의 명징한 기타 음이 잊히지 않는다. 애청 음반은 존 애버크롬비John Abercrombie와의 협연작 〈Solar〉1984와 팻 메스니와 협연작 〈I Can See Your House From Here〉1994다.

래리 칼튼은 내한 공연의 감동이 사라지지 않는 연주자다. 〈Last Nite〉1986에 수록한 연주곡 〈Emotions Wound Us So〉를 들려주지는 않았지만 블루스 필

이 넘실대는 연주는 대만족이었다. 〈Sleepwalk〉1982,
〈Friends〉1983, 〈Alone/But Never Alone〉1986, 〈Deep
Into It〉2001을 좋아한다.

이 외에도 랠프 타우너Ralph Towner, 빌 코너스Bill
Connors, 브루스 포먼Bruce Forman, 스티브 칸Steve Khan, 마
틴 테일러Martin Taylor, 래리 코옐Larry Coryell, 더그 레
이니Doug Raney, 팻 마티노Pat Martino, 가보르 서보Gábor
Szabó, 조 벡Joe Beck, 지미 브루노Jimmy Bruno, 그랜트 그
린Grant Green 등의 기타 연주를 즐겨 들었다.

레코드점 주인에게 "너는 웨스 몽고메리랑 라이선스
계약을 맺었냐?"라는 핀잔을 들을 무렵에 케니 버렐을
알게 된다. 케니 버렐은 1968년 세상을 떠난 웨스 몽
고메리와 달리 21세기에도 꾸준히 활동을 한 인물이
다. 1931년 미시간주 디트로이트에서 태어난 그는 부
모 모두가 연주자인 환경에서 성장한다.

케니 버렐은 찰리 크리스천Charlie Christian의 연주를 듣
고 기타리스트의 삶을 택한다. 스윙 밴드에서 최초로
기타 독주를 시도했다고 알려진 찰리 크리스천은 장고
라인하르트와 함께 재즈기타의 원조로 인정받는다. 그

의 최초 레코딩은 디지 길레스피Dizzy Gillespie의 1951년 음반이다.

그는 1955년부터 1957년까지 수많은 재즈 음악가와 활동을 펼친다. 피아노 연주자 오스카 피터슨과 순회연주에 참여한다. 그리고 빌리 홀리데이Billie Holiday, 보컬, 지미 스미스Jimmy Smith, 키보드, 진 애먼스Gene Ammons, 색소폰, 케니 도험Kenny Dorham, 트럼펫의 앨범 녹음에 참여한다.

가장 널리 알려진 케니 버렐의 음반은 블루노트에서 발표한 〈Midnight Blue〉1963다. 음반의 첫 곡 〈Chitlins Con Carne〉에서 펼쳐지는 레이 바레토Ray Barretto의 콩가 연주는 그야말로 일품이다. 자주 들은 음반은 질리기 마련이다. 〈Midnight Blue〉가 그런 예인데, 추천 음반에서 이 음반을 제외한 이유에 해당한다.

"100장에 가까운 케니 버렐의 음반 중에서 뭘 들어야 하는지요?"라고 질문한다면 세 장의 음반을 말하고 싶다. 1순위가 언급한 〈Midnight Blue〉다. 다음은 길 에번스와 협연한 〈Guitar Forms〉인데, 현악기를 자주 동원했던 버브와 잘 어울리는 작품이다. 길 에번스는 재즈를 오케스트라 편성으로 해석해낸 음악가다.

마지막으로 CTI에서 제작한 〈God Bless The Child〉다. 베트남전을 간접적으로 보여주는 음반 표지가 인상적이다. 버브처럼 현악을 재즈에 주로 도입했던 CTI는 이로 인해서 음반 제작비가 치솟는 상황이 발생한다. 이로 인해 레코드사 운영이 어려울 지경에 직면한 CTI는 1980년대를 끝으로 막을 내린다.

케니 버렐은 소니 롤린스처럼 1950년대에 보여준 블루지bluesy한 스타일을 고수해나가는 기타리스트다. 1956년부터 2016년까지 긴 세월 동안 꾸준히 음반을 발표한 케니 버렐은 재즈기타 역사의 징검다리 역할을 해낸다. 1978년 케니 버렐은 UCLAUniversity of California, Los Angeles에서 자신이 존경하던 스윙 음악가 듀크 엘링턴 특강을 실시한다. 그는 1996년 이후부터 UCLA에서 강의 활동을 이어나간다.

케니 버렐은 2016년 발발한 교통사고로 곤경에 처해 있다. 생활비와 치료비 문제로 홈리스의 위기에 처한 버렐 부부의 상황이 아무쪼록 호전되기를 기원한다. God Bless Kenny Burrell.

이토록 펑키한 다섯 손가락

··· 허비 행콕

창의력이란 다른 나라의 문화에 마음을 열고 그들의 문화를
포용하고 배우려고 할 때 자연스럽게 증폭되기 마련이다.

– 허비 행콕(Herbie Hancock)

스윙 시대를 마치면서 침체기를 맞은 재즈는 1950년
대 후반부터 다시 기지개를 켠다. 백인 중산층이 재즈
음반과 공연의 고객으로 등장한 것이다. 반면 흑인 연
주자의 대우는 여전히 형편없었다. 미국의 경제호황에
도 불구하고 찰스 밍거스는 우체국 노동자로 일했으
며, 매코이 타이너McCoy Tyner는 맨해튼에서 택시 운전

HERBIE HANCOCK

MR.HANDS

◉ Head Hunters(1973)
♫ Chameleon

◉ Mr, Hands(1980)
♫ Just Around The Corner

기사로 생활고를 해결해야 했다.

1960년대에는 록의 물결이 다시 재즈를 압박한다. 마니아를 위한 음악으로 변해버린 재즈는 미궁 속에 빠진다. 여기에 마일스 데이비스가 비수를 꺼내 든다. 1969년에 발표한 〈In A Silent Way〉를 선보인 것이다. 재즈록의 효시인 이 음반으로 마일스 데이비스는 백인의 전유물이던 록을 재즈에 도입하는 실험에 성공한다. 다음 음반은 더욱 강력했다. 1970년에 등장한 〈Bitches Brew〉는 비평가에게 인정받는 재즈록 앨범이다. 더 이상 재즈의 순혈주의는 의미가 없는 시대에 진입한다. 여기에 솔뮤직과 펑크가 재즈 군단에 가세한다. 1970년부터 활동을 시작한 웨더 리포트Weather Report 역시 재즈퓨전jazz fusion 의 물결에 불을 지핀 밴드다.

재즈피아노의 세계에서도 비슷한 현상이 펼쳐진다. 먼저 빌 에번스다. '재즈피아노의 시인'이라 불리는 그는 1970년대에 불어닥친 퓨전의 영향권에서 벗어난 인물이다. 어린 시절부터 바이올린, 플루트, 피콜로 등의 악기를 배웠던 빌 에번스는 클래식과 재즈 모두에 심취한 청소년기를 보낸다.

빌 에번스는 1955년에 맨스음악학교에 재입학하여 바흐Johann Sebastian Bach, 쇼팽Frédéric François Chopin, 모리스 라벨Maurice Ravel 등의 작품을 연주하며 전업 음악가의 길을 모색한다. 그에게는 클래식보다는 재즈가 편한 음악이었다. 결국 1956년 재즈 레이블인 리버사이드 레코드에서 데뷔 앨범 〈New Jazz Conceptions〉를 발표한다. 당시 마일스 데이비스는 새로운 피아니스트를 찾고 있었다.

빌 에번스는 색소포니스트 캐넌벌 애덜리Cannonball Adderley의 주선으로 마일스 데이비스를 소개받는다. 재즈 밴드의 카리스마 넘치는 리더였던 마일스 데이비스는 피아니스트이자 작곡가인 조지 러셀George Russell을 통해 빌 에번스의 이야기를 들은 상태였다. 새로운 형식의 음반을 준비하던 마일스 데이비스 입장에서 빌 에번스는 최적의 연주자였다.

1959년 탄생한 〈Kind Of Blue〉는 마일스 데이비스, 존 콜트레인, 지미 코브Jimmy Cobb, 폴 챔버스Paul Chambers, 캐넌벌 애덜리, 빌 에번스의 조합으로 완성한 모들재즈modal jazz의 명반이다. 이 음반에서 빌 에번스는 자신의 연주력을 극대화한다. 문제는 밴드에서 유일한 백인이라는 역차별의 상황이었다. 피부색보다 연주력을 우선시하는 마일스 데이비스였지만, 그렇다고 그가 빌 에번스의 입장을 적극적으로 대변하지는 않았다.

이후 빌 에번스는 80장이 넘는 자신의 리더작을 세상을 떠나는 1980년까지 쉬지 않고 발표한다. 내성적이고 예민한 성향의 그는 음악 활동을 가로막는 마약의 늪에서 자유롭지 못했다. 비밥과 하드밥이라는 재즈의 거대한 흐름 속에서 빌 에번스는 서정적이고 사색적인 자신만의 류를 만들어낸다.

평생을 사색적인 피아노 연주로 일관한 빌 에번스의 건너편에는 대중음악의 변화에 귀를 기울인 연주가가 존재한다. 바로 허비 행콕이다. 그는 피아노와 키보드를 자신의 연주곡 제목인 〈Chameleon〉처럼 넘나드는 유행에 민감한 연주자다. 어떤 신음악도 허비 행콕의 건반 위에서는 재즈라는 방대한 웅덩이에 빠져드는 빗방울에 불과하다.

허비 행콕을 일곱 명의 재즈맨으로 선정하면서 고민이 있었다. 유명세나 영향력으로 볼 때 빌 에번스를 제외하기가 애매했기 때문이다. 하지만 빌 에번스는 마일스 데이비스처럼 국내에 관련 도서까지 나온 상태이고, 재즈 애호가에게는 이들에 대한 정보가 적지 않다고 판단했다. 이를 고려하여 두 명의 재즈 음악가를 제외했다.

빌 에번스의 음반에 미치지는 못하지만 허비 행콕의 음반을 모두 수집하기란 쉽지 않다. CD로는 그의 컬럼비아레코드 시절1972~1988년에 녹음한 서른네 장의 박스세트가 나왔지만 지금은 절판 상태다. 그렇다고 1960년대의 음반을 생략하고 허비 행콕의 음악을 평가하기란 무리가 따른다. 두 명 모두 전작을 수집하다가는 음반장이 만원사례를 외칠 것이다.

노래 〈We Are The World〉 탄생의 주역인 퀸시 존스 Quincy Jones 와 함께 일리노이주 시카고에 태어난 허비 행콕은 빌 에번스처럼 음악 가정에서 성장한다. 7세에 클래식 피아노를 배우고 11세에 심포니오케스트라와 협연한 허비 행콕에게 정식으로 재즈를 가르쳐준 이는 없었다. 그는 재즈 음반을 피아노로 따라 연주하면서 화성 감각을 독학한다.

고등학교를 졸업한 허비 행콕은 아이오와주 그리넬대학 전기공학부에 입학한다. 그는 재학 중에 다른 대학교의 음악 강의를 청강하며 음악 입상경력을 쌓아나간다. 이후 예술학부로 전공을 바꾸면서 재즈 연주자가 되기 위한 준비를 추가한다. 그는 1961년부터 재즈트럼페터 도널드 버드Donald Byrd 밴드의 정식 피아니스트로 활약한다.

20대 초반의 허비 행콕은 1962년 리더작 〈Takin' Off〉를 발표하지만 음악계의 반응은 시원치 않았다. 기회는 다음부터였다. 빌 에번스를 피아니스트로 영입한 마일스 데이비스로부터 만나자는 연락이 온 것이다. 당시 마일스 데이비스는 이미 최고의 기량을 가진 연주자를 마음대로 영입할 수 있는 위치였다.

4일간의 오디션 끝에 마일스 데이비스는 허비 행콕과 함께 베이스 론 카터, 색소폰 웨인 쇼터, 드럼 토니 윌리엄스Tony Williams로 이어지는 밴드와 여섯 장의 음반을 발표한다. 신기한 부분은 위 멤버 모두가 1970년대 재즈퓨전의 주역으로 자리를 잡았다는 점이다. 마일스 데이비스의 선구안이 빛나는 대목이다.

마일스 데이비스 군단에서 연주력을 키운 허비 행콕은 1965년에 5집 〈Maiden Voyage〉를 발표한다. 이는 바다와 항해라는 콘셉트 앨범으로 허비 행콕을 빌 에번스와 함께 재즈계를 대표하는 피아니스트로 만들어준 작품이다. 마일스 데이비스의 영향을 받은 〈Maiden Voyage〉는 1999년에 그래미상 명예의 전당에 오른다.

허비 행콕과 전자악기의 만남도 마일스 데이비스와 관련이 깊다. 활동 초기에는 전자악기에 대한 거부감을 가졌던 허비 행콕이었다. 하지만 이미 1960년대 중반부터 전자음악에 심취한 마일스 데이비스는 허비 행콕에게 이를 연주해보라고 요청한다. 허비 행콕은 이때부터 빌 에번스와는 다른 항로를 개척한다.

1969년 영화음악 앨범 〈The Prisoner〉로 솔뮤직과 펑크와 손잡은 허비 행콕은 〈Fat Albert Rotunda〉에서 피아니스트가 아닌 키보디스트로 참여한다. 마일스 데이비스로부터 음악적으로 독립하여 자신의 길을 찾으려는 과도기에 발표한 작품이다. 크게 알려지지는 않았으나 허비 행콕의 디스코그래피에서 챙겨야 할 앨범이다.

전자음악에 심취한 허비 행콕은 〈Mwandishi〉1971, 〈Crossings〉1972, 〈Sextant〉1973에 이어 자신의 음악 인생의 반환점을 만들어줄 히트작을 움켜쥔다. 바로 1973년에 발표한 〈Head Hunters〉가 그것이다. 이 음반은 2003년 음악잡지 〈롤링 스톤Rolling Stone〉이 선정한 명반 500선에 당당히 포함된다.

1980년에는 디스코 리듬을 가미한 음반 〈Mr. Hands〉를 축으로 1983년에는 〈Future Shock〉라는 펑크와 힙합의 효시 격인 문제작을 발표한다. 그는 정통 재즈를 선호하는 이에게 상업주의자라는 비난을 받기도 한다. 허비 행콕은 V.S.O.P 활동이나 〈The New Standard〉1996를 통해 전통과 현대의 꾸준한 접목을 시도한다.

가을을 남기고 사라진 연주자

··· 소니 롤린스

미국의 문화는 흑인 문화의 언어, 유머, 그리고 음악을 기반으로

하고 있다. 미국 문화를 자신의 것이라고 말할 자격이 있는

흑인들이 박해받고 있다는 사실, 비인간적인 대우를 받는다는

사실은 참으로 역설적이다.

– 소니 롤린스(Sonny Rollins)

재즈색소폰은 트럼펫과 함께 연주자의 음성에 가장 근
접한 악기다. 다음 색소포니스트의 소리를 비교해보
자. 폴 데즈먼드Paul Desmond는 나지막이 속삭이는 소리
다. 그로버 워싱턴 주니어Grover Washington Jr.는 밝고 건

⦿ Saxophone Colossus(1956)
♬ St. Thomas

⦿ Next Album(1972)
♬ Playin' In The Yard

강한 소리다. 스탠리 터런타인Stanley Turrentine은 기차화통을 삶아 먹은 대식가의 소리에 가깝다.

소니 롤린스는 존 콜트레인과 비교하면 상대적으로 점잖고 넉넉한 소리를 들려준다. 연주 호흡도 전력질주를 자제하는 신사의 품격이 느껴진다. 격정적인 연주보다 중후한 연주를 추구하는 색소폰계의 맏형 같은 느낌을 준다. 음식에 비교하면 군산 여행에서 먹어본 소고기뭇국의 그윽한 국물 맛에 가깝다.

예술가의 현실감각은 다양한 해석의 여지를 남긴다. 사회적 압박이 두려워 현실에 대한 발언을 삼가는 인물이 있는가 하면, 피해를 무릅쓰고 사회적 발언을 멈추지 않는 인물이 있다. 발언을 멈추거나, 발언을 시작하는 변천 과정을 겪는 이도 존재한다. 직구보다는 변화구가 투수의 완투요건에 필수임을 모르는 예술가는 없다.

미국은 문화예술의 볼모지라는 손가락질을 받은 사례가 있다. 제2차세계대전 승전국으로 경제부흥이라는 열매를 따 먹지만 이러한 경제논리가 미국을 품격 있는 나라로 만들어주지는 못한다. 전쟁과 유대인 박해를 피해 유럽에서 넘어간 예술가로 체면치레를 하지만 이 정도로 유럽 문화를 넘어설 수 없다는 피해의식이 가득했던 냉전시대였다.

울며 겨자 먹기로 미국은 프랑스를 모델로 한 문화 부흥 정책을 실시한다. 프랑스보다 무려 40년이나 늦은 1960년대에서야 문화 지원기관을 설립하고 지원금을 확보한다. 문제는 현실을 꿰뚫어보는 시각이 남다른 예술가를 바라보는 정치인의 비뚤어진 시각이었다. 극우 정치가의 입장에서 미국에서 활동하는 예술가는 거추장스러운 존재였다.

1930년대에 불어닥친 대공황을 극복하려고 만든 뉴딜 정책에서 나온 예술 지원정책은 이후 자취를 감춘다. 1961년 민주당 출신인 케네디John Fitzgerald Kennedy 대통령의 지시로 예술 지원정책이 시동을 걸지만 이마저 1968년 공화당 의원의 반대에 직면한다. '창작은 자유로워야 한다'는 예술의 기본원칙은 늘 권력의 탄압에 시달린다. 게다가 재즈는 NEAThe National Endowment for the Arts 설립 당시 지원대상이 아니었다. NEA 지원대상을 수정한 1970년에서야 재즈가 포함된다.

재즈를 포함한 예술 지원은 대상자의 선정과 지원규모에서 늘 차단막에 부딪힌다. 정권에 비타협적인 예술가를 지원대상에서 제외하는 일이 빈번하고, 지원액에서도 정답을 끌어내기가 어렵기 때문이다. 지원정책은 예술적 자생력을 키워주는 일부에 불과하다. 오히려 정글에서 살아남은 예술가의 결과물이 빛을 발하는 사례가 적지 않다.

소니 롤린스는 존 콜트레인과 달리 사회적인 발언을 아끼지 않았던 열혈남아다. 그는 유럽에 비해 차별 일변도이던 1960년대 미국 재즈계의 현실을 정확히 간파하고 있었다. 게다가 마틴 루서 킹Martin Luther King과 맬컴 엑스Malcolm X, 흑표범당Black Panther Party에 이르는 흑인 인권운동에 공감했던 연주자다.

솔 뮤지션 제임스 브라운James Brown은 아예 자신의 음반 제목을 〈Say It Loud, I'm Black And I'm Proud〉라고 명명한다. 마틴 루서 킹이 1968년 총격으로 사망한 이듬해 등장한 음반이다. 이러한 미국의 흑인 탄압은 재즈 연주자의 음악에 지대한 영향을 끼친다. 그들은 공연장에서조차 백인 관객과 같은 물잔을 쓰지 못할 정도였으니 재즈맨은 피부색 아래 칸에서 기생하는 존재에 불과했다.

소니 롤린스는 1930년 모던재즈의 산실인 뉴욕에서 탄생한다. 빈민가인 뉴욕 할렘가 슈거힐에서 성장한 소니 롤린스는 마일스 데이비스와 허비 행콕과 달리 경제적으로 힘든 성장기를 겪는다. 하지만 그에겐 뉴욕이라는 견고한 재즈 시장이 버티고 있었다. 리듬앤드블루스에서 재즈로 관심의 폭을 넓힌 소니 롤린스는 17세부터 재즈를 연주한다.

그는 색소포니스트 콜먼 호킨스Coleman Hawkins의 연주를 듣고 행로를 결정한다. 게다가 학창 시절부터 알고 지낸 텔로니어스 멍크가 곁에 있었다. 1947년 고등학교를 졸업한 소니 롤린스는 1951년부터 3년간 찰리 파커, 마일스 데이비스, 모던 재즈 콰르텟Modern Jazz Quartet과 연주와 레코딩을 하면서 실력 있는 재즈맨으로 성장한다.

성장환경이 열악한 소니 롤린스의 청년기는 부침의 연속이었다. 그는 1950년대 초반 무장강도로 체포되어 감옥에서 10개월을 지낸다. 이후 가석방되지만 1952년에는 마약 복용으로 다시 체포된다. 그는 1955년 미연방정부에서 운영하는 메디컬센터로 들어가 마약중독을 치료한다. 이러한 과정에서도 소니 롤린스는 재즈 사랑을 멈추지 않는다.

〈Sonny Rollins With The Modern Jazz Quartet〉은 1953년 소니 롤린스와 모던 재즈 콰르텟의 협연작이다. 차기작 〈Moving Out〉1954에는 텔로니어스 멍크, 아트 블래키, 아트 테일러, 케니 도험에 이르는 특급 연주자가 총출동한다. 소니 롤린스의 정주행은 1956년에 발표한 〈Tenor Madness〉에서 불이 붙는다.

이 앨범에는 존 콜트레인, 레드 갈런드, 폴 챔버스, 필리 조 존스Philly Joe Jones가 참여한다. 마일스 데이비스를 제외한 재즈계의 슈퍼스타가 집결한 음반이다. 2년 후인 1957년에 발표한 〈Newk's Time〉은 브루클린 다저스의 투수 돈 뉴컴Don Newcombe을 소니 롤린스로 착각한 택시기사의 일화에서 영감을 얻은 음반이다. 소니 롤린스는 돈 뉴컴의 별명 뉴크Newk를 자신의 별칭으로 삼는다.

소니 롤린스는 1956년에 여섯 장의 음반을 발표하는

데, 이 중에서 〈Saxophone Colossus〉는 소니 롤린스의 대표작으로 인정받는 앨범이다. 수록곡 〈St. Thomas〉는 어머니의 고향인 버진아일랜드의 섬 이름에서 차용한 트랙이다. 그는 카리브해 음악인 칼립소calypso에 관심이 많았다.

1958년까지 모던 재즈 콰르텟 협연작을 제외하고 열일곱 장에 이르는 리더작으로 유명세를 떨치던 소니 롤린스는 잠적을 단행한다. 오넷 콜먼Ornette Coleman의 연주에 충격을 받았다는 설이 유력하다. 오넷 콜먼은 프리재즈의 장을 연 실험주의자였다. 그는 1986년 팻 메스니와 합작 앨범 〈Song X〉를 발표한다.

2기 소니 롤린스의 신호탄은 1962년에 나온 〈The Bridge〉였다. 그는 저녁에 뉴욕 윌리엄스버그 다리 위에서 연주하고, 낮에는 회사의 수위와 청소부 일을 겸하면서 재기를 도모한다. 기타리스트 짐 홀을 비롯한 새로운 멤버가 참여한 〈The Bridge〉는 짐 홀과의 인터플레이가 빛을 발하는 걸작이다.

〈The Bridge〉 이후 1966년까지 일곱 장의 음반을 내놓은 소니 롤린스는 다시 잠적한다. 1967년에 사망한

존 콜트레인처럼 동양철학, 요가, 명상에 심취한 개인
사가 잠적의 이유라는 소문이 돈다. 3기 소니 롤린스는
1972년 작 〈Next Album〉으로 건재함을 드러낸다. 이
번에는 잭 드조넷Jack DeJohnette이 두 개 트랙의 드러머
로 참여한다.

소니 롤린스는 에릭 돌피Eric Dolphy, 돈 체리Don Cherry
라는 프리재즈 연주자와도 활동한다. 그는 다양한 음
악을 섭취하면서도 메인스트림의 중심부를 벗어나지
않는 정통 재즈맨의 예각을 유지한다. 열정의 비등점
을 유지하는 뉴크는 영원히 살아 있을 것이다.

일타삼피의 문화경제학

··· 조지 벤슨

위대한 뮤지션은 대부분 모든 음악을 연습으로 창조해냈다고

말하더군요. 나는 그 말을 어린 시절에는 믿을 수 없었습니다.

하지만 내가 세상에 내놓은 모든 음악은 오로지 연습으로

만들어낸 것이었습니다.

– 조지 벤슨(George Benson)

사람마다 떠오르는 이미지가 있다. 그 이미지는 마음에 품은 '허상'일 수도, 언어로 표현하는 '착각'일 수도 있다. 그런 허상과 착각이 모여 이미지를 만들고, 누군가를 독하게 변형시킨다. 개인의 허상과 착각이 뒤섞

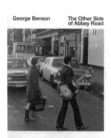

- The Other Side Of Abbey Road(1970)
- ♫ Golden Slumbers,
  You Never Give Me Your Money

- Bad Benson(1974)
- ♫ Take Five

인 이미지란 늘 해석의 차이를 남긴다. 이미지라는 프레임은 지극히 주관적인 오류의 결정체다.

누군가가 재즈를 설명해달라고 하는 경우도 마찬가지다. 휴대전화를 꺼내 유튜브에서 나오는 프레디 허버드Freddie Hubbard의 〈The Return Of The Prodigal Son〉을 들려주는 게 장황한 설명보다 낫다. 어찌 재즈뿐이랴. 조지 해리슨의 음반 〈All Things Must Pass〉를 듣지 않고 비틀스에서 그의 존재감을 논하는 것은 어불성설이다.

재즈 하면 떠오르는 후배가 있다. I는 레코드점에서 일하던 친구였다. 잘해야 20대 초반으로 보이던 그는 내가 궁금해하는 음반을 차분한 어조로 설명해줬다. I의 설명법은 음반의 판매보다 음반을 매개로 대화를 주고받는 방식이었다. 본말 전도라는 생각이 들지 않는 이유는 음악에 대한 그의 깊은 애정 때문이었다.

이듬해에 I는 현역병 신분으로 군대로 향한다. 휴가를 나오면 세종문화회관 계단에서 함께 캔맥주를 마시고, 제리 제프 워커Jerry Jeff Walker의 음반을 함께 감상했다. 이런 제한적인 만남이 오히려 소통의 촉매제가 되지 않았나 싶다. 직설보다는 간접화법으로 갈등의 여지를 줄이는 방식을 서로 추구한 부분도 주요했다.

I는 무탈하게 군대를 제대하고 음악 관련 일을 계속했다. 나는 평일 저녁이나 토요일이면 I의 자취방을 방문했다. 그곳에 가면 5,000여 장에 이르는 I의 재즈 음반을 마음껏 감상할 수 있었다. 2000년대 초반의 그 시절이 내겐 두 번째 재즈 홀릭의 기억이다. 10여 년 만에 다시 찾아온 재즈 사춘기는 그렇게 흘러갔다.

하루는 재즈의 정통성을 가지고 I와 논쟁이 붙는다. 나는 비밥, 하드밥, 퓨전의 음악적 가치는 비슷하다는 논리였다. I는 1960년대 이전의 재즈에 무게를 두는 눈치더라. 큰 무리 없이 소통하던 우리가 재즈를 가지고 길게 말다툼을 벌인 사건이었다. 지루한 논쟁의 시간이 흐른다. 나는 I의 날선 주장에 놀라지 않을 수 없었다.

어떤 식으로 재즈 공방이 막을 내렸는지는 정확지 않다. 그는 30여 분의 논쟁을 마치고 금세 예전의 모습으로 돌아온다. 나는 좀 창피했다. 재즈에도 개인의 호불호가 있음을 건너뛰고 지나친 주장을 펼쳤다는 자책이 이유였다. 누구에게나 넘지 못할 보루가 있다. 음악에 내재한 개인의 영역을 당시는 알지 못했다.

그렇게 우린 열 살 터울의 친구관계를 24년째 이어온 다. 요즘은 음악을 포함한 대중문화 담론으로 시간을 보낸다. I가 살았던 동네는 작년에 아파트 단지가 들어 섰다. 오르막길을 넘어 골목길을 지나면 등장하던 I의 소박한 자취방. 나를 반기던 재즈랜드의 추억은 재개 발의 태풍 속에서 흔적도 없이 사라진다.

선정한 기타리스트는 조지 벤슨이다. 무려 10회에 이 르는 그래미상 수상의 주인공. 수상 내역이 재즈를 포 함한 리듬앤드블루스와 팝을 넘나드는 인물. 거기에 기타 연주와 노래 모두에 능한 재즈맨. 1964년부터 2019년까지 발매한 40장이 넘는 음반은 그의 예술적 보폭을 보여주는 증거다.

1943년 펜실베이니아주 피츠버그에서 태어난 그는 10대 이전부터 악기를 다룬다. 1960년대 초반에는 잭 맥더프Jack McDuff 그룹에서 활동한다. 1964년에는 〈The New Boss Guitar Of George Benson〉을 발표한 다. '보스 기타'라는 별칭을 가진 웨스 몽고메리의 정통성을 이어간다는 의미로 제작한 음반이었다.

차기작 〈It's Uptown〉1966에서 조지 벤슨은 기타 연주에 추가하여 뛰어난 보컬 실력을 선보인다. 수록곡 〈Summertime〉에서 그의 건실한 보컬을 감상할 수 있다. 1967년 작 〈The George Benson Cookbook〉에서는 이전 음반처럼 여섯 곡을 직접 작곡함과 동시에 하드밥에 충실한 연주를 들려준다. 이때까지 조지 벤슨의 음악 성향은 조족지혈에 불과했다.

1968년은 그에게 의미 있는 해다. 〈Giblet Gravy〉에서 에릭 게일, 론 카터, 허비 행콕, 빌리 코범Billy Cobham, 페퍼 애덤스Pepper Adams 등의 호화 진영이 음반에 참여한다. 이 시점부터 조지 벤슨은 정통 재즈에 얽매이지 않는 성향을 보여준다. 〈Shape Of Things To Come〉 〈Goodies〉의 호평과 함께 그는 마일스 데이비스의 〈Miles In The Sky〉 제작에도 참여한다.

1969년에는 〈Tell It Like It Is〉로 본격적인 재즈보컬리스트의 길을 다진다. 그는 타이틀곡 〈Tell It Like It Is〉를 포함해서 마지막 곡 〈Out In The Cold Again〉으로 보컬, 기타, 작곡 능력을 보여준다. 이 음반에는 부커

티 앤드 디 엠지스Booker T & the MG's와 스티비 원더의 리메이크곡이 들어 있다.

이번에는 비틀스였다. 1970년 작 〈The Other Side Of Abbey Road〉는 비틀스의 명반 〈Abbey Road〉 발표 3주 후에 제작에 돌입한다. 음반 전체에서 보컬을 담당한 그는 노래하는 재즈기타리스트로 이름을 알린다. 〈Beyond The Blue Horizon〉1971 과 〈White Rabbit〉1972 은 그를 CTI 대표주자로 자리매김해 준 음반이다.

조지 벤슨과 CTI의 밀월관계는 계속된다. 〈Body Talk〉1973, 〈Bad Benson〉1974, 〈Good King Bad〉1976, 〈Benson & Farrell〉1976, 〈Pacific Fire〉1983, 〈I Got A Woman And Some Blues〉1984는 1970년대 재즈의 한 축을 담당한 조지 벤슨과 CTI의 족적이다.

조지 벤슨에게 재즈 음악가라는 직업은 좁은 공간이었다. 1976년 발표한 〈Breezin'〉은 최단 기간에 플래티넘을 만든 음반이다. 게다가 수록곡 〈Breezin'〉은 그에게 그래미 최우수 팝 연주상을, 〈This Masquerade〉는 올해의 레코드상을 안겨준다. 조지 벤슨은 재즈의 대중화에 기여한 인물로 인정받는다.

이후 조지 벤슨의 음악은 팝, 솔뮤직, 리듬앤드블루스, 디스코에 비중을 두는 쪽으로 번져간다. 웨스 몽고메리의 기타 계보를 잇는 연주자에서 팝스타로 변하는 상황이 계속된다.

1980년에는 퀸시 존스가 프로듀스한 곡 〈Give Me The Night〉로 리듬앤드블루스 싱글 차트 1위에 오른다. 〈On Broadway〉1979와 〈Moody's Mood〉1981 역시 리듬앤드블루스와 재즈보컬 그래미상을 연이어 석권한다. 1987년에는 기타리스트 얼 클루Earl Klugh와 함께 〈Collaboration〉을 발표한다.

조지 벤슨의 주목할 만한 최근 앨범은 2011년에 발표한 〈Guitar Man〉이다. 이 음반에서는 스티비 원더, 존 콜트레인, 노라 존스Norah Jones의 곡과 어쿠스틱기타 연주를 들을 수 있다. 2019년 작 〈Walking To New Orleans〉는 1960년대 로큰롤 시대로 회귀한 분위기를 선사한다.

I는 여전히 음반을 수집한다. 록, 컨트리, 재즈를 차례로 사랑하던 20대 청년 I는 이제 40대 중반의 아저씨가 되었다. 우리는 20년 전에 함께 들었던 재즈를 기억

할 것이고, 재즈 없는 세상을 상상하지 않을 것이다. 신촌의 재즈 공간은 사라졌지만 우리에겐 재즈라는 멋진 공감대가 남아 있다.

공부하는 트럼페터의 탄생

··· 도널드 버드

백인들은 어디에서나 이기고 싶어 하기 때문에 미국에서 재즈는
무시당하기 마련입니다. 유럽 백인들은 흑인 연주자를 인정하기
때문에 흑인의 진가를 알고 있습니다. 하지만 수많은 미국 백인은
그러지 않을 것입니다.

– 마일스 데이비스(Miles Davis)

음반을 수집할 때도 개인차가 있다. 일단 컬렉터스 아
이템은 어느 정도 구비했다는 전제하에서 살펴보자.
다음 단계는 개인의 선호도가 선택을 좌우한다. 이 단
계에서 음반 전체의 완성도냐, 히트곡이냐의 기로에

🔘 Black Byrd(1973)
🎵 Flight Time

🔘 Street Lady(1974)
🎵 Witch Hunt

서게 된다. 경험에 의하면 음반 전체의 완성도에 비중을 두었을 경우, 더 오래 음반에 손이 가는 편이다.

여기에 장르라는 변수가 치고 들어온다. 팝의 경우 히트곡 의존도가 높은 편이다. 록은 히트곡 의존도가 낮은 편이지만 싱글 음반 시장이 존재하던 시대에 나온 록 음반은 그렇지 않다. 콘셉트 음반의 경향이 짙은 아트록은 록보다 음반 전체의 흐름에 무게를 둔다. 재즈는 나열한 팝, 록, 아트록의 히트곡 편중 현상과는 거리가 먼 음악이다. 음반 전체를 가장 부담 없이 감상할 수 있는 장르가 재즈다.

재즈 음악가 선정에서 트럼펫 분야는 가장 고민이 많았던 악기다. 마일스 데이비스라는 거함이 버티고 있었기 때문이리라. 하지만 그는 허비 행콕 편에서 언급한 이유를 근거로 제외했다. 다음은 프레디 허버드다. 그 역시 1950년대 이후 꾸준한 활동을 했던 인물이라 선택의 고민이 적지 않았다.

이 외에도 클리퍼드 브라운Clifford Brown, 디지 길레스피, 리 모건Lee Morgan, 케니 도헙, 쳇 베이커Chet Baker, 아트 파머, 클라크 테리Clark Terry, 블루 미첼Blue Mitchell,

윈턴 마살리스Wynton Marsalis 등의 재즈트럼페터가 후보
군에 버티고 있었다.

이번 장에 등장하는 도널드 버드는 다른 트럼페터에
비해 자주 듣는 연주자는 아니었다. 하지만 40대를 넘
기자 그의 1970년대 음악이 산들바람처럼 다가오더
라. 재즈를 기반으로 솔뮤직, 펑크, 리듬앤블루스, 디
스코를 넘나드는 그의 1970년대 연작들. 도널드 버드
를 조명하는 기록지가 흔치 않은 부분을 고려하여 글
에 포함했다.

그는 1932년 도널드슨 투세인트 엘우버처 버드 2세
Donaldson Toussaint L'Ouverture Byrd Ⅱ라는 긴 본명으로 디
트로이트에서 태어난다. 해군 시절에는 군악대에서
활동한다. 1955년 병역을 마치고 조지 워링턴George
Warrington 밴드에 참여한다. 도널드 버드는 1957년 지
지 그라이스Gigi Gryce 재즈 퀸텟quintet을 결성하여 밴드
활동을 한다. 1958년부터 1959년까지는 페퍼 애덤스
와 연주 활동을 한다.

도널드 버드는 1955년부터 3년간 리더와 협연자로서 열
장이 넘는 앨범을 발표한다. 그는 1958년부터 1970년대

까지 재즈의 명가 블루노트에서 스무 장이 넘는 음반을 내놓는데, 이는 블루노트에 소속된 트럼페터 중에서 최상위에 속하는 기록이다.

도널드 버드의 주목할 만한 이력은 학업에 대한 끊임없는 열정이다. 이미 1950년대에 웨인주립대학교에서 학사 학위와 맨해튼음악학교에서 음악 전공으로 석사 학위를 받은 그는 컬럼비아대학교에서 추가로 두 개의 석사 학위를 받는다. 1963년과 1965년에 유럽에서 작곡법을 공부한 그는 1976년에는 법학 학위, 내친김에 1982년에는 박사 학위를 수여받는다.

공부하는 음악가는 연주, 학업, 강의라는 세 마리 토끼를 잡는다. 그는 1960년대 초중반까지 재즈에 관한 대학 강의가 제대로 없던 시절에 재즈를 학문의 범주로 포함시킨 인물이다. 그는 1970년대 하버드대학교를 포함해 교수로 활동한다. 음악, 공민권, 법학 등에 이르는 다양한 학문의 흡수는 그의 강의력을 증진시켜준 촉매제였다.

1973년 발표작 〈Black Byrd〉는 그가 대학교 제자와 만든 '블랙 버드Black Byrd'라는 재즈 밴드의 동명작이다.

상업적으로도 커다란 주목을 받은 이 음반에는 〈Flight Time〉이라는 연주곡이 실려 있다. 이 작품은 하드밥의 기운이 넘실대던 1962년 작 〈Royal Flush〉와 1966년 작 〈Free Form〉을 잇는 주목할 만한 음반이다.

1970년대를 뒤흔든 솔뮤직, 펑크, 리듬앤드블루스, 디스코의 물결은 도널드 버드에게 훌륭한 자양분이었다. 그는 위에 나열한 장르를 재즈라는 용광로 속에 무리 없이 녹여낸다. 도널드 버드는 1960년대에 보여준 강렬한 재즈에서 탈피한 경쾌한 재즈 시대를 열어간다. 1974년에 발표한 〈Street Lady〉 역시 언급한 조류를 잉태한 음반이다.

실험성을 가미한 일렉트릭재즈electric jazz가 1970년대의 마일스 데이비스라면, 도널드 버드는 여기에 대중성이라는 요소를 추가한다. 따라서 1970년대 미국 영화의 배경음악 연주자를 고르라면 도널드 버드가 떠오른다. 이미 도널드 버드는 1960년대 말부터 흑인음악의 세계화라는 목표에 충실했던 연주자다.

21세기는 본격적으로 음반이 사라지는 시대다. 때문에 음악가를 중심으로 박스전집 형태의 음반이 쏟아지는 현상이 벌어진다. 아쉬운 부분은 도널드 버드의 1970년대 정규 음반 세트가 아직 나오지 않았다는 점이다. 그는 아이작 헤이스Isaac Hayes와의 1981년 협연작 〈Love Byrd〉와 1982년 작 〈Words, Sounds, Colors And Shapes〉를 끝으로 휴지기에 들어간다. 1988년에 〈Harlem Blues〉라는 음반을 다시 발표하면서 건재를 과시한 도널드 버드는 10여 개의 대학교에서 교육 활동을 일궈간다.

딜리셔스 샌드위치

… 밥 제임스

재즈는 항상 변해야 한다.

가끔 팬들로부터 왜 친숙한 음악을 들려주지 않느냐는 질문을 받지만,

늘 해오던 음악은 과거의 음반으로도 충분히 들을 수 있다.

– 밥 제임스(Bob James)

대학원에서 공부모임을 만들었다. 일과 학업을 병행하는 대학원생 네 명이 모인 장소는 강남의 카페. 대중문화 관련 서적을 읽고 이를 토론하는 방식을 택한다. 지정 도서는 《딜리셔스 샌드위치》. 뉴욕과 한국을 예시로, 문화산업의 가치와 중요성을 강조하는 책이었다.

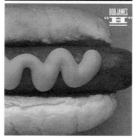

⊙ Heads(1977)
♫ Night Crawler

⊙ H(1980)
♫ Snowbird Fantasy

내 의지와 관계없이 정한 책인지라 별 부담 없이 모임
에 나갔다.

문제는 문화예술의 가치가 돈으로 환원되어야만 직
성이 풀리는 자본주의에 대한 비판이 없는 책의 서술
방식이었다. 그래서인지 비즈니스에 능한 피카소Pablo
Picasso와, 젠트리피케이션gentrification의 원조인 첼시 지
역과, 인문학을 사업 밑천으로 우려먹는 스티브 잡스
Steve Jobs에 대한 찬사가 주를 이루더라. 독서 과정에서
비축한 물음표는 결국 모임에서 터져 나온다.

책에 대한 나의 비판 담론을 회원들이 부담스러워하
는 표정이 역력했다. 이건 독서모임이지 논문 연구가
아니라던가, 자본이 뒷받침되지 않는 문화예술은 존재
가능성이 불투명하다던가, 문화예술경영이라는 대학
원의 취지와 어울리지 않는다는 반론이 이어진다. 친
목도모에 비중을 둔 그들은 내 주장에 놀라는 기색이
었다.

결국 모임은 1회를 끝으로 사라진다. 샌드위치 신세에
서 문화 강국으로 자리이동을 해보자는 저자의 논리에
절반의 찬성표를 던진 2009년 가을은 그렇게 흘러간

다. 적절한 표현은 아니지만 케이팝K-pop을 포함한 한류의 열기는 당시보다 뜨거워진 것이 사실이다. 물론 여기에도 문화산업이라는 비용의 법칙이 포함됨은 물론이다.

《딜리셔스 샌드위치》에 썩 잘 어울리는 음악가가 소개하는 밥 제임스Bob James다. 재즈퓨전의 시대를 개척한 백인 연주자 겸 작곡가. 1970년대 재즈의 커다란 축을 형성했던 밥 제임스는 개인이라기보다 하나의 재즈 집단으로 부르는 게 자연스럽다. 재즈라는 샌드위치에 맛과 향을 가미한 음악인이 밥 제임스이니 말이다.

1950년대에서 2000년대 사이에 탄생한 재즈 중에서 가장 선호하는 재즈를 꼽으라면 머릿속이 복잡해진다. 재즈의 변화처럼 재즈에 대한 개인의 취향도 변화하기 때문이리라. 답변이라면 1950년대 후반부터 1970년대 중반 정도로 하고 싶다. 장르로 말하자면 쿨, 하드밥, 퓨전, 유럽 재즈 4인방을 고루 즐긴다고나 할까.

1939년 미주리주에서 태어난 밥 제임스는 1962년 노트르담대학교 재즈 페스티벌Notre Dame Collegiate Jazz Festival에서 우승을 차지한다. 밥 제임스의 재능을 눈여겨본 이는 퀸시 존스였다. 밥 제임스는 CTI에서 연주자보다 작곡가로 두각을 나타낸다. 그는 세라 본Sarah Vaughan의 음악감독으로 4년간 활동한다. 이 외에도 로버타 플랙Roberta Flack, 그로버 워싱턴 주니어, 가보르 서보 등의 작곡가로 활약한다.

밥 제임스는 1974년에 발표한 〈One〉으로 재즈퓨전계의 거물로 떠오른다. 〈One〉은 빌보드 앨범 차트 85위에 랭크된다. 1975년 작 〈Two〉는 차트 75위에, 1976년 작 〈Three〉는 차트 49위, 1977년 작 〈BJ4〉는 38위를 기록하는 놀라운 상승세를 보여준다. 밥 제임스에게 CTI는 작은 음악터로 변해버린다.

자본주의사회를 살아가는 음악가를 포함한 예술가가 원하는 세 가지는 무엇일까. 비중의 차이는 있겠지만 대중성, 예술성이 먼저 떠오른다. 이 요소는 유명세를 보장하는 필수 요소다. 당연히 수입이라는 결과물 역시 자석처럼 따라붙는 요소다. 마지막을 꼽으라면 '자신이 진심으로 원하는 예술'이 아닐까 싶다.

네 장의 솔로 음반을 끝으로 밥 제임스는 아예 자신이 태편지Tappan Zee Records라는 레코드사를 차린다. 돈벌이에 성공한 밥 제임스는 본격적으로 원하는 음악을 시도한다. 밥 제임스를 세상에 알린 1집에서 4집까지의 음반 역시 무난하지만 자신의 레이블에서 발매한 5집 이후의 음반에서 밥 제임스의 색깔이 더더욱 진하게 우러난다.

언급대로 밥 제임스의 음반은 재즈퓨전 연주자의 모음집 같은 느낌을 준다. 그의 음반에는 에릭 게일기타, 얼클루기타, 론 카터베이스, 게리 킹Gary King, 베이스, 랜디 브레커Randy Brecker, 트럼펫, 스티브 개드Steve Gadd, 드럼, 하비 메이슨Harvey Mason, 드럼, 그로버 워싱턴 주니어색소폰, 데이비드 샌본David Sanborn, 색소폰, 랠프 맥도널드Ralph MacDonald, 퍼커션, 휴버트 로스Hubert Laws, 플루트라는 유명 음악인이 함께한다.

밥 제임스의 1970년대 음반은 30년 이상 즐겨 들었다. 그의 추천 음반은 〈Heads〉1977와 〈H〉1980로 골라보았다. 모두 밥 제임스가 설립한 레코드사에서 발표한 작품이다. 이 외에도 〈Touchdown〉1978, 〈Lucky Seven〉1979을 포함하여 텔레비전 드라마 음악인 〈The Genie〉1983 등이 주목할 만한 음반이다.

1990년대에는 4인조 밴드 포플레이Fourplay와 함께 스무드재즈smooth jazz의 전성기를 다져간다. 이 밴드에서는 리 리터나워와 래리 칼튼이라는 슈퍼 기타리스트가 차례로 활동한다. 나는 2015년 세종문화회관에서 열린 포플레이 내한 공연에서 밥 제임스의 연주를 즐길 수 있었다. 당시 멤버는 네이선 이스트Nathan East, 베이스, 하비 메이슨드럼, 척 로브Chuck Loeb, 기타였다.

밥 제임스는 2000년대 인터뷰에서 자신은 공연 개런티에 연연하지 않는다는 말을 남긴다. 음악인으로서 누릴 수 있는 황금기를 보낸 이의 여유이기도, 예술혼이 느껴지는 발언이기도 하다는 생각이 함께 들었다. 재즈계의 딜리셔스 샌드위치 밥 제임스. 그가 1970년대에 내놓은 귀여운 음반들을 다시 꺼내본다.

7장

다시,
클래식을
읽다

에스토니아의 작은 거인

··· 아르보 패르트

나의 음악은 세상의 모든 책을 담고 있는 하얀 빛과 같다고 말할 수
있다. 오로지 프리즘만이 그 책들을 분리하여 나타낼 수가 있는데,
이 프리즘은 나의 음악을 감상하는 이의 영혼이다.

– 아르보 패르트(Arvo Pärt)

영화음악은 영화라는 영상매체의 시작이자 끝이다. 영
화음악이 없는 영화도 존재한다. 하지만 영상의 극적
효과를 높이기 위해서나, 작품의 수위조절을 위해 영
화음악은 늘 유용한 자원으로 활용된다. 영화의 줄거
리는 기억에서 사라지지만, 영화음악의 잔향이 더 오

⊙ Alina(1999)
♫ Spiegel Im Spiegel

⊙ Tabula Rasa / Neeme Jarvi(2012)
♫ Tabula Rasa

래 기억을 지배하는 경우도 흔하다.

음악가 아르보 패르트Arvo Pärt의 〈Spiegel Im Spiegel〉
이 등장하는 영화를 기억한다. 홍상수 감독의 영화 〈생
활의 발견〉에서다. 음악감상에도 '쏠림현상'이 있다 보
니, 당시는 20대에 들었던 클래식보다 재즈와 포크를
주로 들었다. 클래식은 2007년부터 다시 음악감상의
중심부로 밀려 들어온다.

21세기 초입부터 음반에서 음원으로 음악 전달의 방
식이 바뀐다. 음반을 수집하던 이들이 서둘러 음반을
처분하고 컴퓨터에 수천 곡의 음원을 저장한다. 음반
이 애물단지로 취급받는 수난의 시대가 도래한 것이
다. 마지막 자존심이었을까, 아니면 애착이었을까. 나
는 상당수의 음반을 처분했지만 음원을 저장하지는 않
았다. 수집을 멈추지 않다 보니 전집 형태의 클래식 음
반을 줄줄이 출시하는 조류에 동참할 수 있었다. 작곡
가나 연주자별로 적게는 다섯 장에서 많게는 열 장이
넘는 전집 음반을 부지런히 모았다. 한 장씩 모으기에
는 비용과 시간의 부담이 있던 음반이었다. 그렇게 클
래식의 세계로 재입장을 했다. 전작 감상의 즐거움은

자연스럽게 따라왔다.

고전에서 낭만을 오가며 클래식을 파헤치던 2013년에 영화 〈그래비티Gravity〉를 만난다. SF 영화라면 촉각을 내려버리는 편이라 우주를 배경으로 만들었다는 〈그래비티〉에 별 관심이 없었다. 배우 에드 해리스Ed Harris, 조지 클루니George Clooney, 샌드라 불럭Sandra Bullock이 총출동하는 작품임을 뒤늦게 확인한다. 어떤 영화평론가는 〈그래비티〉에 10점 만점을 선사한다.

'그래봤자 우주 공간에서 얼마나 인상적인 영화를 만들겠어.'

내 선입견은 영화 시작 30분이 지나면서부터 깨끗이 사라진다. 알폰소 쿠아론Alfonso Cuarón 감독이 우주라는 공간을 지구의 일부로 택했다는 사실을 나중에야 알아챘다. 지금도 우주를 배경으로 한 작품이 나오지만 〈그래비티〉의 감동에 필적할 만한 작품은 없다.

〈그래비티〉의 배경음악인 〈Spiegel Im Spiegel〉을 통해서 작곡가 아르보 패르트에 본격적으로 관심을 가지기 시작했다. 이 곡은 닉 놀트Nick Nolte가 주연한 1996년 영화 〈마더 나이트Mother Night〉를 필두로 무려 30여 편에 이르는 영화와 다큐멘터리에 등장한다. 영화를 사랑하는 이들의 곁에는 아르보 패르트라는 제2의 영화가 자리 잡고 있었다.

1965년 에스토니아에서 태어난 아르보 패르트는 열네 살 무렵부터 작곡을 시작한다. 그는 쇼스타코비치 Dmitrii Dmitrievich Shostakovich, 프로코피예프Sergei Sergeevich Prokofiev, 버르토크라는 신고전주의 음악가의 작품으로부터 영감을 받는다. 이는 1940년부터 소비에트연방에 편입되는 에스토니아의 현실과 관련이 깊다. 냉전 시대의 주역인 소련은 서유럽의 클래식을 정치적인 이유로 차단한다. 소련이 주도하는 반쪽짜리 문화통치의 대안으로 아르보 패르트는 신고전주의 이전에 등장한 종교음악과 합창음악에 빠져든다. 그에게 소비에트연방은 암덩어리 같은 존재였다. 그는 결국 1980년 가족과 함께 오스트리아 빈으로 이주한다. 1978년에 완성한 〈Spiegel Im Spiegel〉을 자신의 고향에 남겨놓고서. 1981년 독일 베를린으로 다시 이주한 그는 2011년 베네딕토Benedictus XVI 교황으로부터 가톨릭 교황 문화사절단의 일원으로 임명받는다. 아르보 패르트는 인터뷰에서 이렇게 밝힌다.

나는 에스토니아인의 정체성보다 예수 그리스도의 세계에 몰입되어 있다.

에스토니아, 오스트리아, 독일로 이어지는 환경의 변화가 그레고리오Gregorius 성가와 르네상스 음악에 대한 고찰로 화한 것이다.

아르보 패르트는 ECM Editions of Contemporary Music 이라는 독일 레코드사와도 인연이 깊다. ECM의 대표인 만프레트 아이허Manfred Eicher는 운전 도중에 라디오방송에서 흘러나오는 음악에 귀를 기울인다. 아르보 패르트의 선율을 마주하는 순간이었다. 드뷔시Claude Achille Debussy 음악에 영향을 받은 만프레트 아이허에게 아르보 패르트가 만들어내는 소리는 충격과 놀라움이었다. 만프레트 아이허는 서둘러 ECM에서 아르보 패르트의 연작을 출시한다. 세계적인 바이올리니스트 기돈 크레머Gidon Kremer가 제작에 참여하여 ECM의 반경을 재즈와 민속음악에서 클래식과 미니멀리즘minimalism

으로 확장하는 데 기여한다. 이를 기폭제로 아르보 패르트의 음악은 광고, 전시회, 방송, 영화, 다큐멘터리에 등장하기 시작한다.

아르보 패르트의 음악은 '미니멀리즘' '포스트모더니즘postmodernism' '현대음악'이라는 수식어로 충분치 않다. '선禪음악'이나 '구도음악'이라는 표현을 슬쩍 추가해도 아쉬움이 가시지 않는다. 그는 이렇게 말한다.

아주 작은 차이를 통해서도 우리는 충분히 기대한 효과를 얻을 수 있다.

음악이 아니라 인생에 도입해도 부족함이 없는 서릿발 같은 표현이다.

추천 음반은 1999년 ECM에서 나온 〈Alina〉라는 작품이다. 이 음반에는 세 가지 버전의 〈Spiegel Im Spiegel〉이 등장한다. 피아노와 바이올린, 피아노와 첼로라는 2중주 구성의 색다른 〈Spiegel Im Spiegel〉을 ECM 고유의 정갈한 음질로 감상할 수 있다. 우리말로 '거울 속의 거울'이라는 뜻의 이 곡은 아르보 패르트의 분신으로 승화한다.

현대음악의 마에스트로

··· 피에르 불레즈

악보는 수동적인 물체처럼 존재하는 것이 아니고, 그 시대의 정신에

맞게 해석해야 합니다. 예를 들어 1920년에 연주하던 바흐는

현대인이 듣고자 하는 음악과는 다릅니다.

– 피에르 불레즈(Pierre Boulez)

클래식은 재즈와 반대의 흐름으로 감상했다. 이를테면 고전에서 낭만으로, 낭만에서 현대음악의 순서로 관심의 폭이 흘러갔다. 아무리 좋은 음악도 자주 들으면 질리기 마련이다. 팝보다 음계가 복잡다단한 클래식이 이런 경향이 덜하지만, 예외일 수는 없다. 40대 중반부

● Igor Stravinsky : Pétrouchka·Le
Sacre Du Printemps / The Cleveland
Orchestra·Pierre Boulez(1992)
♫ Le Sacre Du Printemps

● Berlioz : Symphonie Fantastique / The
Cleveland Orchestra&Chorus·Pierre
Boulez(1997)
♫ Symphonie Fantastique, op. 14-4

터는 현대음악에 관심이 머물고 있다.

음악만큼 인간의 감정에 직선으로 꽂히는 장르가 있을
까. 그래서인지 음악은 급진적인 변화를 거부하지 않
는다. 변화의 부작용일까. 왜 현대음악에는 비발디처럼
편하게 들을 수 있는 음악이 없느냐는 질문이 존재한
다. 하지만 비발디가 추구하던 바로크음악 역시 초창
기에는 괴상한 음악 정도로 취급되었다.

이렇게 음악의 급진성은 파격을 마다하지 않으면서 변
신을 거듭한다. 고인 물은 썩는다는 말처럼, 고인 음악
은 청중으로부터 외면받기 십상이다. 20세기를 전후로
등장한 현대음악은 여전히 고전음악이나 낭만음악보
다 친화력이 떨어진다. 서울 예술의전당 공연 목록에
는 여전히 베토벤Ludwig van Beethoven과 모차르트Wolfgang
Amadeus Mozart가 주를 이룬다.

변화에 민감한 현대음악이지만 여전히 대중과의 음악
적 거리가 좁혀지지 않는 이유는 방향성에 있다. 그 방
향성이란 화성, 선율, 리듬의 비중이 상대적으로 낮은
현대음악의 특성을 의미한다. 이러한 배경에서 쇤베르
크Arnold Schönberg, 베베른Anton von Webern, 버르토크 등

의 혁신적인 작곡가가 현대음악의 태동을 알린다.

여기에 유럽 일대를 폐허로 만든 제1차 · 제2차세계대전이 기름을 붓는다. 낙관에서 비관으로 치닫는 인명 살상의 무간도에서 클래식도 극심한 혼란기를 겪어야 했다. 음악을 제외한 문화예술계에서는 바실리 칸딘스키Vasilii Kandinskii, 가브리엘레 뮌터Gabriele Münter의 형식 파괴적인 미술이, 문학에서는 제임스 조이스James Joyce, 프란츠 카프카Franz Kafka의 번뜩이는 문학이 출사표를 던진다.

클래식계에서는 신음악Neue Musik이라 불리는 현대음악이 본격적으로 자태를 드러낸다. 조성체계의 틀에서 벗어난 현대음악은 마치 혼란스러운 유럽 사회의 민얼굴과 이를 초월해보려는 시도를 융합한 듯한 불협화음을 들려준다. 익숙하지 않은 음악에 어색함과 경계심을 표출하던 청자의 반응은 어쩌면 당연한 수순이었다.

'고관대작이나 즐기던 고루한 음악'이라는 클래식은 점점 다른 모습으로 변해간다. 미술과 문학은 현대음악과 영향을 주고받으며 변화를 모색한다. 현대음악 2세대로는 존 케이지John Cage, 카를하인츠 슈토크하우젠

Karlheinz Stockhausen , 리게티 죄르지Ligeti György , 아드리아
나 휠스키Adriana Hölszky 등이 있다.

피에르 불레즈Pierre Boulez 역시 이들과 함께 현대음악을
개척한 인물이다. 그는 뒤에서 소개하는 작곡가 올리
비에 메시앙Olivier Messiaen이 소속한 파리국립고등음악
원에 방문한다. 노르망디 상륙작전이 펼쳐진 1944년
이었다. 당시 불레즈의 나이는 열아홉이었고, 반항심으
로 가득한 청년이었다고 메시앙은 술회한다.

과거와의 단절을 외치던 피에르 불레즈는 촌철살인의
한마디를 날린다.

쇤베르크는 죽었다.

12음기법을 내세워 현대음악의 장을 열었지만 여전히
대위법이나 과거의 형식을 차용하는 행태를 비판하는
발언이었다. 피에르 불레즈에게 신고전주의로 회귀한
스트라빈스키Igor' Fedorovich Stravinsky 역시 비판의 대상이
었다. 프랑스산 열혈남아는 지휘자 다니엘 바렌보임
Daniel Barenboim과 가졌던 인터뷰에서 털어놓는다.

나는 전쟁의 폐허로 인해 음악적으로 갇힌 시절을 보냈다.

창의력이 최고조에 달해야 할 10대 시절을 의미 없이
보냈다는 말이었다. 1차대전 이전까지 등장했던 현대
음악의 맥이 전쟁으로 끊어진 현실에 대한 음악가의
변이었다.

베베른과 쇤베르크는 피에르 불레즈가 추구하는 현대
음악의 선지자였다. 피에르 불레즈는 이들의 음악이론
을 바탕으로 음색, 리듬, 강세 등을 확장하여 계량화하
는 작업에 착수한다. 이러한 총렬주의total serialism는 엄
격하고 강박적인 규칙성으로 상상력의 한계에 부딪히
는 단점이 드러난다. 음악과 수학의 사이에는 감정이
라는 회색지대가 놓여 있었다.

혁신주의자의 도전은 여기서 멈추지 않는다. 불레즈는
불확정성을 인정하는 우연성의 음악에 귀를 기울인다.
이러한 배경에서 탄생한 음악이 1975년 독일에서 초
연한 피아노 소나타 3번이다. 필연과 우연을 조합하려
는 실험주의자의 시도는 계속된다. 그에게 과거의 음
악은 탈피해야만 하는 일종의 숙제였다.

소개하는 곡은 스트라빈스키의 〈봄의 제전Le Sacre Du Printemps〉이다. 1913년 초연 당시, 파리 샹젤리제극장 Théâtre des Champs-Élysées을 야유의 도가니로 몰아넣은 문제의 작품은 훗날 '리듬 혁명'이라는 찬사를 받기에 충분했다. 스트라빈스키는 불레즈와 달리 전통을 수용하면서 클래식의 변화를 계단식으로 늘려간 인물이다. 이러한 특성을 불레즈는 이미 간파하고 있었다.

다음 음반은 엑토르 베를리오즈Hector Berlioz의 〈환상 교향곡Symphonie Fantastique〉이다. 관현악의 역사에 반드시 거론되어야 할 인물인 그는 대편성의 연주를 추구했다. 불레즈가 없었다면 구스타프 말러Gustav Mahler 나리하르트 바그너Wilhelm Richard Wagner의 화려한 편성은 불가능했을지도 모르는 일이다. 이 음반을 통해 그가 단지 현대음악에만 몰입한 인물이 아님을 확인할 수 있다.

침묵으로 완성한 연주곡

··· 클로드 아실 드뷔시

나는 음악이 다른 어느 예술에서도 가능하지 않은 자유를 성취할

수 있기를 바란다. 단지 자연을 정확하게 재현하는 데 그치지 않고

자연과 상상력의 신비로운 일치에 이르는 자유를 말이다.

– 클로드 아실 드뷔시(Claude Achille Debussy)

드뷔시에 관심을 가진 동기는 좋아하는 레코드사 덕이었다. 바로 '침묵 다음으로 아름다운 소리'라 불리는 ECM이 그 주인공이다. 이 문장은 캐나다의 한 매거진에서 피아니스트 키스 재럿Keith Jarrett 의 〈Facing You〉 앨범에 대해 어느 기자가 쓴 리뷰에서 나온 말이다.

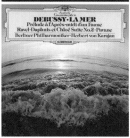

- Claude Debussy : Images
  1&2·Children's Corner / Arturo
  Benedetti Michelangeli(1971)
  ♫ Images Book 1 L110

- Debussy : La Mer / Berliner
  Philharmoniker·Herbert von
  Karajan(1985~1986)
  ♫ La Mer

The most beautiful sound next to silence.

ECM의 모토다.

고등학교 동창생 J는 비싸다고 소문난 ECM 음반을 교내에서 가장 많이 모은 친구였다. 그는 1970~1980년대에 나온 ECM LP만 100장 넘게 소장하고 있었다. ECM 신보 가격은 1만 5,000원. 참고로 1980년대 후반의 자장면 가격이 약 1,000원이었다. 지금 생각해봐도 엄청난 가격의 음반을 수집하던 J가 부러울 따름이었다.

J는 ECM 대표가 드뷔시의 음악을 추종하다 보니, 유럽 특유의 인상주의적인 재즈 음반을 제작한다고 말했다. 드뷔시라는 이름만 알았지, 그의 음악에 관심이 없던 시절이었다. ECM 대표의 인터뷰를 뒤져봐도 그가 드뷔시의 음악을 구체적으로 언급한 대목은 없다. 하지만 J의 발언이 근거 없는 이야기는 아니라고 생각한다.

J처럼 나도 ECM의 음악을 좋아했다. 다행히도 국내에 라이선스와 빽판으로 ECM 음반이 나오면서 저렴한 가격에 음악을 접할 수 있었다. 동반효과라고나 할까.

즐겨 듣지는 않았지만 드뷔시에 대한 생각이 늘 ECM 사운드와 함께 머릿속에서 맴돌았다. J는 미국 버클리 음악대학을 졸업 후, 지금까지 미국에서 살고 있다.

1862년 파리 근교의 전원도시에서 태어난 드뷔시는 어려운 가정형편으로 아홉 살 무렵에 지중해 근처에 사는 숙모에게로 보내진다. 11세에 파리국립고등음악원에서 음악적 재능을 보인 그였지만 학교생활에 적응을 잘하지는 못했다. 1884년 로마 유학 생활을 마무리하지 못하고 프랑스로 돌아온 그는 인상파 화가와 상징파 문인과 교류를 시작한다.

음악, 미술, 문학에 대한 풍부한 감수성을 응축한 드뷔시에게 새로운 세계가 열린다. 바로 프랑스혁명 100주년을 기념하는 1889년의 만국박람회였다. 이곳에서 접한 세계의 민속문화는 드뷔시에게 강렬한 인상을 심어준다. 그는 러시아와 아프리카 등지의 민속음악, 인도네시아 자바 음악, 헝가리 집시음악 등을 흡수한다.

1892년부터 무려 3년에 걸쳐 완성한 〈목신의 오후에의 전주곡Prélude À L'Après-Midi D'Un Faune〉은 드뷔시를 상징하는 곡이다. 상징주의 시인 스테판 말라르메

Stephane Mallarme의 시에 바탕을 둔 〈목신의 오후에의 전주곡〉은 장단조를 기반으로 하는 기존 클래식의 구조를 탈피한 작품이다. 드뷔시는 말한다.

목신의 욕망과 꿈이 오후의 열기 속을 헤매는 장면으로 색채와 소리와 향기가 조우한다.

혁신에는 비판이 따른다. 과거의 형식을 타파하려는 드뷔시의 시도를 불만스럽게 바라보는 주변인이 적지 않았다. 마치 모네Claude Monet의 〈인상, 해돋이Impression, Soleil Levant〉를 비난하는 미술계의 풍토처럼. 생상스 Camille Saint-Saëns는 〈목신의 오후에의 전주곡〉을 접하고 혹평을 남긴다.

화가가 작업하는 팔레트가 그림처럼 보이는 음악이다.

그렇다면 피에르 불레즈는 드뷔시의 음악을 어떻게 평했을까.

현대시가 보들레르(Charles Pierre Baudelaire)의 시에서 기원을 찾을 수 있듯이, 현대음악은 〈목신의 오후에의 전주곡〉과 더불어 길을 찾았다.

불레즈의 발언이다. 드뷔시가 없었다면 현대음악이 방향감각을 잃었을지도 모른다는 내용이다.

드뷔시의 별명은 '그리스도'였다. 그가 기른 수염이 마치 그리스도를 떠올리게 한다고 지인이 만들어준 별명이었다. 흔히 인상주의의 대표주자로 드뷔시를 언급한다. 하지만 드뷔시 자신은 인상주의보다 상징주의로 불리기를 원했다. 드뷔시는 미술에 능했다. 세잔Paul Cézanne, 마네, 모네 등의 인상파 화가와도 교류가 있던 인물이 드뷔시였다.

그는 명품족이었다. 드뷔시의 귀족 성향은 음식, 고서적, 의류에 이르기까지 다양했다. 폼생폼사에 집착하던 드뷔시는 평생을 금전적인 압박 속에서 살아야 했다. 게다가 음악과 관련한 자기만의 세계에 빠져 있다 보니 주변에 가깝게 지낼 만한 친구가 많지 않았다.

드뷔시의 작곡 속도는 〈목신의 오후에의 전주곡〉에서

보듯이 더디기만 했다. 그는 메트로폴리탄오페라극장 Metropolitan Opera House에 올릴 작품을 3개월 내로 완성해달라는 의뢰를 받는다. 드뷔시의 답변은 "그 기간으로는 어림도 없습니다"였다. 작곡 도중에 두 가지 화음이 떠올랐을 때 어떤 화음을 정하는지에 걸리는 시간만 3개월이었으니 말이다.

추천 음반은 피아니스트 아르투로 미켈란젤리Arturo Benedetti Michelangeli의 앨범이다. 다작을 멀리했던 그가 드뷔시의 작품을 녹음한 사실은 청자의 입장에서 다행스러운 일이다. 미켈란젤리는 1982년 영국에서 열린 독주회에서 청중이 기립박수로 그의 연주력을 극찬하자 이런 말을 남긴다.

갈채는 베토벤, 쇼팽, 드뷔시에게나 어울리는 것입니다.

음반 〈Préludes〉에서 미켈란젤리는 그가 추구한 세밀하고 신비주의적인 연주를 들려준다. 그는 드뷔시의 내성적이면서도 화려한 음악성을 무난하게 표현해낸다. 미켈란젤리와 드뷔시는 정갈한 한정식처럼 어울리는 조합이다.

다음 소개 음반 〈바다La Mer〉에서는 헤르베르트 폰 카라얀Herbert von Karajan의 전매특허인 매끄러운 현악 연주가 돋보인다. 다작 지휘자임에도 불구하고 상당수의 음반이 절반의 평가를 받는 카라얀과 베를린필하모닉의 작품이다.

드뷔시의 음반은 2018년에 도이체그라모폰Deutsche Grammophon에서 스물두 장의 전집으로 발매한 박스세트를 소장하고 있다. 드뷔시의 음악세계를 조망해볼 수 있는 기회라는 판단 아래 구입을 서둘렀다. 감상 결과, 피아노 독주가 가장 인상적으로 다가오더라. 드뷔시 현악 4중주곡 G단조 op. 10도 함께 추천한다.

정명훈을 인정한 작곡가

··· 올리비에 메시앙

내가 탐욕가였다면 작곡가의 길을 걸으면서도 부자가 되었을 걸세.
예를 들면 〈투랑갈릴라 교향곡〉에는 음표가 최소한 5만 개 이상은
있을 것이라네. 그 음표마다 가격을 매겨 작곡료로 요구하면
가능할 일이니까.

– 올리비에 메시앙(Olivier Messiaen)

독일, 오스트리아, 이탈리아는 세계적인 클래식 강국이
다. 뮌헨, 빈, 로마에서는 쉴 새 없이 클래식 공연이 펼
쳐지고, 전 세계 음악신동이 자신의 능력을 시험하기
위해 국제공항으로 향한다. 영국이나 프랑스도 클래식

- ◉ Messiaen : Turangalîla–
  Symphonie / Orchestre de l'Opéra
  Bastille·Myung–Whun Chung(1991)
- ♫ Turangalîla-Symphonie

- ◉ Messiaen : Vingt Regards
  Sur L'Enfant-Jésus / Martin
  Helmchen(2019)
- ♫ Vingt Regards Sur L'Enfant-Jésus

사랑은 여전하지만 고전이나 낭만주의로 내려가면 상대적으로 배출한 유명 음악가가 적은 편이다.

하지만 현대음악으로 올라가면 프랑스의 경우 할 말이 많아진다. 20세기 초반부터 프랑스는 자동차와 비행기 산업을 발판 삼아 영화를 비롯한 문화예술의 메카로 다시 떠오른다. 전쟁의 참화에도 불구하고, 프랑스는 문화 강국의 이미지를 독하게 이어간다. '새로운 물결'이라 불리는 누벨바그nouvelle vague가 일어나기 시작한 것이다.

1950년대 후반부터 태동한 누벨바그는 고루한 프랑스 기성세대를 향한 신세대 예술인의 문화혁명이었다. 도제식으로 극소수의 영화감독을 배출하는 상황에 지친 젊은 영화인의 도발은 대단했다. 프랑수아 트뤼포François Truffaut의 영화 〈400번의 구타Les Quatre Cents Coups〉와 클로드 샤브롤Claude Chabrol의 영화 〈사촌들Les Cousins〉이 예다.

문화예술은 늘 시너지 효과를 대동한다. 영화 못지않게 프랑스에서는 20세기 초반부터 현대음악이 터를 잡는다. 륄리Jean Baptiste Lully, 샤르팡티에Marc Antoine

Charpentier, 쿠프랭François Couperin, 라모Jean Philippe Rameau 등이 프랑스 클래식의 초석을 다진다.

1908년에 태어난 올리비에 메시앙은 모차르트, 바그너, 베를리오즈 등의 음악과 악보를 연구하면서 성장기를 보낸다. 11세에 파리국립고등음악원에 입학한 메시앙은 1931년 졸업과 함께 파리 북단의 트리니테성당Basilique Sainte-Trinité 오르가니스트로 취업한다. 메시앙은 연주와 작곡만으로 자신의 음악 인생을 만족할 수 없었다.

그는 또래 작곡가들과 '4인조'라고 불리는 모임을 결성한다. 그에게 가브리엘 포레Gabriel Faure나 모리스 라벨은 '부처를 만나면 부처를 죽여라'라는 담론처럼 극복해야 할 작곡가였다. 메시앙은 〈게으름에 대하여〉라는 글에서 새로운 음악을 시도하지 않으려는 주변 음악가들에게 일침을 가한다.

그는 제2차세계대전에 참군한다. 전쟁포로로 잡힌 메시앙은 1년간의 수용소 생활을 견뎌낸다. 그는 수용소에서 기악 4중주곡 〈세상의 종말을 위한 4중주Quatuor Pour La Fin Du Temps〉의 피아노 연주를 초연한다. 무사히

포로수용소 생활을 마친 그는 파리국립고등음악원 교수로 복귀한다. 메시앙은 여타 교수와는 다르게 라벨, 스트라빈스키, 쉰베르크, 버르토크 등의 음악을 교육자료로 쓰는 혁신을 추구한다.

파리국립고등음악원은 1940년대부터 메시앙을 중심으로 현대음악의 산실로 거듭난다. 12음기법의 창시자인 쉰베르크 이후 등장한 현대음악의 새로운 가능성이 열린 것이다. 그는 강의와 함께 작곡가의 활동을 멈추지 않는다. 메시앙에게 또 다른 세상을 알려준 존재는 인간도 자연도 아닌 조류였다.

그는 새소리와 클래식의 연관성에 관심을 기울인다. 아예 새소리 채집을 위해 안내인과 함께 산과 들을 오가는 정열적인 시간을 보내는 메시앙. 절대음감을 가진 그는 숲속에서 들려오는 수십 종의 새소리를 오선지에 다중창식으로 사보하는 일에 몰두한다. 이러한 과정을 정리하여 다시 피아노로 연주하는 신기한 능력을 보여준다.

'새소리 사냥꾼'이란 별칭을 얻은 메시앙. 그는 피아니스트로 활동했던 아내 이본 로리오Yvonne Loriod와 함께

무려 스무 가지가 넘는 새소리를 클래식으로 재현해낸
다. 새와 관련한 교향곡은 1949년에 선을 보인다.

1949년 지휘자 레너드 번스타인Leonard Bernstein이 초연
한 〈투랑갈릴라 교향곡Turangalila-Symphonie〉이라는 특이
한 명칭의 작품이었다. 이 음악에서 바그너의 〈트리스
탄과 이졸데Tristan Und Isolde〉의 그림자가 보인다는 이유
로 '매음굴의 음악'이라는 혹평을 한 사람은 누구일까?
아이러니하게도 메시앙의 제자인 불레즈였다. 하지만
메시앙의 음악 행로는 제자의 작심 비난에 연연하지
않는다.

같은 해에 선보인 〈음가와 강세의 모드Mode De Valeurs
Et D'Intensités〉에서는 강세, 음색, 길이가 서로 간의 연관
성을 가지는 총렬음악을 보여준다. 이때부터 메시앙은
'아방가르드 음악의 선구자'라는 별칭이 추가된다.

파리국립고등음악원의 제자가 없었다면 나의 음악 인생은 발전을
거듭할 수 없었다.

메시앙은 이런 말을 남긴다. 그리고 구도의 자세로 제

자 육성을 한다.

추천 음반의 주인공은 정명훈이다. 메시앙 스페셜리스트로 알려진 그의 최고작을 뽑으라면 〈투랑갈릴라 교향곡〉을 빼놓을 수 없다. 이 음반의 녹음에 실제로 참여한 메시앙은 정명훈을 극찬한다.

내 음악에 가장 근접한 해석을 내려준 사람이다.

그리고 10악장으로 완성한 이 곡을 일컬어 '삶과 죽음의 찬가'라고 명명한다.

다음 음반은 2019년에 발매한 피아니스트 마르틴 헬름셴Martin Helmchen의 작품이다. 무려 120분에 이르는 길고 난해한 연주곡인 동시에 신비주의의 기운마저 드러나는 메시앙 최고의 피아노곡이다. 〈아기 예수를 바라보는 스무 개의 시선Vingt Regards Sur L'Enfant-Jésus〉이라는 제목은 이를 연주한 피아니스트의 말처럼 하나의 시선에서 스무 개의 시선으로 확장해나가는 하나의 건축물과도 같은 음악성을 보여준다.

다름과 차이의 볼레로

··· 모리스 라벨

1928년, 나는 이다 루빈슈타인의 요청으로 관현악을 위한
〈볼레로〉를 작곡했다.〈볼레로〉는 상당히 느린 무곡으로
선율, 화성, 리듬이 시종일관 반복되는 곡이다. 특히 리듬에서
작은 북소리가 끊임없이뒤따른다. 이 곡에서 변화의 요소는
관현악 합주부의 크레셴도뿐이다.

– 모리스 라벨(Maurice Ravel)

공연관람에 빠진 K를 소개한다. K에게 음반수집을 접고 오로지 클
래식 공연에만 몰두하는 이유를 물어보았다. K의 답변은 간단명료
했다. 현장감이 없으면 감흥이 떨어진다는 말이었다. 시간관계상

- ◉ Ravel : Boléro / André
  Cluytens·Orchestre de la Société
  des Concerts du Conservatoire
  de Paris(1961)
- ♫ Boléro

- ◉ Maurice Ravel : The Piano
  Concertos / Krystian
  Zimerman·Pierre Boulez(1994)
- ♫ Concerto For Piano And Orchestra

공연보다 음반을 선호하는 나와는 사뭇 다른 취향이더라. 공연 관람료가 적지 않기에 다른 여가 활동을 못 한다는 부언도 기억에 남는다.

근무지가 강남이던 시절에 클래식 공연을 격주 단위로 관람했다. 봄에는 교향악을 즐겼다. 매년 봄이 오면 서울 예술의전당에서 '교향악축제'가 열린다. 가격도 저렴해서 1~2만 원이면 2층 객석에서 공연관람이 가능한 행사다. 전국의 교향악단이 참여하는 관계로 다양한 레퍼토리를 즐길 수 있다.

2020년에는 3월 31일 개막할 예정이었으나, 코로나19의 확산으로 4개월가량 늦게 개막했다. '2020 교향악축제, 스페셜'이라는 이름으로 7월 28일부터 8월 10일까지 열네 개 공연을 선보였다. 무소불위의 전염병이 창궐하여 소통방식과 공연문화가 송두리째 흔들리고 있다. 이번 기회에 자연과 환경에 관한 배려가 커졌으면 하는 바람이다.

교향악축제에서 가장 기억에 남았던 공연이 바로 모리스 라벨의 작품인 〈볼레로(Boléro)〉였다. 라디오방송에서 흘려들었던 음악이 공연장에서 주화입마되는 경우가 있다. 내겐 〈볼레로〉가 그런 음악이었다. 공연을 계기로 모리스 라벨의 작품에 대해서도 관심지수가 급상승한다.

서로 따로 움직이는 듯한 선율이 어지러이 부유한다. 제자리를 찾기 위해서 악기들이 공연장을 헤치고 다닌다. 오로지 타악기만이 정중동의 자세를 취하고 있다. 시간이 흐르자, 소리들이 점차 하나의 공간으로 몰려간다. 서두르지도, 그렇다고 나태한 발걸음도 아니다. 어느 순간, 하나의 소리가 불협화음이라는 표찰을 달고 활화산처럼 쏟아져 나온다.

〈볼레로〉에 대한 공연 기록이다. 이 곡은 스페인 민속 리듬을 이용한 무용곡스페인 무곡. 3박자의 느린 춤곡이다. 아라비아풍의 단순하면서도 마술적인 선율이 동일한 리듬과 템포로 15분 넘게 실타래처럼 이어진다. 169회나 반복되는 작은 북의 리듬 속에서 연주 악기가 점차 늘어나면서 리듬의 예술을 경험할 수 있다.

드뷔시, 포레와 함께 인상주의를 이끌어간 모리스 라벨은 1875년 스페인과 프랑스의 국경지역인 바스크 지방에서 탄생한다. 스페인 문화에 대한 감수성은 그의 출생지역과도 관련이 있다. 이후 파리로 이주한 그는 14세에 파리국립고등음악원에 입학한다. 그는 재학 중인 1899년에 〈죽은 왕녀를 위한 파반Pavane Pour Une

Infante Défunte〉을 완성한다.

1914년 제1차 세계대전이 발발하자 39세의 라벨은 공군에 지원한다. 하지만 신장과 체중 미달로 군입대를 거절당한다. 키 150센티미터의 단신인 라벨은 친구들을 즐겁게 해주기 위해 종종 발레복 차림으로 춤을 추곤 했다. 애국심이 강한 라벨은 1916년 트럭 운전병으로 군입대를 하지만 이질과 동상으로 야전병원에서 시간을 보낸다.

라벨은 1928년에 미국을 방문하는데, 그해에 자신의 최고작이라 불리는 〈볼레로〉를 작곡한다. 그는 이 작품으로 매년 200만 달러 이상을 벌어들인다. 철도 기술자였던 아버지를 둔 그는 정교하고 치밀한 작곡 능력의 근거가 아버지의 직업과 연관이 있다고 술회한다. 스트라빈스키는 라벨의 별명을 '스위스의 시계 제조공'이라고 짓는다.

그의 또 다른 별칭은 '돈키호테'였다. 라벨은 57세가 되던 해인 1932년 교통사고를 당한다. 사고로 뇌에 이상이 생긴 라벨은 점차 괴팍하고 신경질적인 인물로 변해간다. 라벨이 앓던 픽병이라 불리는 뇌질환은 행

동장애, 인격장애로 시작해 결국에는 기억장애가 발발하는 희귀병이었다. 라벨은 말년에 자신이 작곡한 현악 4중주 녹음을 하루 만에 일사천리로 마무리한다. 일을 마친 후 라벨은 프로듀서에게 작곡가가 누군지 물어보는 사건이 벌어진다. 픽병의 부작용이었다.

그는 영화 〈돈키호테Don Quixote〉를 위해 세 곡을 작곡하는데, 영화에 쓰인 음악은 라벨의 음악이 아니었다. 격노한 라벨은 영화사에 소송을 걸고, 정부에서 수여하는 훈장까지 거부하기에 이른다. 그의 마지막 작품은 가곡집 〈둘시네아를 만난 돈키호테Don Quichotte À Dulcinée〉로, 세르반테스Miguel de Cervantes의 소설을 각색한 위 영화에 붙여준 음악이었다.

라벨은 드뷔시와 함께 인상주의 음악가로 불리지만 음악성은 적지 않은 차이가 있다. 모호하고 불투명한 음악을 추구했던 이가 드뷔시라면, 라벨은 세밀하고 명확한 음악을 추구한다. 평소 단정한 복장과 생활방식을 이어갔던 라벨의 삶과도 연관이 있는 부분이다.

추천작은 벨기에 안트베르펜 태생의 앙드레 클뤼이탕스André Cluytens와 파리음악원 오케스트라가 함께 1961년 녹음한 라벨의 관현악 전곡 음반이다. 라벨 관현악을 보편적으로 해석한 이 음반은 음악의 색채감을 빼어나게 구현해주는 명반이다. 지나친 과장을 자제한 절제와 균형감각이 자연스러운 연주다. 약간 느린 템포의 라벨 음악을 원하는 청자에게 어울릴 법한 음반이다.

라벨은 세 곡의 피아노 협주곡을 완성하는데, 〈왼손을 위한 피아노 협주곡 D장조Concerto Pour La Main Gauche En Ré Majeur〉는 다음과 같은 사건을 배경으로 한다. 오스트리아의 피아니스트 파울 비트겐슈타인Paul Wittgenstein은 전장에서 오른팔을 잃는다. 왼손 피아노 연주기법을 터득한 비트겐슈타인의 요청으로 라벨은 위 음악을 만들어준다. 두 번째 추천 음반은 피에르 불레즈의 지휘와 함께 크리스티안 지메르만Krystian Zimerman의 정갈한 연주가 돋보이는 피아노 협주곡을 선정했다.

인생열차의 마지막 종착역

··· 구스타프 말러

우리는 무엇을 위해 사는가? 왜 우리는 고난을 받아야만 하는가?

이 모든 것이 한 편의 거대하고 끔찍한 농담에 불과한 것인가?

삶을 지속시키기 위해서 우리는 반드시 이러한 질문에 대한 대답을

내놓아야만 한다. 비록 우리의 삶이 죽음으로 향하는 과정에

지나지 않는다 할지라도.

– 구스타프 말러(Gustav Mahler)

클래식에 관한 궁금증을 해결해줄 정보처를 묻는 이
들이 있다. 그럴 때마다 자신 있게 추천하는 인터넷 사
이트가 1999년도에 생긴 한국의 고클래식www.goclassic.
co.kr이다. 음반 구입, 공연, 음악가에 대한 다양한 댓글

- Mahler : Complete Symphonies
  / Klaus Tennstedt·London
  Philharmonic Orchestra(2011)
- ♫ Symphony no. 5

- Mahler : The Symphonies 1-10
  / Gary Bertini·Kölner Rundfunk-
  Sinfonieorchester(2005)
- ♫ Symphony no. 6

이 가득한, 소위 국내 최고의 클래식 홈페이지다.

고클래식에서 댓글이 많이 걸리는 음악가가 바로 구스타프 말러다. 비교하자면 바흐, 베토벤, 말러 순으로 댓글 참여자가 많은 편이다. 댓글이 풍성하다는 것은 그만큼 해당 음악가에 대한 의견이 분분하다는 증거다. 다양한 의견은 다양한 해석을 낳기 마련이다. 말러 음악에 관한 해석은 오늘도 진행형이다.

공연장에 방문할 때에는 실내악보다는 협주곡이나 교향곡을 선호하는 편이다. 아무래도 다양한 악기군이 펼치는 웅장하고 현란한 음감을 느끼기에 실내악은 한계가 있기 때문이다. 그중에서 말러 교향곡은 공연장의 현장감을 만끽하기에 부족함이 없다. 특히 서울시향과 정명훈이 함께한 말러 5번과 9번 교향곡은 감동의 연속이었다.

한국의 말러 붐은 부천필하모닉과 지휘자 임헌정이 이끌었다. 말러에 대한 대중의 관심이 낮았던 1999년부터 부천필하모닉은 색다른 도전을 시작한다. 말러 교향곡 전곡을 2003년까지 서울 예술의전당에서 선보인다는 계획이었다. 지원금으로 운영하는 부천필하모닉의 여건을 감안한다면 지명도가 낮은 말러의 음악에 도전함은 모험에 가까운 일이었다.

4년간 펼쳐진 말러 음악회는 예상을 깨고 수많은 말러리안을 만들어낸다. '말러를 사랑하는 사람들'이라는 동호회가 생겨났는가 하면, 2005년부터 2009년까지 아홉 곡의 말러 교향곡을 들려주는 〈말러 인 부천〉 연주회가 다시 펼쳐진다. 임헌정 지휘자는 인터뷰에서 밝힌다.

마음에서 우러나는 소리를 만들어내기 위해 교향악단을 민주적으로 운영하려고 노력한다.

연주의 난이도가 높고 지명도가 낮다는 이유로 터부시했던 말러 교향곡은 〈말러 인 부천〉과 함께 국내 유수의 교향악단의 연주 목록에 포함된다. 2006년 서울시향의 상임지휘자로 활동하다 2015년 사임한 정명훈이 말러 교향곡 대열에 합류한다. 그는 서울시향 활동 당시 인터뷰에서 앞으로도 느린 템포의 말러를 선보이겠다고 언급한다.

1860년 보헤미아에서 태어난 말러는 빈음악원에서 요제프 안톤 브루크너Joseph Anton Bruckner에게 대위법을 배운다. 유대계 상인 집안의 열두 자식 중에서 둘째로 태어난 그는 수백 곡의 민요를 외울 정도였다. 하지만 말러는 오스트리아, 독일, 보헤미아와 유대인 사이에서 소속감을 상실하는 상황에 처한다.

1897년에 꿈에 그리던 빈 궁정극장의 악장으로 취임한 그는 베토벤, 모차르트, 바그너의 연주에 몰두한다. 1907년 인사 문제로 빈을 떠나 독일, 프랑스, 네덜란드에서 지휘 활동을 하며 자신의 교향곡 전파에 공을 기울인다. 그는 생계를 위해 지휘자 일을 수행하면서 여름휴가에는 작곡에 몰두한다. '여름 작곡가'는 말러 스스로가 지은 별명이다.

독일 출신 지휘자 브루노 발터Bruno Walter가 말러의 제자라는 사실은 익히 알려져 있다. 발터는 사교적 세련미를 가지고 있지 못한 말러를 안타깝게 생각했던 인물이다. 그가 말러와 처음 대면한 시기는 3번 교향곡을 준비하던 1895년이었다. 당시 말러는 슈타인바흐 호반의 절경을 칭송하던 발터에게 호언한다.

이 모든 것이 나의 교향곡에 들어 있다.

1902년에는 네 살 된 딸의 죽음과 직면한다. 날카로운 인상처럼 예리한 감성의 소유자인 말러는 발터의 말처럼 주변인과 불화를 거듭한다. 게다가 완벽을 추구하는 음악관으로 인해 오케스트라 단원과 늘 껄끄러운 관계를 유지했다. 여기에 아내와의 불화로 말러는 평탄치 못한 삶을 이어간다.

가정불화와 건강악화에 시달리던 1907년 말러에게 새로운 기회가 주어진다. 뉴욕 메트로폴리탄오페라단으로부터 지휘자 제의를 받은 것이다. 경제적 안정이 시급했던 말러는 별 고민 없이 기회의 땅으로 불리는 미국으로 향한다. 뉴욕필하모닉까지 지휘했던 말러지만 낮은 인지도와 건강 문제로 1911년에 다시 유럽으로 돌아간다.

말러 교향곡은 지휘자별로 각양각색의 해석이 따라오는 편이라 전집에 도전해봐야 진가를 알 수 있다. 나는 레너드 번스타인, 클라우디오 아바도Claudio Abbado, 제임스 러바인James Levine, 가리 베르티니Gary Bertini, 게오

르그 솔티Georg Solti, 주세페 시노폴리Giuseppe Sinopoli, 사이먼 래틀Simon Rattle, 피에르 불레즈, 클라우스 텐슈테트Klaus Tennstedt, 정명훈, 임헌정 지휘자의 교향곡을 접해보았다.

고클래식을 검색해보면 말러 교향곡 번호별로 인상적인 연주를 펼친 지휘자와 교향악단이 세세하게 나와 있다. 이러한 내용은 말러 음악을 처음 접하는 이에게 매우 유용한 지식이 될 것이다. 단점이라면 감상하기도 전에 지휘자에 대한 선입견이 생기는 부분인데, 이 점은 감상 과정에서 자연스럽게 제자리를 찾을 것이라고 믿는다.

추천 음반은 전집 음반의 표지다. 클라우스 텐슈테트의 말러 교향곡 5번은 어둡고 음습한 가운데 서서히 열기가 끓어오르는 감흥을 느낄 수 있다. 특히 평균치보다 느린 해석을 보여주는 4악장 아다지에토는 명연 그 자체. 가리 베르티니의 말러는 여타 지휘자에 비해 지명도가 낮은 편이다. 깔끔하고 단정한 기풍의 말러 교향곡을 원하는 이에게 부담 없이 추천하고 싶은 음반이다.

수채화를 그리는 지휘자

··· 클라우디오 아바도

현대음악을 들으면서 이해하려고 노력한다면 천천히 음악이

명쾌하게 다가오기 시작합니다. 하나의 언어처럼 우리 시대와

역사와 자신에 관한 이야기를 들려주기 시작합니다.

– 클라우디오 아바도(Claudio Abbado)

음악 담론을 주고받다 보면 자신이 인정하는 음악가가 전부라는 착각에 빠진 모습을 목격할 때가 있다. 또 상대방이 극찬하는 음악가에 동의하지 않으면 대화가 순식간에 막히는 경우도 있다. 음악과 팬심이 뒤섞이는 순간이다. 소중한 음악은 상호 이해와 존중의 틀에서

◉ Gustav Mahler : Symphonie No.1 /
  Berliner Philharmoniker·Claudio
  Abbado(1991)
♫ Symphony No. 1 〈Titan〉

◉ Brahms : Symphonie No.4 /
  Berliner Philharmoniker·Claudio
  Abbado(1991)
♫ Symphony No. 4

공유해야 하는 이유가 여기에 있다.

클래식 감상의 매력은 '해석'에 있다. 동일한 작곡가의 음악을 지휘자, 연주자, 교향악단, 녹음 연도별로 구분해서 감상하는 과정은 놀라운 신세계와 만나는 일이다. 단점도 존재한다. 리메이크보다는 원곡을 중시하는 록에 비해 다양한 음악을 접해야 폭이 넓어지는 클래식이 상대적으로 부담이 크기 때문이다.

해석의 세계를 지휘자로 좁혀보자. 다작을 통해 클래식의 대중화에 앞장섰던 카라얀이 먼저 떠오른다. 카리스마의 화신이던 아르투로 토스카니니Arturo Toscanini도 빼놓을 수 없다. 베토벤과 바그너 스페셜리스트였던 빌헬름 푸르트벵글러Wilhelm Furtwängler가 다음이다. 카를로스 클라이버Carlos Kleiber의 무결점 지휘도 인상적이다. 독선과 개성 사이를 오갔던 세르주 첼리비다케Sergiu Celibidache도 떠오른다.

이 외에도 수십 명에 달하는 굴지의 지휘자가 있다. 그들은 오케스트라의 수장이거나, 동료이거나, 제자다. 모두 재기 넘치는 지휘자의 세계를 들려준다. 반대로 오케스트라 단원이 원하는 지휘자의 상이 있을 테다.

분명한 사실은 오케스트라의 구성원은 지휘자의 종속물이 아니라는 부분이다. 구성원 모두가 각자의 철학을 하나의 음악으로 구현해낸다.

이번 문단은 퀴즈로 시작해본다. 한스 폰 뷜로Hans Guido Freiherr von Bülow, 아르투어 니키슈Arthur Nikisch, 빌헬름 푸르트벵글러, 헤르베르트 폰 카라얀의 공통점은 무엇일까? 네 명 모두가 지휘자라는 사실은 예외로 하자. 정답은 모두가 베를린필하모닉에서 수석지휘자의 자리에 올랐던 인물이라는 것이다.

1882년부터 1989년까지 무려 100년이 넘는 세월 동안 베를린필하모닉은 네 명의 수석지휘자만을 인정한다. 첼리비다케는 공식적인 수석지휘자가 아니라는 전제하에 말이다. 게다가 '종신지휘자의 영예를 누렸던 카라얀의 자리를 대체할 만한 인물이 누구인가'로 전 세계 음악계가 촉각을 기울인다.

지휘자 로린 마젤Lorin Maazel, 제임스 러바인이 베를린필하모닉을 진두지휘했던 카라얀의 후임 자리를 원한다. 여기에 일본 문화의 수혜자인 오자와 세이지小澤征爾가 거론된다. 구속을 싫어하던 카를로스 클라이버는 수석지휘자라는 자리 자체에 관심이 없었다.

베를린필하모닉의 선택은 이탈리아 출신의 지휘자인 클라우디오 아바도였다. 선발 과정에서 단원의 의견을 묻는 방식으로 지휘자를 정한 사례였다. 베를린필하모닉은 종신예술감독의 영예를 누린 카라얀이 1955년부터 1989년까지 지휘봉을 잡았던 조직이다. 카라얀의 카리스마에 익숙한 연주자들이 대부분이었음은 당연했다.

음악정치와 사업수완 모두에 능한 카라얀에게 베를린필하모닉은 수하부대와 다름없는 단체였다. 무려 35년이라는 세월 동안 카라얀의 권위적인 운영방식은 베를린필하모닉을 수동적인 조직으로 만든다. 카라얀의 음악 실황을 보더라도 카메라는 늘 카라얀에 초점을 두고 있다. 카라얀은 늘 베를린필하모닉 위에 존재하는 지휘자였다.

독일 음악계는 카라얀과 달리 민주적이고 자유분방한 지휘 체계를 운영하는 밀라노 출신의 지휘자를 주목한다. 클라우디오 아바도는 1986년부터 빈국립오페라단 감독으로 활동하면서 현대음악에 관심을 가졌던 인물이었다. 아바도가 취임하는 1989년까지만 해도 세계 음악계는 카라얀의 빈자리를 우려하는 상황이었다.

과거의 음악적 유산에 집착하지 않는 아바도의 가치관은 독일 음악계의 신선한 충격이자 고민이었다. 게다가 내성적이고 과묵한 아바도의 성격은 단원과 쉽게 융화할 수 없는 한계를 지니고 있었다. 화려한 음률과 주도적인 지휘 방식을 강조한 카라얀의 그늘에서 아바도는 고민의 시간이 길어진다. 결국 아바도는 자신만의 길을 개척한다.

1994년 아바도는 의미 있는 상을 받는다. 지멘스음악상Ernst von Siemens Music Prize은 아바도에게 현대음악에 대한 공헌과 젊은 음악가 육성을 위한 공로의 의미로 주어진 상이었다.

나는 소중한 주변 인물과 함께 음악을 할 수 있다는 사실에 감사한다.

그는 수상소감에서 이처럼 소박한 태도를 보인다. 명예와 물질보다는 관계에 방점을 찍은 발언이었다.

아바도의 명성은 말러의 음악과도 관련이 깊다. 번스

타인이 주도한 말러 붐에 새로운 해석을 추가한 그였다. 격정적이고 감정적인 번스타인의 지휘와는 달리, 차분하고 정적인 말러에 도전한 아바도. 푸르트벵글러를 가장 존경하다던 아바도는 빠르고 세밀한 베토벤 교향곡 전집을 베를린필하모닉과 함께 완성한다.

소개 음반은 아바도의 베를린필하모닉 취임 기념 실황 음반이다. 말러 교향곡 1번은 베를린필하모닉의 미래를 이끌고 나갈 거인의 발걸음이 심장을 두드린다. 다음 음반은 브람스 교향곡 4번이다. '드러내기'보다는 '흡수하기'를 선호하는 아바도 특유의 고즈넉한 음악이다. 브람스가 생전에 이 음악을 들었다면 아바도에게 작은 미소를 보냈을지도 모르겠다.

아바도를 끝으로 이 책을 마친다. 평소의 두 배가 훌쩍 넘는 집필 기간 동안 수백 장에 달하는 음반을 다시 접했다. 아울러 살아온 시간을 정리한다는 의미로 음반과 추천곡 선정에 마음을 다했다. 책에 등장하는 음악가들 덕분에 소소한 인생길에 위안과 보람이 더해졌다. 독자 여러분께 깊은 감사의 인사를 전한다.

음악적 삶과 사랑, 낭만과 사유의 기록

이장호

학교에 다니던 시절, 음악감상 동아리 활동을 했다. 2주 간격으로 여러 학교에서 준비해 온 음악을 소개하고 감상하면서 즐거운 시간을 보냈다. 그때 우리가 음악을 소화하는 방식은 대중매체의 그것과 달랐다. 업계 관계자와 메이저 레코드사 그리고 매스컴이 조정하는 오버그라운드의 방식과는 거의 관계가 없었다.

라이선스로 발매한 것보다는 오히려 수입 음반으로 음악을 접하다 보니, 당연히 국내 대중이 순위를 매기는 풍토와는 동떨어져 있었다. 오히려 동아리 활동을 하는 친구나 선후배가 새롭게 구한 음반에 더 관심이 많았다. 때론 수입 음반으로만 즐기던 앨범이 라이선스가 된다는 소식이 들리면 반가워했을 정도로 빠르게 해외 음반을 입수했으니까.

하이라이트는 연말이면 열리는 베스트 곡 선정이었다. 우리만의 공감대에서 가장 많은 추천과 지지를 얻었던 곡을 꼽는 시간이었다. 국내에선 거의 찬밥 신세였지만 모임에서는 1, 2위를 다투는 곡도 빈번히 있었다. 아예 국내엔 소개조차 되지 않아 음반 구하기가 하늘의 별 따기 같았던 앨범의 수록곡이 상위에 랭크되기도 했다. 당시는 공CD나 카세트테이프에 서로 복사해서 음악을 공유했다. 마치 금지서적을 비밀리에 회동한 모임에서 서로 교감하는 듯한 은밀한 시간이었다.

우리의 활동은 세상의 호흡 방식과 속도 그리고 세상이 짜놓은 패러다임과 유리된 곳에서 행해지는 비밀 축제 같은 것이었다. 음악은 그런 것이라고 생각한다. 매우 개인적인 것. 각자의 스토리텔링 안에서 2차 창작되는 것. 부연하자면 음악은 무작위로 대중을 향해 발표하지만 이를 즐기고 공감하는 방식은 제각각이어야 하며, 그것이 음악의 즐거움을 증폭해준다고 믿는다. 그럴 때 음악은 건강한 토양 위에서 창의적인 작업을 배가해준다.

이 책의 의미는 이 지점에 있다. 그저 타인의 욕망을

욕망하며 제작자나 그 주변의 카르텔에 휩쓸리지 않고 자신만의 방식으로 소화하는 데에서 오는 쾌감. 그 내면적 기쁨이 책을 통해서 느껴진다. 비틀스보다는 비치 보이스The Beach Boys, 밥 딜런보다는 페어포트 컨벤션이나 존 렌번John Renbourn이 좋을 수 있는 법이다. 나는 왜 〈롤링 스톤〉 100대 명반 목록이 교과서처럼 공유되고 들어야 하는 음반으로 인식되는지 이해하기 어렵다. 재미있게 음악을 즐길 방법은 음악을 대하는 태도에서 나온다.

'음악을 읽다'는 '음악을 해석하다'로 환치해도 좋을 듯하다. 무릇 음악뿐만 아니라 모든 사물이나 창작품도 각자 받아들이는 방식이 다르다. 100만 개의 사물과 100만 개의 책과 100만 개의 그림을 가졌더라도 자신의 경험을 토대로 해석하지 못한 것은 작품 하나를 소유한 것만 못하다. 그저 뭔가를 아주 많이 소유했을 뿐, 그것은 먼지나 안개 같은 허상에 불과하다. 그 창작품 또한 영원히 나를 기억하지 못하며 기억할 가치를 느끼지도 못할 것이다. 사람도 마찬가지가 아닐까.

다시 이 음악을 읽자. 절대 타인의 취향이 아닌 저자

의 취향과 저자의 삶과 사유를 통해 다양한 음악을 재조명하고 있다. '100대 명반'처럼 겉도는 그들만의 이야기가 아닌, 저자의 이야기 속에서 뭔가 가슴 한 켠에 잡히는 것이 있다면 당신은 음악을 주체적으로 소화해낼 기회를 잡은 것이다.

어느 날 문득 하나의 멜로디가 생각나고 노래가 되어 추억이 실타래처럼 떠오르는 상황과 맞닥뜨리곤 한다. 이젠 희미한 기억 속의 음악이 귓가에 아른거린다. 언제 날아갈지 모를 선율이 남들에겐 하찮은 것인지 모르지만 내 인생에선 잊을 수 없는 사랑이고 삶이 된다. 저자의 시선이 길게 머무는 곳에서 피어난 음악과 글은 어느 화창한 여름날 음악감상 모임을 마치고 난 뒤 풀이 자리를 떠올리게 한다. 각자의 삶이 녹아든 음악과 그 후일담이 끊임없이 이어지던 기억을 말이다.

이 책은 음악을 매개로 저자의 시선으로 읽는 삶과 사랑, 낭만과 사유의 기록이다.

코난 이장호

(작가, 오디오 칼럼니스트, 《고음질 명반 가이드북 1, 2》 저자)

참고문헌

강모림, 《재즈 플래닛》, 안그라픽스, 2006년

강준만, 《한류의 역사》, 인물과사상사, 2020년

강헌, 《전복과 반전의 순간 1》, 돌베개, 2015년

강헌, 《전복과 반전의 순간 2》, 돌베개, 2017년

개리 기딘스 · 스콧 드보, 황덕호 옮김, 《재즈》, 까치, 2012년

고영탁, 《조지 해리슨》, 오픈하우스, 2011년

곽영호, 《레코드의 비밀》, 앨피, 2016년

김갑수, 《삶이 괴로워서 음악을 듣는다》, 풀빛미디어, 1998년

김갑수, 《어떻게 미치지 않을 수 있겠니?》, 오픈하우스, 2014년

김기연, 《레코드를 통해 어렴풋이》, 그책, 2013년

김문경, 《김문경의 구스타프 말러》, 밀물, 2010년

김성현, 《오늘의 클래식》, 아트북스, 2010년

김성현, 《클래식 수첩》, 아트북스, 2009년

김중혁, 《모든 게 노래》, 마음산책, 2013년

김창완, 《이제야 보이네》, 황소자리, 2005년

김현준, 《김현준의 재즈파일》, 한울, 2018년

꾼 편집부, 《재즈 아티스트 대사전》, 꾼, 1996년

남무성, 《Jazz It Up!》, 고려원북스, 2004년

남무성, 《Jazz It Up! 2》, 고려원북스, 2004년

남무성, 《Jazz It Up! 3》, 고려원북스, 2007년

남무성, 《Jazz Life》, 북커스, 2019년

남무성 · 장기호, 《Pop It Up!》, 북폴리오, 2018년

노먼 레브레히트, 김재용 옮김, 《거장 신화》, 펜타그램, 2014년

노먼 레브레히트, 이석호 옮김, 《왜 말러인가?》, 모요사, 2010년

노먼 레브레히트, 장호연 옮김, 《클래식, 그 은밀한 삶과 치욕스런 죽음》, 마티, 2009년

다니엘 바렌보임, 김성현 옮김,《다니엘 바렌보임》, 을유문화사, 2009년

다니엘 바렌보임 · 에드워드 사이드, 장영준 옮김,《평행과 역설》, 생각의 나무, 2003년

다니엘 호프 · 볼프강 크나우어, 김진아 옮김,《박수는 언제 치나요?》, 문학세계사, 2010년

데이비드 야프, 이경준 옮김,《조니 미첼: 삶을 노래하다》, 을유문화사, 2020년

라즈웰 호소키, 서정표 옮김,《재즈란 무엇인가》, 한스미디어, 2016년

로맹 롤랑, 이휘영 옮김,《베토벤의 생애》, 문예출판사, 2005년

로버트 힐번, 이헌석 · 이상목 옮김,《존 레넌과 함께 콘플레이크를》, 돋을새김, 2011년

류진현,《ECM Travels》, 홍시, 2015년

리처드 나일즈, 성재호 옮김,《팻 메시니》, 온다프레스, 2018년

리처드 오스본, 박기호 · 김남희 옮김,《카라얀과의 대화》, 음악세계, 2010년

마이크 마쿼스, 김백리 옮김,《밥 딜런 평전》, 실천문학사, 2008년

마이클 잭슨, 공경희 옮김,《문워크》, 미르북컴퍼니, 2019년

마일스 데이비스, 성기완 옮김,《마일스 데이비스 자서전》, 집사재, 2003년

마틴 스미스, 서찬석 · 이병준 옮김,《존 콜트레인》, 책갈피, 2004년

무라카미 하루키 · 와다 마코토, 김난주 옮김,《재즈 에세이》, 열림원, 1998년

박종호,《내가 사랑하는 클래식 1》, 시공사, 2004년

박종호,《내가 사랑하는 클래식 2》, 시공사, 2006년

박종호,《내가 사랑하는 클래식 3》, 시공사, 2009년

박종호,《유럽 음악축제 순례기》, 시공사, 2012년

박준흠,《이 땅에서 음악을 한다는 것은》, 교보문고, 1999년

박준흠,《한국의 인디레이블》, 선, 2009년

밥 딜런, 양은모 옮김,《밥 딜런 자서전》, 문학세계사, 2005년

베로니카 베치, 노승림 옮김,《음악과 권력》, 컬처북스, 2009년

베리 셀즈, 함규진 옮김,《레너드 번스타인》, 심산, 2010년

볼프강 샤우플러, 홍은정 옮김,《말러를 찾아서》, 포노, 2019년

볼프강 슈라이버, 홍은정 옮김,《지휘의 거장들》, 을유문화사, 2009년

브라이언 롱허스트, 이호준 옮김,《대중음악과 사회》, 예영커뮤니케이션, 1999년

브라이언 사우설, 나현영 · 고영탁 옮김,《비틀즈 100》, 아트북스, 2014년

브루노 발터, 김병화 옮김,《사랑과 죽음의 교향곡》, 마티, 2005년

사이먼 크리츨리, 조동섭 옮김,《데이비드 보위: 그의 영향》, 클레마지크, 2017년

선성원,《뮤직 비즈니스》, 커뮤니케이션북스, 2011년

성시완 외,《예술대중음악 아트록 1호~16호》, 시완레코드, 1992년~2000년

스팅, 오현아 옮김,《스팅》, 마음산책, 2014년

신대철,《뛰는 개가 행복하다》, 알마, 2014년

신동헌,《음악가를 알면 클래식이 들린다》, 서울미디어, 2011년

신주현,《톰 웨이츠》, 살림출판사, 2015년

신중현,《내 기타는 잠들지 않는다》, 해토, 2006년

신해철,《마왕 신해철》, 문학동네, 2014년

신현준,《레논 평전》, 리더스하우스, 2010년

신현준,《빽판 키드의 추억》, 웅진지식하우스, 2006년

신현준 외,《한국팝의 고고학 1970》, 한길아트, 1998년

안동림,《이 한 장의 명반》, 현암사, 1998년

알프레드 코르토, 이세진 옮김,《쇼팽을 찾아서》, 포노, 2019년

알프레트 브렌델, 김병화 옮김,《뮤직 센스와 난센스》, 한스미디어, 2017년

알프레트 브렌델, 홍은정 옮김,《피아노를 듣는 시간》, 한스미디어, 2013년

앤드루 후스, 김병화 옮김,《교향곡과의 만남》, 포노, 2013년

에드워드 사이드, 박홍규 · 최유준 옮김,《음악은 사회적이다》, 이다미디어, 2008년

에르베 부르이, 이주향 옮김,《Rock의 작은 역사》, 서해문집, 2012년

에르베 부르이, 이주향 옮김,《비틀스의 작은 역사》, 서해문집, 2013년

에릭 부스, 오수원 옮김,《음악을 가르치는 예술가》, 열린책들, 2017년

에릭 클랩튼, 장호연 옮김,《에릭 클랩튼》, 마음산책, 2008년

에릭 홉스봄, 황덕호 옮김,《재즈, 평범한 사람들의 비범한 음악》, 포노, 2014년

오쿠다 히데오, 권영주 옮김,《시골에서 로큰롤》, 은행나무, 2015년

올리비에 벨라미, 이세진 옮김,《마르타 아르헤리치》, 현암사, 2018년

요아힘 E. 베렌트, 한종현 옮김, 《재즈북》, 자음과모음, 2012년

윈턴 마설리스, 황덕호 옮김, 《재즈 선언》, 포노, 2018년

유성은, 《더 리얼 블루스》, 커뮤니케이션북스, 2020년

이강숙, 《열린 음악의 세계》, 현음사, 1993년

이덕희, 《토스카니니》, 을유문화사, 2004년

이무영, 《나의 음악 입문이야기》, 혜성문화사, 1996년

이영진, 《마이너리티 클래식》, 현암사, 2013년

이장호, 《고음질 명반 가이드북》, 안나푸르나, 2017년

이장호, 《고음질 명반 가이드북2》, 안나푸르나, 2019년

이종학, 《재즈가 좋다》, 무당미디어, 1997년

이춘식, 《아트록 음반가이드》, 삼호뮤직, 1995년

이헌석, 《열려라, 클래식》, 돋을새김, 2007년

장규수 · 이상윤, 《재즈파크, 한국재즈를 말하다》, 한신대학교출판부, 2013년

장현정, 《록킹 소사이어티》, 호밀밭, 2012년

장혜영, 《라틴 음악기행》, 천의무봉, 2016년

전진용, 《오감재즈》, 다연, 2018년

정강현, 《당신이 들리는 순간》, 자음과모음, 2013년

정일서, 《365일 팝 음악사》, 돋을새김, 2015년

정일서, 《더 기타리스트》, 어바웃어북, 2013년

제임스 개빈, 김현준 옮김, 《쳇 베이커》, 그책, 2016년

조성진, 《록음악에 열광하는 당연한 이유들》, 좋은느낌, 1992년

조윤범, 《나는 왜 감동하는가》, 문학동네, 2013년

조정아, 《팝음악의 결정적 순간들》, 돋을새김, 2004년

존 바에즈, 이운경 옮김, 《존 바에즈 자서전》, 삼천리, 2012년

존 스웨드, 서정협 옮김, 《재즈 오디세이》, 바세, 2011년

지나, 《그 여자의 재즈일기》, 돋을새김, 2008년

최규용, 《재즈와 살다》, 음악세계, 2014년

최은규, 《교향곡은 어떻게 클래식의 황제가 되었는가》, 마티, 2008년

크리스티안 생장폴랭, 성기완 옮김, 《히피와 반문화》, 문학과지성사, 2015년

키스 니거스, 송화숙 · 윤인영 · 이은진 · 허지연 옮김, 《대중음악이론》, 마티, 2012년

테드 지오이아, 임지연 옮김, 《재즈를 읽다》, 시그마북스, 2017년

테오도르 아도르노, 문병호 · 김방현 옮김, 《신음악의 철학》, 세창출판사, 2012년

테오도어 아도르노, 이정하 옮김, 《말러: 음악적 인상학》, 책세상, 2004년

패티 스미스, 박소울 옮김, 《저스트 키즈》, 아트북스, 2012년

페터 비케, 남정우 옮김, 《록음악 – 매스미디어의 미학과 사회학》, 예솔, 2010년

페터 윌링, 김희상 옮김, 《불꽃의 지휘자 카라얀》, 21세기북스, 2009년

피터 페팅거, 황덕호 옮김, 《빌 에반스》, 을유문화사, 2004년

하워드 스미스, 이경준 옮김, 《스미스 테이프》, 뎬스토리, 2018년

허제, 《허제의 명반산책 1001》, 가람기획, 2001년

허제, 《허제의 클래식 이야기》, 가람기획, 2002년

헌터 데이비스, 김경주 옮김, 《존 레논 레터스》, 북폴리오, 2014년

헌터 데이비스, 이형주 옮김, 《비틀즈》, 북스캔, 2003년

헤르베르트 하프너, 이기숙 옮김, 《푸르트뱅글러》, 마티, 2007년

헤르베르트 하프너, 차경아 · 김혜경 옮김, 《베를린 필하모니 오케스트라》, 까치, 2011년

헤르베르트 하프너, 홍은정 옮김, 《세계의 오케스트라》, 경당, 2011년

헤르베르트 하프너, 홍은정 옮김, 《음반의 역사》, 경당, 2016년

황덕호, 《그 남자의 재즈일기》, 돋을새김, 2002년

황덕호, 《당신의 첫 번째 재즈 음반 12장》, 포노, 2012년